〔唐〕白居易 著
朱金城 箋校

白居易集箋校

一

上海古籍出版社

圖書在版編目(CIP)數據

白居易集箋校 / (唐) 白居易著；朱金城箋校. —
上海：上海古籍出版社，2023.3
(中國古典文學叢書)
ISBN 978-7-5732-0627-5

Ⅰ.①白… Ⅱ.①白… ②朱… Ⅲ.①唐詩-注釋
Ⅳ.①I222.742

中國國家版本館 CIP 數據核字(2023)第 033366 號

中國古典文學叢書
白居易集箋校
(全八册)
〔唐〕白居易　著
朱金城　箋校
上海古籍出版社出版發行
(上海市閔行區號景路 159 弄 1-5 號 A 座 5F　郵政編碼 201101)
(1) 網址：www.guji.com.cn
(2) E-mail：guji1@guji.com.cn
(3) 易文網網址：www.ewen.co
上海展强印刷有限公司印刷
開本 850×1168　1/32　印張 133.875　插頁 41　字數 2,688,000
2023 年 3 月第 2 版　2023 年 3 月第 1 次印刷
印數：1—500
ISBN 978-7-5732-0627-5
I・3704　精裝定價：698.00 元
如有質量問題，請與承印公司聯繫
電話：021-66366565

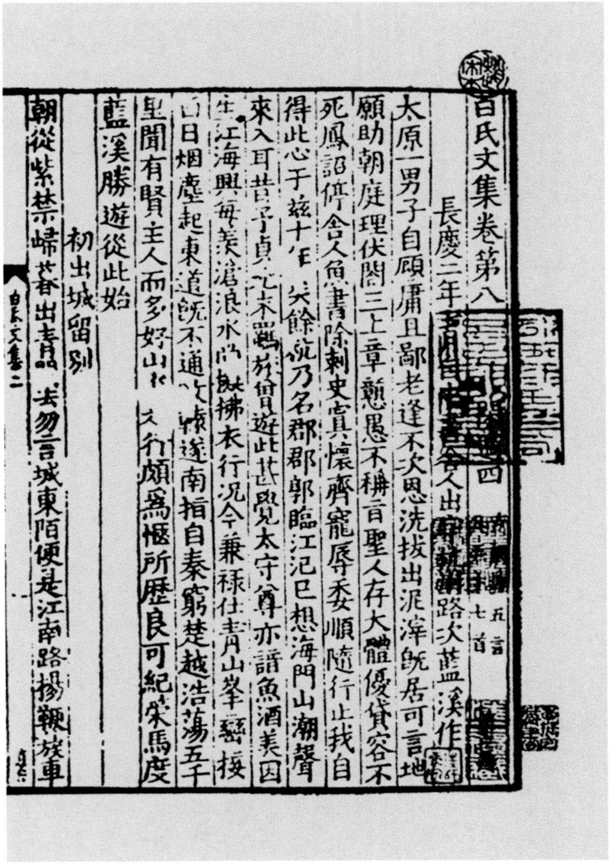

白氏文集卷第八

長慶二年[illegible]舍人出守杭州路次藍溪作

太原一男子自顧庸且鄙老逢不次恩洗拔出泥滓既居可言地
願助朝廷理伏閤三上章戇愚不稱旨聖人存大體優貸容不
死鳳詔停舍人魚書除刺史冥懷齊寵辱委順隨行止我自
得此心于茲十年矣餘杭乃名郡郡郭臨江汜已想海門山潮聲
來入耳昔予貞元末羈旅曾遊此甚覺太守尊亦諳魚酒美因
生江海興每羨滄浪水尚擬拂衣行況今兼祿仕青山峯巒接
白日烟塵起東道既不通改轅遂南指自秦窮楚越浩蕩五千
里聞有賢主人而多好山水是行頗爲愜所歷良可紀策馬度
藍溪勝遊從此始

初出城留別

朝從紫禁歸暮出青門去勿言城東陌便是江南路揚鞭簇車

白氏文集二

宋本《白氏文集》

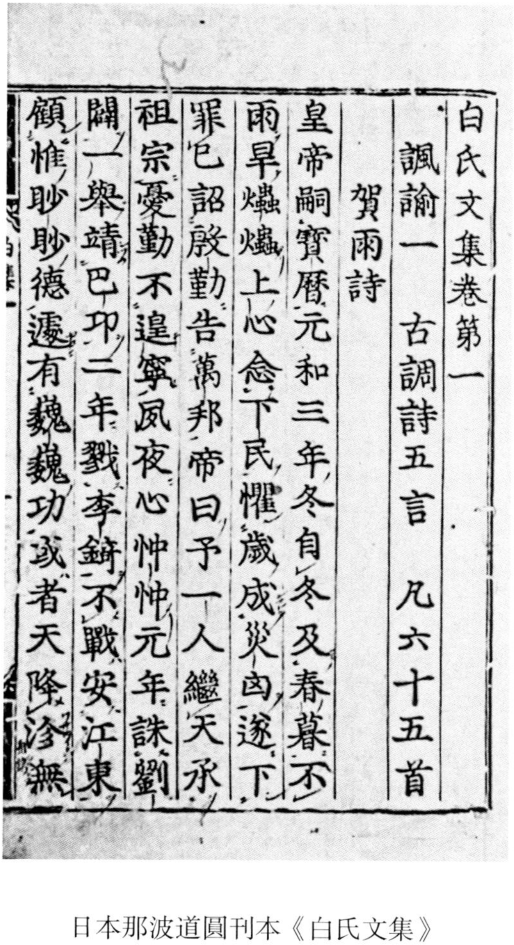
白氏文集卷第一
諷諭一　古調詩五言　凡六十五首
賀雨詩
皇帝嗣寶曆元和三年冬自冬及春暮不
雨旱爞爞上心念下民懼歲成災凶遂下
罪己詔殷勤告萬邦帝曰予一人繼天承
祖宗憂勤不遑寧夙夜心忡忡元年誅劉
闢一舉靖巴邛二年戮李錡不戰安江東
顧惟眇眇德遽有巍巍功或者天降沴無

日本那波道圓刊本《白氏文集》

前言

一

在我國文學史上，唐詩是封建社會詩歌發展的高峯。這一時期産生了許多偉大的詩人，李白、杜甫以後，白居易就是其中最傑出的一個。他的作品，不僅是我國優秀的文學遺産，也是世界文學的寶貴財富。

白居易（七七二——八四六），字樂天，晚年自號香山居士。太原是他的郡望，所以白居易有時自稱太原人；從他曾祖白温開始遷居到下邽（今陝西渭南），實際上是下邽人。他的祖父白鍠、外祖父陳潤都是詩人，父親白季庚也是明經出身，做過許多任地方官，很有政績。白居易生長在這樣一個以文學著稱的小官僚家庭中，從幼年起就受到良好的文學教養，爲他後來的詩歌創作打下了深厚的基礎。

唐王朝自安、史亂後，中央政權日漸削弱，藩鎮擁兵割據，對抗朝廷。宦官掌握禁軍（神策軍）大權，專横貪暴，無惡不作，皇帝的廢立，多半出于其手。再加上封建官僚之間劇烈的派系鬥争（著名的如牛僧孺和李德裕的黨争），政治異常黑暗。統治階級過着荒淫無恥的生活，更加緊對人民的慘酷剥削，土地愈益集中，生産力被嚴重破壞，階級矛盾更尖鋭化。就在這樣的時代裏，詩人白居易度過了他的一生。他十幾歲時，由于朱泚、李希烈等作亂，曾到徐州、越中等處避難。年紀稍長，父親白季庚去世，家境衰落，生活更加貧困，迫使他南北奔走，愁于衣食，「時難年荒世業空，弟兄羈旅各西東」（自河南經亂關内阻飢兄弟離散各在一處因望月有感聊書所懷寄上浮梁大兄於潛七兄烏江十五兄兼示符離及下邽弟妹），「苦乏衣食資，遠爲江海遊。光陰坐遲暮，鄉國行阻修。身病向鄱陽，家貧寄徐州」（將之饒州江浦夜泊），在這些詩句中，藴藏着詩人的無限辛酸，也表現出詩人對于當時人民生活痛苦有着深切的感受，因而與遭受苦難的勞動人民的思想感情有共通之處，奠定了他以後在政治上和詩歌創作上關懷人民疾苦的思想基礎。

貞元十六年（八〇〇）二月，在中書舍人高郢的主試下，白居易考取第四名進士。貞元十八年（八〇二）冬天，白居易應吏部試，第二年春天與元稹以書判拔萃同登科，同授秘書省校書郎，兩人成了最親密的朋友。校書郎任期滿後，白居易又與元稹一起應制舉，他們在長安華陽觀閉户累月，寫出了策林七十五道，表達了革新政治的進步見解，最早提出了詩歌以反映人民疾苦和補察時政爲職責的現實主義理論。制舉登科後，白居易被任命爲盩厔縣尉，他更多地了解人民被重重賦税殘酷剥削的慘狀，寫了很多揭露封建統治者和反映民生疾苦的作品，如觀刈麥、宿紫閣山北村等詩。同時他也爲自己擔任皇帝的差科頭（縣尉）而感到十分痛苦，「臣近爲畿尉，曾領和糴之司，親自鞭打，所不忍覩」（論和糴狀），就是這種矛盾心情的真實寫照。他的爲人傳誦的名篇長恨歌也是在這一時期寫成的。

元和二年（八〇七）秋天，白居易被召回長安，自集賢校理充翰林學士。第二年四月改授左拾遺，仍充翰林學士。中唐以後的翰林學士是替皇帝草擬機要文件的差使，地位非常重要，後來的宰相多半由其中提拔，所以又稱「内相」。左拾遺是諫官。白居易在任諫官的三年中，屢次上奏章請革除弊政，勇于向腐朽的惡勢力作鬥争，得罪了宦官與以李吉甫爲代表和宦官相勾結的舊官僚集團，他爲了反對宦官吐突承璀做統帥，甚至當面指摘了皇帝，因此爲宦官和舊官僚集團所切齒痛恨。但詩人并不顧忌這些，他除了上書爲民請命之外，還以他的詩歌作爲政治鬥争的武器，他的「惟歌生民病」的輝煌組詩秦中吟和新樂府就是這一時期所創作的。

元和九年（八一四）冬，白居易任太子左贊善大夫。第二年（八一五）六月，宰相武元衡被刺身死，御史中丞裴度受傷，白居易上書奏論，主張捕賊雪恥，引起了宦官和舊官僚集團的不滿，以越職言事之罪貶爲江州司馬。在江州時期，他寫成了與長恨歌齊名的不朽之作琵琶行和詩歌理論名篇與元九書。直到他的好友崔羣出任宰相，白居易才于元和十三年底由江州司馬除授忠州刺史。

貶官和遠離京都的寂寞生活，使白居易的精神非常苦悶，壯志逐漸消磨。元和十五年（八二〇）正月，憲宗暴卒，穆宗即位。這年夏天，白居易被召回長安任尚書司門員外郎〔二〕，接着又改授主客郎中、知制誥。但是重返京城，并没有給白居易帶來歡樂，君王昏庸，朝政日非，權貴們互相傾軋，使他感到「宦途氣味已諳盡」，不願卷入毫無意義的黨爭，便請求外任。長慶二年（八二二）七月，白居易出任杭州刺史。在杭州以及以後任蘇州刺史期間，白居易在自己職責範圍内實現了「恤隱安疲民」（初下漢江舟中作寄兩省給舍）的願望，他興修水利，引湖水灌田，替人民做了很多好事，深受蘇、杭人民的愛戴。他罷杭州刺史時所作别州民詩，傾吐了詩人對人民的深厚感情：「税重多貧户，農飢足旱田。唯留一湖水，與汝救凶年。」

仕宦的不得意，清閑的生活，使白居易更能致力于詩歌創作，不論是在長安任職或是任外官期間，他和朋友們的唱和是十分頻繁的。他一生中結識了很多朋友，大多是當時著名的詩人、文學家、政治家，如韓愈、張籍、王建、楊巨源、徐凝、李紳、牛僧孺、杜元穎、錢徽、嚴休復、裴度、韋處厚、崔羣、楊虞卿、楊嗣復、令狐楚、賈餗、舒元輿、郭行餘、李建、元宗簡、崔玄亮、李宗閔、李諒、沈傳師等。他與牛僧孺、李德裕兩黨的人物都有友誼關係，雖和牛黨關係較密切，但並没有捲入黨争中去。早在任盩厔尉時，就結識了著名的唐傳奇作家陳鴻，陳鴻爲他寫了長恨歌傳，成爲與長恨歌並傳不可分割的共同體。元稹是白居易早年往來最親密的朋友，歷來有元、白之稱，而白居易晚年關係最密切的朋友是劉禹錫，又被稱爲劉、白。寶曆二年（八二六）初冬，白居易離蘇州回洛陽，途中與劉禹錫在揚州見面時有醉贈劉二十八使君詩，劉禹錫也有酬樂天揚州初逢席上見贈詩，詩中表現了兩人極其深摯的友誼。但實際上劉、白兩人在揚州並非初次見面，劉禹錫有翰林白二十二學士見寄詩一百篇因以答貺詩，約作于元和三年至六年間，可知他們這時已有往來。又據元稹元和十年春在藍橋驛所作留呈夢得子厚致用詩，則劉禹錫自朗州召回與元稹同返長安，必有與白居易見面的可能。白居易另有一首初見劉二十八郎中有感詩，作于大和五年冬，見那波道圓本白集卷五七，編在醉贈劉二十八使君詩之後，題中也稱爲「初見」，這裏「初逢」和「初見」都是久別初逢的意思，並非專指初次見面。又從白居易永貞元年所作爲人上宰相（韋執誼）書、寄隱者詩，以及在論承璀職名狀中攻擊策劃永貞事變的宦官集團首領俱文珍一事，足以證明他是永貞革新政治集團的同情者，在這一點上，與積極參與永貞革新的劉禹錫有着共通的思想感情，也許是他們兩人晚年成爲密友的原因之一。

白居易罷任蘇州刺史回洛陽後，不久又由于宰相裴度和韋處厚的推薦，相繼出任秘書監及刑部侍郎。但他至長安任職後，黨爭愈演愈烈，宦途更加險惡，使這位從來不與宦官妥協的詩人深感「人間禍福實難料，世上風波老不禁，萬一差池似前事，又應追悔不抽簪」（戊申歲暮詠懷三首之三），他對實現「兼濟」不再存在任何幻想，便下決心于大和三年春辭去刑部侍郎，以太子賓客分司東都的名義回到洛陽。以後又做了一任河南尹，最後的官職是太子少傅分司東都，會昌元年春以百日長告假滿而停職。到了會昌二年才以刑部尚書致仕，領取半俸〔二〕。此時他已「我心與世兩相忘，時事雖聞如不聞」（詔下），實際上他是不能真的「與世相忘」的，就在這樣極端苦悶的心情中度過了他寂寞的晚年。會昌六年（八四六）八月，這位偉大的詩人離開了人間，葬于洛陽龍門山。

白居易的詩歌，由于具有較高的思想性和强烈的藝術感染力，當時不論在國内和國外都廣爲流傳〔三〕。據説雞林國的宰相搜求白居易的詩歌，竟以一百金換一篇。日本平安朝詩歌發展，也是受到白居易的直接影響。今天，白居易已成爲世界上的著名詩人之一，他的詩歌已被翻譯成多種外文，在各國人民中間享有盛譽。他的不朽作品和詩歌創作理論，無論在世界文學史中或中國文學發展史上都留下光輝燦爛的一頁。

二

白居易是唐代偉大的現實主義詩人。毫無疑問，反映現實的詩歌是他全部作品中的主流和傑出的部分，可是只談這些却不能概括他的作品的全貌。他的詩歌流傳到現在約有近三千首之多，從創作數量來説，在唐代詩人中是首屈一指的，其中包含「諷諭」詩和「閑適」詩兩大部分。

白居易的思想是儒、道、佛三家的混合産物，他中年曾惑於道家的丹藥，後來又皈依於佛教〔四〕，雖然各個時期的表現不同，但「達則兼濟天下，窮則獨善其身」的儒家思想在他身上始終佔主導地位。他自己解釋説：「謂之諷諭詩，兼濟之志也。謂之閑適詩，獨善之義也。」（與元九書）他早期作品中「志在兼濟」的諷諭詩是主要的一面，後期作品中「行在獨善」的閑適詩佔主要的一面，當然他前期也寫有閑適詩，後期也寫有近于諷諭的詩，但對當時所起的作用不大，僅居次要地位。

盛唐是唐代詩歌的黄金時代，但天寶以後逐漸出現程式化的傾向，「詩到元和體變新」（餘思未盡加爲六韻重寄微之），至白居易、元稹時代，才又突破樊籬，形成大變。白居易雖然吸收了如陶潛、韋應物等的所謂「閑適」的一面，另外又繼承了如陳子昂、杜甫等旨在「諷諭」的一面，但他并不是純粹蹈襲前人的老路，確實能做到能變能新，開創了所謂「元和體」，使當時的詩壇繼承盛唐而再盛，出現了又一個新的局面。

如前所述，白居易的詩歌成就，是和他的生活經歷以及他生活着的那個時代分不開的。他的詩歌創作是他的文學理論的實踐，「文章合爲時而著，歌詩合爲事而作」（與元九書），他主張用這個尺度去衡量歷來的詩人和作品，并總結了自詩經以來現實主義的文學創作經驗，强調了詩歌的戰鬥作用，内容與形式的統一，認爲文學必須爲政治服務，必須爲現實而作，用來「補察時政」、「洩導人情」（與元九書），使它成爲一種改造社會的工具和武器，決不能爲藝術而藝術。

他對于六朝梁、陳以來「嘲風雪，弄花草」，脱離現實的形式主義詩風給予嚴厲的批判，把詩經、漢魏樂府民歌、陳子昂、杜甫的現實主義優良傳統提到正宗的地位，其中特别推崇杜甫，對于他的新安吏、石壕吏、潼關吏、塞蘆子、留花門等詩篇和「朱門酒肉臭，路有凍死骨」等詩句，則大爲贊揚。「惟歌生民病，願得天子知」（寄唐生）、「丈夫貴兼濟，豈獨善一身」（新製布裘），他早年從民間剛登上政治舞臺不久，就發揚儒家「兼濟」的精神，要求實行「仁政」，不畏强暴，寫成了秦中吟、新樂府和其他「諷諭詩」的名篇，如諷刺横征急斂、貪污强暴的重賦、杜陵叟、黑潭龍、賣炭翁、宿紫閣山北村等。他極端沉痛地傾吐了鬱積人民心中的憤怒道：「奪我身上暖，買爾眼前恩。進入瓊林庫，歲久化爲塵。」（重賦）又運用同樣的手法控訴了封建統治者對農民的殘酷剥削，將它比喻成了吃人的野獸：「剥我身上帛，奪我口中粟。虐人害物即豺狼，何必鈎爪鋸牙食人肉！」（杜陵叟）宿紫閣山北村詩寫神策軍人的强暴，賣炭翁寫宫市「白望」的擾民，都非常形象化，如聞其聲，如見其人。又如「是歲江南旱，衢州人食人」（輕肥）、「朱門車馬客，紅燭歌舞樓，歡酣促密坐，醉暖脱重裘」（歌舞）、「豈知閿鄉獄，中有凍死囚」（歌舞），把豪門貴族荒淫無恥的生活，和江南大旱人食人、閿鄉農民欠賦被囚凍死的慘狀，作了鮮明的對比，藝術感染力量非常强烈。此外又如反對窮兵黷武的侵略戰争的新豐折臂翁，反映封建社會婦女受迫害的上陽白髮人、陵園妾、母别子、議婚、井底引銀瓶等，勸戒奢侈浪費的紅線毯、牡丹芳、買花等都是他的傑出的現實主義名篇。總之，他運用了變化萬端的比興手法，塑造了各種生動真實的受迫害者的藝術形象，揭露和抨擊了封建統治者的暴政和不合理現象，都是他的詩歌創作的輝煌成就。當然，白居易的文學理論也有其一定的片面性，過份强調單純的政治標準，與他的創作實踐有矛盾之處，也是無可諱言的。

白居易詩歌的藝術特點是「用語流便」〔五〕，平易近人。他善於學習和運用民間語言入詩，音韻優美，便于歌誦，容易爲廣大的讀者所接受，因此當時「禁省、觀寺、郵候、牆壁之上無不書，王公、妾婦、牛童、馬走之口無不道」（元稹白氏長慶集序）。但他對民間文學和民間口語絶非死板的摹仿，而是經過很大程度的加工和提煉，「郢人斤斲無痕迹，仙人衣裳棄刀尺」（劉禹錫翰林白二十二學士見寄詩一百篇因以答貺），他的作品，明朗，自然，圓熟，新鮮，必需千錘百煉才能達到這樣的藝術境界。宋周必大曾經説：「香山詩語平易，文體清駛，疑若信手而成者。閑觀遺稿，則竄定甚多。」（省齋文稿卷十六跋宋景文唐史稿）可見他下筆的極端謹慎了。至于蘇軾所提出的「元輕白俗」的説法，造成後世對白居易寫作「容易、輕率」的誤解，則是非常片面的。此外，僧惠洪冷齋夜話中所傳白居易詩成後「老嫗解則録之，不解則易之」，則更是出於有意的譏誚，令人不能置信。由于白居易的詩歌具有這種質樸明直的風格，因此直到晚年，他還認爲像劉禹錫的「雪裹高山頭白早，海中仙果子生遲」、「沈舟側畔千帆過，病樹前頭萬木春」一些寓憤激于婉約的詩句爲自己所不及，其實白居易那種具有强烈正義感、不畏强暴的性格是很難「婉約」的，所謂缺點也正是他的優點。

除了「惟歌生民病」的諷諭詩以外，白居易還寫了大量的感傷詩和雜律詩。雜律詩中如寫湖山之美在景中寓情的錢塘湖春行，以白描手法見長的問劉十九，都是膾炙人口的名篇。他的絶句，好作眼前景語，風韻天成，後來發展到首創憶江南小令，又與劉禹錫唱和楊柳枝、浪淘沙，吸取當時的民歌，譜寫新聲，在詞（長短句）的發生和發展上作出了重要的貢獻。感傷詩中的長篇敍事詩長恨歌、琵琶行是現實主義和浪漫主義相結合的代表作，這兩詩情節曲折，描寫細緻，抒情氣氛濃厚，句律和諧流動，後者的成就尤其超過前者，這和元稹的連昌宫詞、夢遊春七十韻都是「元和體」的上乘之作，「童子解吟長恨曲，胡兒能唱琵琶篇」（唐宣宗弔白居易詩），白詩不但在當時爲人所傳誦，對後世的影響也極深遠。如清初吴偉業永和宫詞、圓圓曲，以及近代王闓運圓明園詞等，都是它的仿製者。此外，後世的許多著名戲劇如關漢卿唐明皇哭香囊（殘本），白樸的唐明皇秋夜梧桐雨、牆頭馬上，屠隆的彩毫記，洪昇的長生殿，馬致遠的青衫淚和蔣士銓的四弦秋等，都是由白居易的作品演變而成的。所以白居易的詩歌創作，非但影響了他同時代的詩人元稹、劉禹錫、李紳、張籍、王建、楊巨源等人，而且對宋代及宋代以後的著名詩人如王禹偁、梅堯臣、蘇軾、黄庭堅、陸游、楊萬里、袁宏道、吴偉業、袁枚、趙翼、王闓運、黄遵憲等，也都産生過深遠的影響，他被後人稱爲「廣大教化主」（張爲詩人主客圖序），絶非過譽之辭。

白居易晚年退隱洛陽，寫了不少閑適詩，其中很多是消極頹廢、自我陶醉的作品，主要是怕捲入黨争的漩渦，企圖全身遠害，儒家「獨善其身」和佛家「求無生，歸空門」、道家「知足不辱」等思想在他身上佔了上風，其中一些不健康的作品，今天當然是要認真加以批判對待的。可是白居易這時内心裏是充滿着錯綜複雜的矛盾的，他的一些閑適詩並未完全忘情現實，「可惜濟時心力在，放教臨水復登山」（春來頻與李二賓客郭外同遊因贈長句），就是他晚年這種矛盾心情真實的寫照。有一次他在沐浴之後，感到心恬形適，却突然又想到了人間的苦難，吟出了：「是月歲陰暮，慘冽天地愁。白日冷無光，黄河凍不流。何處征戍行？何人羈旅遊？窮途絶糧客，寒獄無燈囚。勞生彼何苦，遂性我何優。撫心但自愧，孰知其所由？」（新沐浴）詩中似乎感到實現他的「兼濟」之志已經絶望了，感到人民像自己一樣的「穩暖」是不可能的，所以産生了疑問，但根本原因還是找不出來。他不知道，在封建社會裏，他的理想是絶對不可能實現的。當「甘露之變」未發生前，他的好友舒元輿還在洛陽，他們經常同遊龍門香山寺，白居易酬和舒元輿的詩如與張賓客舒著作同遊龍門醉中狂歌凡百三十八字、舒員外遊香山寺數日不歸兼辱尺書大詩勝事時正坐衙慮囚之際走筆題長句以贈之等詩都是這時寫成的，可見他們的交情不淺。「甘露之變」發生後，李訓、鄭注、舒元輿、賈餗、王涯、王播、郭行餘等全被宦官逮捕殺害，宦官從此更加囂張了，白居易這時非常悲憤地寫出了：「禍福茫茫不可期，大都早退似先知。當君白首同歸日，是我青山獨往時。顧索琴書應不暇，憶牽黄犬定難追。麒麟作脯龍爲醢，何似泥中曳尾龜！」（九年十一月十一日感事作）我認爲絶不能將它看作是一首幸災樂禍的詩，詩中將他的好友舒元輿、賈餗等比作了「麒麟」和「龍」，是悲痛達于極點的。這和前面所提到的酬和舒元與遊龍門香山寺的一些詩聯繫起來，就可以理解「當君白首同歸日，是我青山獨往時」兩句詩實有所指，不言而喻。後來白居易的文集裏，除了贈給舒元輿的詩以外，還保留着不少送給賈餗、郭行餘等人的詩，可見他並不絲毫忌諱，疾惡宦官的初心，始終不渝。從這些例子看來，對于白居易諷諭詩以外的作品，也不能簡單化地全盤否定，必須具體和細緻地加以分析，才能作出全面正確的評價。

白居易的散文，在當時也享有很高的聲譽。他的小品文如廬山草堂記、冷泉亭記、遊大林寺序等，清新雋永，在唐散文中别具特色，對唐以後及晚明的小品文起過重大的影響。他的著名的文學理論文與元九書，文字流暢生動，感情真摯，説理邏輯性極强，具有獨創風格。他寫的制誥和奏議也非常有名，尤其是和元稹一起，敢於毅然革去當時通行的駢體制誥，而採用比較樸素的古文，不能不認爲他們和韓愈、柳宗元一樣同是古文革新運動實踐者。「制從長慶辭高古，詩到元和體變新」（餘思未盡加爲六韻重寄微之詩），就是他們革新詩歌和散文最真實的記載，前一句「辭高古」是辭高於古代的意思，也是研究唐代散文不可忽視的重要材料。舊唐書白居易傳説：「昔建安才子，始定霸於曹、劉；永明辭宗，先讓功於沈、謝。元和主盟，微之、樂天而已。臣觀元之制策，白之奏議，極文章之壼奥，盡治亂之根荄。」可見對白居易在當時文壇地位的推崇備至。

三

白居易這樣一位偉大的詩人和文學家，可是千餘年來他的詩文却没有一部完全的注釋本。清康熙年間汪立名所編白香山詩集，只在少數作品後徵引了一些材料，非常簡陋。近人陳寅恪元白詩箋證稿，考證精博，頗多發明，可惜只限於新樂府及長恨歌等幾十首詩。其他的一些選本更不用説了。

據新唐書藝文志著録，白氏長慶集原爲七十五卷，現存七十一卷。因爲是白居易生前所自編，首尾比較完整。白居易會昌五年五月一日寫的後序説：「白氏前著長慶集五十卷，元微之爲序。後集二十卷，自爲序。今又續後集五卷，自爲記。前後七十五卷，詩筆大小凡三千八百四十首。」可知白居易原來自編的集子分爲前集、後集、續集三個部分，後來雖經兵亂，散失了極少數〔六〕，但絶大部分完整地保存了下來。宋紹興刊本白氏文集七十一卷是現存最早的白集刊本，其編次則與白氏原來自編的寫本不同，將詩（卷一至卷三七）文（卷三八至卷七一）完全分開。流傳到現在的日本那波道圓翻宋本白氏長慶集，雖然已經被後人竄改，仍然大致保存白氏自編前後續集本的原來面貌。

本書箋校全部白集及補遺詩文共三千七百餘篇，採摭歷來筆記、詩話、研究專著及有關考證評論等資料，分納入每篇作品之下。箋的部分，以人名、地名爲主，傍及僻見典故、制度、史實及有關考證，尤着重總結歷來之學術研究成果。即以人名、地名而論，凡是直接間接足以考證白氏行蹤、交遊的史籍、文集、石刻，大都儘量搜採，但得來亦非易事。如：遊寶稱寺詩中的寶稱寺，各書俱未載，及見寶刻叢編卷十五唐寶稱大律師塔碑，知此寺在廬山。山中酬崔使君見寄、題崔使君新樓兩詩中之崔使君，歷來都無考，如果不是從寶刻叢編卷十五引復齋碑録「唐崔融遊東林寺詩石刻，元和十三年二月二十九日曾孫江州刺史能重刻」等語尋求，絶對不可能知道這位江州刺史即後來曾任嶺南節度使的崔能。懶放二首呈劉夢得吴方之詩中之吴方之，如果不是從劉禹錫吴方之見示聽江西故吏朱幼恭歌三篇詩中得知他曾任官江西，則必不能考知爲曾任江西觀察使的吴士矩。又如：宿紫閣山北村詩「口稱採造家，身屬神策軍」句，據册府元龜卷六一得知「南山採造」是唐代左神策軍的直屬機構。草詞畢遇芍藥初開……詩「詞頭封送後」句，據宋洪遵翰苑遺事引王寓玉堂賜筆硯記釋「詞頭」爲唐、宋翰林學士據以草擬制書之文件。此外，由於白氏長慶集是唐代作者自編而保存最完整的詩文集，不但具有很高的文學價值，並且保存豐富的第一手唐代史料。白居易的一生，與唐代貞元至會昌間的文學、史事都有牽連，如文學上的古文運動及新樂府運動，政治上王叔文集團與宦官的對立，李紳、元稹與李逢吉的對立，李德裕與李宗閔、牛僧孺的對立，以及宋申錫漳王之獄，李訓、鄭注甘露之變，這一時期的重要政治和文學人物，都與居易相牽涉或交遊往還。本書在人名或作品編年的箋釋考證中，不但糾補了歷來唐史及有關典籍的闕誤，而且進一步考訂了與他同時的重要文學家、政治家的生平，解決了學術上所存在的一些問題。如：白氏大和八年所作感舊詩「崔君誇藥力」句中的「崔君」是崔玄亮，陳寅恪元白詩箋證稿誤爲崔羣。據白氏酬皇甫鏞詩及唐銀青光禄大夫太子少保安定皇甫公墓誌銘考知皇甫鎛爲皇甫鏞的仲弟，皇甫鏞卒於開成元年七月十日，年七十七。舊唐書及新唐書皇甫鎛傳俱誤作「鎛弟鏞」，而舊唐書皇甫鎛傳又誤作「（鏞）卒年四十九」。又據白氏長慶元年作慈恩寺有感詩自注、有唐善人墓碑銘及元稹唐故中大夫尚書刑部侍郎上柱國隴西縣開國男贈工部尚書李公墓誌銘，考知李建卒於長慶元年二月二十三日，糾正舊唐書及新唐書李建傳記載建卒於長慶二年之誤。又據白氏酬嚴休復詩及勞格讀書雜識杭州刺史考證明居易長慶二年除杭州刺史是元藇的後任，糾正唐語林謂居易爲嚴休復後任之誤。再從白氏酬張籍詩編年排比，考知張籍長慶三年以後已官主客郎中，大和二年後復自主客郎中遷國子司業，糾正近人研究中謂張籍繼劉禹錫爲主客郎中的錯誤，並且訂正了舊唐書張籍傳「轉水部郎中卒」及唐詩紀事、全唐詩話「終主客郎中」等繆誤。又白氏長慶二年作郢州贈別王八使君詩中之「王八使君」爲郢州刺史王鎰，岑仲勉唐人行第録王八條云「名未詳」，失考。又據白氏長慶四年題新居寄宣州崔相公詩考知崔羣長慶四年始赴宣歙觀察使任，吴廷燮唐方鎮年表誤繫於長慶三年赴任。又石雄爲河陽節度使在會昌四年十二月，見資治通鑑卷二四八，則白氏河陽石尚書破迴鶻迎貴主過上黨射鷺鷥繪畫爲圖猥蒙見示稱歎不足以詩美之一詩之作不得早於會昌五年初，日本花房英樹及國內研究者謂此詩作於會昌三年或四年，俱誤。其餘的例子還很多，這裏不能一一列舉。

在校勘方面，本書以明萬曆三十四年馬元調刊本白氏長慶集爲底本（馬元調本白氏長慶集爲當時最通行的刊本，盧文弨羣書拾補即以馬本爲底本校以海虞葛氏影宋鈔本白氏文集，四庫全書所收的通行本白氏長慶集亦即馬元調本），校以文學古籍刊行社影印宋紹興本白氏文集等重要刊本及清人校記、唐宋重要總集及選本近二十種，比勘之下，訂正各本魯魚亥豕之誤者，不勝枚舉。如：郡中即事詩「今朝是隻日」句中之「隻日」，馬元調本、全唐詩俱作「雙日」，那波道圓本作「直日」，俱非。考宋史張洎傳云：「自天寶兵興之後，四方多故，肅宗而下，咸隻日臨朝，雙日不坐。」可知朝謁應當在隻日，兹從宋紹興本及盧文弨校改正，汪立名本「隻」下注云：「一作『雙』。」亦非。哭諸故人因寄元八詩「好在元郎中」句中之「好在」，乃唐人存問之辭，馬元調本、汪立名本、全唐詩、盧文弨校俱誤作「好狂」。長安送柳大東歸詩「白社羈遊伴」句中之「白社」乃洛陽地名，宋紹興本、那波道圓本俱誤作「白杜」，盧文弨校：「白杜疑地名。」也失考。同李十一醉憶元九詩「計程今日到梁州」句，「梁州」，宋紹興本、那波道圓本、馬元調本、汪立名本、全唐詩俱誤作「涼州」，據才調集改正。興果上人殁時題此決別兼簡二林僧社詩，宋紹興本、那波道圓本、馬元調本、汪立名本、全唐詩俱訛作「與果上人」，據白氏江州興果寺律大德湊公塔碣銘改正。六年春贈分司東都諸公詩「我爲司州牧」句中之「司州」，宋紹興本、馬元調本、汪立名本、全唐詩俱誤作「同州」，考居易大和九年除同州刺史不拜，應從那波道圓本作「司州」爲正。又香山寺記「闕塞之氣色」中之「闕塞」，各本俱誤作「關塞」，考白氏大和六年作重修香山寺畢題二十二韻以紀之詩云：「闕塞龍門口，祇園鷲嶺頭。」闕塞山即龍門山，則當作「闕塞」無疑，據以改正。此外，還值得重視的是北京圖書館藏失名臨何焯校一隅草堂刊本白香山詩集，其中頗多可貴的稀見資料。如：此書卷二〇所引黄校（不是黄丕烈，據趙萬里先生生前見告爲黄儀）云：「此卷用廬山集本校。」黄校所提到的廬山集本，大概是錢氏絳雲樓所藏，雖然不可能如錢遵王讀書敏求記中所指的廬山真本，可是細勘其中文字與宋紹興本不同，顯係北宋刊本無疑。何校中比較精闢的，像卷十二琵琶引「幽咽泉流冰下難」中的「冰下難」，宋紹興本作「水下難」，那波本作「冰下灘」，何校則作「冰下難」，疑段玉裁與阮芸臺書（陳寅恪元白詩箋證稿所引）中主「冰下難」之説，或許就是引伸何氏之意。卷十三別韋蘇詩，馬元調本、汪立名本、萬首唐人絶句、全唐詩俱作「別韋蘇州」，是明顯的錯誤，宋紹興本、那波道圓本俱正作「別韋蘇」。何校云：「黄云：『校本去州字。』」與宋紹興本合。卷二一六年春贈分司東都諸公詩「我爲司州牧」句中之「司」字，宋紹興本、馬元調本、汪立名本俱訛作「同」，那波本作「司」，何校據黄校作「司」，較宋紹興本爲佳。又卷二〇逢張十八員外籍「晚嵐林葉闇」之「晚」字，何校云：「宋刻作『曉』。」卷三〇雪中晏起……詩「又不見西京浩浩唯紅塵」句中之「西京」，何校云：「宋本作『北闕』。」均與宋紹興本不同。以上所舉只是少數的例子，然已足以説明何校的價值。

本書屬稿於一九五五年，歷時十餘載始完成初稿，一九六八年抄家時被劫走，「四人幫」粉碎後始慶珠還，現重加修訂補充，并由女兒易安編製篇目索引附于書後，由上海古籍出版社出版。書中一定存在着不少錯誤，殷切地希望得到專家和讀者的指正。

〔一〕陳振孫白文公年譜元和十五年庚子：「冬，召爲司門員外郎。有初脱刺史緋、別東坡、發白狗黃牛峽等詩。十二月二十八日除主客郎中、知制誥。」城按：別種東坡花樹兩絶詩云：「何處殷勤重回首，東坡桃李種新成。」發白狗峽次黃牛峽登高寺却望忠州詩云：「巴曲春全盡，巫陽雨半收。」所描寫的都是春夏的景色，可證白居易在元和十五年夏初離開忠州返長安。白氏又有洛中偶作詩云：「五年職翰林，四年莅潯陽。一年巴郡守，半年南宫郎。二年直綸閣，三年刺史堂。」這裏所謂「南宫郎」是指尚書司門員外郎，知制誥後已是中書省的官，則知元和十五年夏召爲司門員外郎，到這年十二月二十八日除主客郎中、知制誥恰好是半年，與「半年南宫郎」詩句相符合。如果説白居易元和十五年冬召爲司門員外郎，那麽這句詩便無法解釋。汪立名白香山年譜云：「（元和）十五年冬，自忠州召還，拜尚書司門員外郎。」也是沿襲陳直齋的錯誤。又白居易長慶二年七月三十日所作商山路有感詩序云：「前年夏，予自忠州刺史除書歸闕。」「前年夏」即元和十五年夏天，有力地證明上述論斷的可信。

〔二〕陳振孫白文公年譜會昌元年：「有百日假滿少傅官停自喜言懷詩。除刑部尚書致仕時，李德裕初用事也。」汪立名白香山年譜會昌二年：「公年七十一，罷太子少傅，以刑部尚書致仕。紀事作元年致仕。按：公詩有『七年爲少傅』。又寫真詩序：『會昌二年，罷太子少傅，爲白衣居士。』以年考之，自是會昌二年。」城按：居易除太子少傅分司在大和九年十月，他的官俸初罷親故見憂以詩諭之云：「七年爲少傅，品高俸不薄。乘軒已多慚，況是一病鶴。又及懸車歲，筋力轉衰弱。……今春始病免，纓組初擺落。」達哉樂天行云：「七旬纔滿冠已掛，半禄未及車先懸。」都説七十歲罷少傅，未致仕請到半俸前已停官。大和九年至會昌元年也正合七年之數。唐制，致仕可得半俸，見唐會要卷六七「致仕官」條下。居易還未致仕，所以罷少傅官後即停俸。又白氏香山居士寫真詩序云：「會昌二年，罷太子少傅爲白衣居士，又寫真於香山寺經堂，時年七十一。」是説會昌二年已罷少傅官，但還未致仕，所以罷少傅官後即停俸，並不是説這年才罷官。據此可知陳譜説居易會昌元年以刑部尚書致仕，汪譜説居易會昌二年罷太子少傅，都是錯誤的。

〔三〕見白氏與元九書及元稹白氏長慶集序。

〔四〕白居易是如滿僧的弟子，爲佛教禪宗南嶽下第三世法嗣。見五燈會元卷三。

〔五〕許學夷在詩源辨體中論元和詩説：「退之奇險，東野琢削，長吉詭幻，盧仝、劉叉變怪，惟樂天用語流便，似欲矯時弊，然快心露骨，終成變體。」

〔六〕岑仲勉論白氏長慶集源流并評東洋本白集一文論白集的源流説：「白集除傳家者外，其東林真跡，於唐末或五代初期，已被武人脅去。兵火四起，洛、蘇兩分，殆同灰燼。楊氏子出撫江城，始爲補寫，大約據外間傳本，連綴成書，未加詳審，今本雜僞文多篇，當即此時混入。自此歷後周迄宋仁宗，諸家所記，卷祇七十，其第七十一卷，應是南宋以前拾遺補附，觀今東本卷首總目不列此卷，又此卷之内特標『刑部尚書致仕太原□居易』十字，爲他卷所無，異同之故，頗耐人思也。宋時蜀刊更多外集一卷，今所傳白文不見於七十一卷本者，意即從是而出。凡諸家外集，都是後人纂輯，惑於疑似，恐僞亂真，故創斯名，其非白氏之舊，無待論矣。」岑氏此文非常概括地敍述了白集早期的複雜源流，因迻録於此。

一九六五年五月初稿，一九八五年二月修改，朱金城于上海雙白簃。

白居易集箋校凡例

一、白居易集版本歷來流傳系統有二：（一）先詩後筆本（以宋紹興本爲代表，明刊本如馬元調本等均屬此一系統）。（二）前後續集本（以日本那波道圓翻宋本爲代表）。本書校勘以明萬曆三十四年馬元調刊本白氏長慶集（爲當時最通行之刊本，簡稱馬本）爲底本，校以下列各刊本：

（一）文學古籍刊行社影印敦煌殘本白氏詩集（簡稱敦煌本）。

（二）文學古籍刊行社影印宋紹興本白氏文集（簡稱宋本）。

（三）四部叢刊影印日本那波道圓翻宋本白氏長慶集（簡稱那波本）。

（四）清康熙四十三年汪立名一隅草堂刊本白香山詩集（簡稱汪本）。

（五）中華書局影印清武進費氏覆宋本白氏諷諫（簡稱諷諫）。

（六）北京圖書館藏失名臨何焯校一隅草堂刊本白香山詩集（簡稱何校）。

（七）清查慎行白香山詩評校語（簡稱查校）。
（八）清盧文弨羣書拾補校白氏文集（簡稱盧校）。
（九）岑仲勉論白氏長慶集源流並評東洋本白集文中校記（簡稱岑校）。
（十）清嘉慶十九年刊本全唐文（簡稱全文）。
（十一）清康熙四十六年揚州詩局刊本全唐詩（簡稱全詩）。

二、除上列刊本及校記外，並以唐、宋兩代重要總集及選本進行校勘：

（一）四部叢刊影印述古堂鈔本才調集（簡稱才調）。
（二）明隆慶刊本文苑英華（簡稱英華）。
（三）四部叢刊影印明嘉靖本唐文粹（簡稱文粹）。
（四）明嘉靖談愷刊本太平廣記（簡稱廣記）。
（五）文學古籍刊行社影印宋本樂府詩集（簡稱樂府）。
（六）文學古籍刊行社影印明嘉靖本萬首唐人絶句（簡稱萬首）。
（七）涵芬樓影印選印宛委別藏本分門纂類唐歌詩殘（簡稱唐歌詩）。

三、本書共分七十一卷。每篇詩文後均附有繫年，編次仍依馬元調本及宋紹興本，以存其舊。那波道圓本之編次較近於白氏自編寫本，近世四部叢刊影印本最爲通行，其佳處固不可没，唯原注悉被删去，實所不取。此外，汪立名本編次出入亦較大。凡與馬本、宋本卷次有異者，均注明其卷次於後。凡馬本、宋本未收之佚詩、佚文，另輯詩文補遺外集三卷。

四、本書蒐求佚詩、佚文，務求完備，故雖已經辨明之僞作，如：李德裕相公貶崖州三首，全唐文署名李虞仲作授賈餗等中書舍人制、授李渤給事中鄭涵中書舍人等制兩文，暨罕見之遊紫霄宫（見宋桑世昌回文類聚）、遊横龍寺（見南岳志）等詩，旁及日本所保存之吉光片羽，即使未能遽定爲白氏之作，俱加以輯録，俾供研究者參考。

五、白氏詩文數量之多，爲唐人之冠。本書之箋釋盡量採用前後互證方法，并注明所徵引白氏詩文卷數，以便研究者查考。

六、白氏之長恨歌、琵琶行、新樂府諸篇，已有陳寅恪元白詩箋證稿詳加箋釋，考證精博。凡陳氏之有所發明者，本書大都徵引，未敢掠美，皆一一注明出處。

七、白氏年譜，現存最早者爲宋陳振孫白文公年譜，其次爲清汪立名白香山年譜，兩譜既失之簡陋，復多繆誤。據陳振孫直齋書録解題所載，陳氏之前尚有李璜及何友諒所編兩種白氏年譜，俱已失傳。此外計有功唐詩紀事所載白氏繫年，則尤爲鄙陋。本書所附白居易年譜簡編，雖爲簡編，然敘事已遠較陳、汪兩氏爲詳，凡足以繫年之白氏詩文俱編次於後，至於陳、汪兩氏及近人研究中之紕繆，亦悉加訂正。

八、本書附録共分三部分：（一）碑傳，（二）序跋，（三）白居易年譜簡編。

九、本書除以上所列各種校本用簡稱外，其餘引用較多之書，如舊唐書簡稱舊書，新唐書簡稱新書，陳振孫白文公年譜簡稱陳譜，汪立名白香山年譜簡稱汪譜，元稹集簡稱元集，劉禹錫集簡稱劉集等，不一一列舉。

十、本書所採用底本馬元調刊本中附加之注音，一概自正文下删去，而在校記中逐條注明，以免與原注混淆不清。

十一、本書後附有所編白氏詩文篇目索引，以便查檢。

白居易集箋校目録

卷二　諷諭二　古調詩五言　凡五十八首

卷三 諷諭三 新樂府 凡二十首

卷四 諷諭四 新樂府 三十首

卷五　閑適一　古調詩　凡五十三首

卷六　閑適二　古調詩五言　凡四十八首

卷七　閑適三　古調詩五言　凡五十八首

卷八　閑適四　古調詩五言　凡五十七首

卷九　感傷一　古調詩五言　凡五十五首

卷十　感傷二　古調詩五言　凡七十八首

卷十一 感傷三 古體五言 凡五十三首

卷十二　感傷四　歌行曲引雜體　凡二十九首

卷十三 律詩 五言 七言 凡九十九首

卷十四　律詩　五言　七言　凡一百首

卷十五　律詩　五言　七言　凡九十九首

卷十七　律詩　五言　七言　凡一百首

卷十八　律詩　五言　七言　凡九十九首

卷十九 律詩 五言 七言 凡一百首

卷二十　律詩　五言　七言　凡九十七首

卷二十一　格詩歌行雜體　凡五十六首

卷二十二 格詩雜體 凡六十首

卷二十三　律詩　凡一百首

卷二十四　律詩　凡一百首

卷二十五　律詩　凡一百首

卷二十六　律詩　五言　七言　凡一百首

卷二十七　律詩　五言　七言　凡九十首

卷二十八　律詩　五言　七言　凡一百首

卷二十九　格詩　凡五十首

卷三十　格詩　凡四十五首

卷三十一　律詩　凡一百首

卷三十二 律詩 凡八十二首

卷三十三　律詩　凡九十九首

卷三十四　律詩　凡七十五首

卷三十五　律詩　凡一百首

卷三十六　半格詩　律詩附　凡九十五首

卷三十七 律詩 五言 七言 凡五十六首

卷三十八　詩賦　凡十五首

卷三十九　銘贊箴謡偈　凡二十一首

卷四十 哀祭文 凡十四首

卷四十一 碑碣 凡六首

卷四十二 墓誌銘 凡七首

卷四十三 記序 凡十二首

卷四十八　中書制誥一　舊體　凡二十七道

卷四十九　中書制誥二　舊體　凡三十道

卷五十　中書制誥三　舊體　凡二十八道

卷五十一　中書制誥四　新體 祭文冊文附

凡五十道

卷五十二　中書制誥五　新體　凡五十道

卷五十三　中書制誥六　新體　凡四十八道

卷五十四　翰林制詔一　凡三十四道　擬制附

卷五十五　翰林制詔二　凡四十三道

卷五十六　翰林制詔三　勑書批答祭文贊文

附　凡五十五道

卷五十七　翰林制詔四　勑書批答祭文贊詞

附　凡六十八首

卷五十八　奏狀一　凡十三首

卷五十九　奏狀二　凡二十四首

卷六十　奏狀三　凡七首

卷六十三　策林二　凡十七道

卷六十四　策林三　凡十九道

卷六十五　策林四　凡二十一道

卷六十六　判　凡五十一道

卷六十七　判　凡五十道

卷六十八　碑誌序記表讚論衡書

凡十三首

卷六十九　碑序解祭文記　凡十二首

卷七十　銘誌贊序祭文記辭傳　凡十八首

卷七十一 碑記銘吟偈 凡十一首

外集卷上　詩文補遺一　詩詞一

凡六十三首　句二

外集卷中　詩文補遺二　詩詞二

凡四十六首　句三十四

外集卷下　詩文補遺三　文　凡二十四首

附録三　白居易年譜簡編……三九六七

篇目索引……一

白居易集箋校卷第一

諷諭一　古調詩五言　凡六十四首

賀雨

皇帝嗣寶曆，元和三年冬。自冬及春暮，不雨旱爞爞。上心念下民，懼歲成災凶。遂下罪己詔，殷勤告萬邦。帝曰予一人，繼天承祖宗。憂勤不遑寧，夙夜心忡忡。元年誅劉闢，一舉靖巴邛。二年戮李錡，不戰安江東。顧惟眇眇德，遽有巍巍功。或者天降沴，無乃儆予躬。上思答天戒，下思致時邕。莫如率其身，慈和與儉恭。乃命罷進獻，乃命賑饑窮。宥死降五刑，已責寬三農。宮女出宣徽，廄馬減飛龍。庶政靡不舉，皆出自宸衷。奔騰道路人，傴僂田野翁。歡呼相告報，感泣涕沾胸。順人人心悦，先天天意從。詔下纔七日，和氣生沖融。凝爲悠悠雲，散作習習風。晝夜三日雨，凄凄復濛濛。萬心春熙熙，百穀青芃芃。人變愁爲喜，歲易儉爲豐。乃知王者心，憂樂與衆同。皇天與后土，所感無不通。冠珮何鏘鏘，將相及王公。蹈舞呼萬歲，列賀明庭中。小臣誠愚陋，職忝金鑾宫。稽首再三拜，一言獻天聰：君以明爲聖，臣以直爲忠。敢賀有其始，亦願有其終。

【箋】

作於元和四年（八〇九），三十八歲，長安，左拾遺、翰林學士。見陳譜及汪譜。汪立名云：「按：元和四年閏三月，憲宗以久旱欲降德音，公見詔節未詳。即建言乞免江、淮兩賦，以救流瘠，且多出宫人，上悉從之。制下而雨。公集中有奏請加德音中節目二狀。」白氏與元九書（卷四五）云：「凡聞僕賀雨詩，而衆口籍籍，已謂非宜矣。」

〔不雨旱爞爞〕何義門云：「穀梁傳：不雨者，雨也。」

〔劉闢〕貞元中進士擢第，宏詞登科，韋臯辟爲從事。臯卒，闢自爲西川節度留後。時憲宗初即位，以無事息人爲務，遂授闢檢校工部尚書，充劍南西川節度使。劉闢既得旌節，志益驕，求兼領三川，憲宗不許，遂發兵圍東川節度使李康於梓州。憲宗命神策軍使高崇文與山南西道節度使嚴礪將兵同討闢。元和元年九月，崇文騎將酈定進擒闢於成都府西羊灌田，送京師斬之，遂平蜀。

見舊書卷一四〇、新書卷一五八本傳及通鑑卷二三七。

〔李錡〕河中節度使李國貞子。以父蔭，貞元末累遷至潤州刺史、鎮海軍節度使。時夏、蜀既平，藩鎮惕息，錡亦不自安，求入朝而稱疾復止。元和二年十月表言軍變，遂謀反。後爲其甥裴行立迴戈執於幕，同年十一月斬於闕下。見舊書卷一一二、新書卷二二四上本傳及通鑑卷二三七。

〔宣徽〕宣徽殿。在長安大明宮。兩京城坊考卷一：「宣徽殿在浴堂殿東，見大典閣本圖。」

〔飛龍〕飛龍廄。在長安大明宮玄武門外。雍録卷八：「飛龍廄：後苑有驥德院，禁馬所在。韋后入飛龍廄爲衛士斬首，蓋自玄武門出宮入廄也。」

〔列賀明庭中〕何義門云：「出賀字。」

〔金鑾宮〕即金鑾殿。在長安大明宮，爲東翰林院之所在。長安志卷六：「金鑾殿在環周西北。」雍録卷四：「金鑾殿在蓬萊山正西微南也。龍首山坡隴之北至此餘勢猶高，故殿西有坡，德宗即之以造東學士院而明命，其實爲金鑾坡也。韋執誼故事曰：置學士院後，又置東學士院於金鑾殿之西。李肇志補曰：德宗移院於金鑾坡西也。石林葉氏曰：俗稱翰林學士爲坡，蓋德宗時嘗移學士院於金鑾坡，故亦稱坡，此其説是也，而不言金鑾何以名坡，於事未白，予故詳言也。若夫諸家謂爲移院者，則亦失實。蓋德宗造院於金鑾坡上，是即以坡而别建一院耳。以其在開元學士院之東，故命爲東翰林院，而夫開元創立之院在右銀台門内者，元不曾廢也。即諸家謂移院者，皆誤也。」城按：白氏與元微之書（卷四五）云：「餘習所牽，便成三韻云：『憶昔封書與君夜，金鑾殿後欲明天。』」即指此，可知德宗後，翰林學士入值多在金鑾坡也。

〔敢賀有其始〕何義門云：「仍以賀字收。」

【校】

〔書名〕馬本原作「白氏長慶集」，宋本、那波本俱作「白氏文集」，後同。

〔六十四首〕宋本、那波本、馬本俱誤作「六十五首」，據汪本及岑校改。

〔爞爞〕此下馬本注云：「持中切。」

〔告萬邦〕「告」，馬本、汪本俱作「制」，據宋本、那波本、全詩、盧校改。此下全詩注云：「一作『制』。」汪本「制」下注云：「一作『告』。」

〔靖巴邛〕「靖」，英華作「清」。

〔天降沴〕「天」，英華作「大」。

〔已責〕宋本、馬本、那波本俱作「責已」。英華作「已責」，注云：「二字出左傳，文粹作『責已』，非。」汪本亦作「已責」，注云：「按：『已責』乃用左傳晉悼公『已責』事，謂止逋債也。今本皆作『責已』，誤。」城按：汪本蓋據文苑英華辨正。盧校亦云：「宋作『責已』，誤。」岑仲勉云：「『已責』乃免稅之辭藻，全詩正文猶作『責已』，祇小注『一作已責，責通債』，未免不知去取矣。」（見文苑英華辨證校白氏詩文附按）據英華、汪本、盧校、岑校改正。

〔靡不舉〕「靡」，英華作「無」。又此下全詩注云：「一作『無』。」

〔皆出〕「出」，馬本、汪本俱作「由」，據宋本、英華、盧校改。全詩注云：「一作『由』。」

〔悠悠〕此下英華注云：「一作『油油』。」又汪本、全詩俱作「油油」，并注云：「一作『悠悠』。」

〔芃芃〕此下馬本注云：「蒲紅切。」

〔明庭〕「明」，英華作「朝」。

〔直爲忠〕「直」，英華作「真」，非。

讀張籍古樂府

張君何爲者？業文三十春。尤工樂府詩，舉代少其倫。爲詩意如何？六義互鋪陳。風雅比興外，未嘗著空文。讀君學仙詩，可諷放佚君。讀君董公詩，可誨貪暴臣。讀君商女詩，可感悍婦仁。讀君勤齊詩，可勸薄夫敦。上可裨教化，舒之濟萬民。下可理情性，卷之善一身。始從青衿歲，迨此白髮新。日夜秉筆吟，心苦力亦勤。時無采詩官，委棄如泥塵。恐君百歲後，滅没人不聞。願藏中秘書，百代不湮淪。願播内樂府，時得聞至尊。言者志之苗，行者文之根。所以讀君詩，亦知君爲人。如何欲五十，官小身賤貧？病眼街西住，無人行到門！

【箋】

作於元和十年（八一五），四十四歲，長安，太子左贊善大夫。城按：張籍方官太常寺太祝，與居易時相往還酬唱，白氏又有酬張十八訪宿見贈（卷六）及寄張十八（卷六）兩詩，均係酬籍者，亦作於是年。潘德輿養一齋詩話：「香山讀張籍古樂府云：『爲詩意如何？六義互鋪陳，雅頌比興外，未嘗著空文。』『上可裨教化，舒之濟萬民。下可理情性，卷之善一身。』『言者志之苗，行者文之根。所以讀君詩，亦知君爲人。』數語可作詩學圭臬。予欲取之以爲歷代詩人總序。合乎此則爲詩，不合乎此，則雖思致精到，詞語雋妙，采色陸離，聲調和美，均不足以爲詩也。學者可以知所從事矣。」

〔張籍〕字文昌，和州烏江人。（城按：舊書張籍傳不言何郡人，新傳謂和州烏江人，唐才子傳從之。郡齋讀書志、唐詩紀事、全唐詩話皆云和州人，余嘉錫四庫提要辨證據韓愈張中丞傳後序、直齋書録解題考辨籍爲吴郡人，不可信，吴郡蓋其郡望也。）第進士，官太常寺太祝。韓愈薦爲國子博士，歷水部員外郎，主客郎中，仕終國子司業。籍以詩名當代，白居易、元稹皆與之遊，韓愈尤重之。見舊書卷一六〇、新書卷一七六本傳。

〔學仙詩〕張籍學仙詩，見全詩卷三八三。

〔董公詩〕張籍董公詩，見全詩卷三八三。

〔勤齊詩〕疑爲詠勤思齊之詩，「勤齊」者，「勤思齊」三字之簡稱耳。城按：勤齊及商女二詩，今本張籍集、全唐詩俱未載，蓋已亡佚。勤思齊，和州歷陽人。李白歷陽壯士勤將軍名思齊歌序云「歷陽壯士勤將軍，神力出於百夫，則天太后召見，奇之，授游擊將軍，賜錦袍玉帶，朝野榮之。後拜横南將軍，大臣慕義結十友，即燕公張説、館陶公郭元振爲首，余壯之，遂作詩。」王琦注云：「勤將軍之名不載史册，然考許渾集有題勤尊師歷陽山居詩序云：師即思齊之孫，然則其名亦震耀一時矣。楊升庵述希姓引之，作勒思齊者，誤也。」琢崖之説是也。又據乾隆江南通志卷三六輿記志古蹟，勤將軍宅在（和）州西北雞籠山。籍亦家和州，宅在州通淮門内，兩人有鄉里之誼，則勤齊即勤思齊之説，蓋非出於偶合。

〔如何欲五十兩句〕白氏與元九書（卷四五）：「張籍五十，未離一太祝。」城按：太常寺太祝，正九品上，常出納神主，祭祀則跪讀祝文，卿省牲則循牲告充，牽以授太官。見新書百官志。

【校】

〔尤工〕「尤」，馬本誤作「猶」，據宋本、那波本、汪本、全詩、盧校改正。

〔可勸薄夫敦〕「敦」，宋本、那波本俱作「淳」。全詩注云：「一作『淳』。」城按：孟子萬章云：「故聞柳下惠之風者，鄙夫寬，薄夫敦。」蓋爲此詩之所本。作「淳」者非。今人校此詩云：「唐憲宗名純，當時凡淳、惇等同音字均避嫌名不用。」考唐人嫌名之諱有避有不避，不如宋代之嚴，如白氏贈友詩（卷二）云：「長吏久於政，然後風教敦。……寬猛政不一，民心安得淳？」其中之「敦」、「淳」，各本俱無異文，即有力之旁證。且唐憲宗李純初名淳，而「惇」亦非「純」、「淳」之同音字，不得謂之避嫌名。又何校：「『敦』，宋刻作『淳』，避英宗藩邸諱。」蓋宋英宗趙曙藩邸名宗實，光宗乃名惇，疑何校所稱爲光宗之誤。

哭孔戡

洛陽誰不死？戡死聞長安。我是知戡者，聞之涕泫然！戡佐山東軍，非義不可干。拂衣向西來，其道直如絃。從事得如此，人人以爲難。人言明明代，合置在朝端。或望居諫司，有事戡必言。或望居憲府，有邪戡必彈。惜哉兩不諧，没齒爲閑官！竟不得一日，謇謇立君前。形骸隨衆人，斂葬北邙山。平生剛腸内，直氣歸其間。賢者爲生民，生死懸在天。謂天不愛人，胡爲生其賢！爲天果愛民，胡爲奪其年！茫茫元化中，誰執如此權？

【箋】

作於元和五年（八一〇），三十九歲，長安，左拾遺、翰林學士。見汪譜。

〔孔戡〕巢父從子，字君勝。昭義節度使盧從史辟爲書記。從史爲不法，戡每秉筆至不軌之言，極諫以爲不可，從史怒戡。歲餘，謝病歸洛陽。元和五年卒，年五十七。見韓愈唐朝散大夫贈司勳員外郎孔君墓誌銘及舊書卷一五四孔巢父傳。

〔北邙山〕在洛陽北。清統志河南府：「北邙山在洛陽縣北，東接孟津、偃師、鞏三縣。亦作芒山。」

【校】

〔題〕宋本作「孔戡」。那波本作「孔戡詩」。

〔形骸隨衆人〕「人」，馬本作「心」，誤。據宋本、汪本、盧校改。

〔爲天〕全詩作「謂天」。

凶宅

長安多大宅，列在街西東。往往朱門内，房廊相對空。梟鳴松桂枝，狐藏蘭菊叢。蒼苔黄葉地，日暮多旋風。前主爲將相，得罪竄巴庸。後主爲公卿，寢疾殁其中。連延四五主，殃禍繼相鍾。自從十年來，不利主人翁。風雨壞簷隙，蛇鼠穿牆墉。人疑不敢買，日毀土木功。嗟嗟俗人心，甚矣其愚蒙。但恐災將至，不思禍所從。我今題此詩，欲悟迷者胸。凡爲大官人，年禄多高崇。權重持難久，位高勢易窮。驕者物之盈，老者數之終。四者如寇盜，日夜來相攻。假使居吉土，孰能保其躬？因小以明大，借家可諭邦。周秦宅崤函，其宅非不同。一興八百年，一死望夷宮。寄語家與國，人凶非宅凶。

【箋】

約作於元和元年（八〇六）至元和六年（八一一），長安。

〔權重持難久四句〕查慎行白香山詩評：「『四者如寇盜』四句口頭語，道得出。」

〔望夷宮〕長安志卷三：「張晏引博物志曰：『望夷宮在長陵西北長平觀道東故亭處，是臨涇水作之，以望北夷。』」元和郡縣志卷二：「秦望夷宮在（涇陽）縣東八里，北臨涇水，以望北夷，故名之。胡亥死於此也。」城按：秦二世死望夷宮事，見史記秦始皇本紀。

【校】

〔松桂枝〕「枝」，全詩作「樹」，注云：「一作『枝』。」

夢仙

人有夢仙者，夢身升上清。坐乘一白鶴，前引雙紅旌。羽衣忽飄飄，玉鸞俄鏘鏘。半空直下視，人世塵冥冥。漸失鄉國處，纔分山水形。東海一片白，列岳五點青。須臾羣仙來，相引朝玉京。安期羨門輩，列侍如公卿。仰謁玉皇帝，稽首前致誠。帝言汝仙才，努力勿自輕。却後十五年，期汝不死庭。再拜受斯言，既寤喜且驚。秘之不敢泄，誓志居巖扃。恩愛捨骨肉，飲食斷羶腥。朝餐雲母散，夜吸沆瀣精。空山三十載，日望輜軿迎。前期過已久，鸞鶴無來聲。齒髮日衰白，耳目減聰明。一朝同物化，身與糞壤并。神仙信有之，俗力非可營。苟無金骨相，不列丹臺名。徒傳辟穀法，虚受燒丹經。只自取勤苦，百年終不成。悲哉夢仙人，一夢誤一生！

【箋】約作於元和元年（八〇六）至元和十年（八一五），長安。

【校】〔巖扃〕「扃」字下馬本注云：「涓營切。」

〔衰白〕英華作「夜白」。

觀刈麥 時爲盩厔縣尉。

田家少閑月，五月人倍忙。夜來南風起，小麥覆隴黄。婦姑荷簞食，童稚攜壺漿。相隨餉田去，丁壯在南崗。足蒸暑土氣，背灼炎天光。力盡不知熱，但惜夏日長。復有貧婦人，抱子在其傍。右手秉遺穗，左臂懸弊筐。聽其相顧言，聞者爲悲傷。家田輸税盡，拾此充飢腸。今我何功德，曾不事農桑。吏禄三百石，歲晏有餘糧。念此私自愧，盡日不能忘。

【箋】

作於元和二年（八〇七），三十六歲，盩厔，盩厔尉。見汪譜。唐宋詩醇卷十九：「『力盡不知熱』二句曲盡農家苦心，恰是從傍看出。貧婦一段，悲憫更深，聶夷中詩摹寫不到。」

【校】

〔題〕馬本題下注云：「盩音周，厔音質。」又題下「時爲盩厔縣尉」六字注，那波本脱「尉」字。

題海圖屏風　元和己丑年作。

海水無風時，波濤安悠悠。鱗介無小大，遂性各沉浮。突兀海底鼇，首冠三神丘，釣網不能制，其來非一秋。或者不量力，謂兹鼇可求。贔屭牽不動，綸絶沉其鉤。一鼇既頓頷，諸鼇齊掉頭。白濤與黑浪，呼吸繞咽喉。噴風激飛廉，鼓波怒陽侯。鯨鯢得其便，張口欲吞舟。萬里無活鱗，百川多倒流。遂使江漢水，朝宗意亦休。蒼然屏風上，此畫良有由。

【箋】

作於元和四年（八〇九），三十八歲，長安，左拾遺、翰林學士。見陳譜及汪譜。汪立名云：「按此詩於題下注年，必有爲而作。己丑爲元和四年，四月，憲宗欲乘王士真死，除人代之，不從則興師討之，以革河北諸鎮世襲之弊。裴垍不可。李絳言武俊父子相承四十餘年，今承宗又已總軍務，一旦易之，恐未即奉詔。又河北諸鎮事體正同，必不自安，陰相黨助。中尉吐突承璀欲奪垍權，自請將兵討之，未行。九月，憲宗又欲以承璀爲成德留後，割其德、棣二州更爲一鎮，命王氏壻薛昌朝領之。承宗果囚昌朝，抗不奉詔，遂命承璀統兵討承宗。自此兵連禍結，師久無功。公集有狀論其事云：臣伏以河北事體本不宜用兵。此詩當因是託諷也。東坡云：吳元濟以蔡叛，犯許汝以驚東都，此不可不討者也。當時議者欲置之，固爲非策，然不得武、裴二傑士，亦未易辨也。白樂天豈庸人哉？然其議論亦似屬置之者。其詩有海圖屏風者，可見其意，且注云：時方討淮蔡叛。吾以是知仁人君子之於兵蓋不忍輕用如此。淮蔡且欲以德懷，況欲弊所恃以勤無用乎？悲乎！此未易與俗士談也。東坡此語定有爲，特借是以發之耳。然今本並無淮蔡叛之注，況元濟反在元和十年，縱兵侵掠，不容不討者。詩中『不量力』、『黿可求』等語殊不相涉，是詩之作確是元和四年，然則宋本亦有繆誤，東坡以注爲據，遂不復推考也。」城按：汪氏所引係東坡志林中語，今宋紹興本亦無「時方討淮蔡叛」注，以時間考之，此詩當係爲王承宗而發，汪説是也。又臨漢隱居詩話：「白樂天海圖詩（漁隱叢話作海圖屏風詩）略曰：『或者不量力，謂兹鼇可求。……遂使百川心（一作遂使江漢水），朝宗意亦休。』吾讀此詩，感劉闢、李訓、薛文通等事，爲之太息。」則益不相涉矣。臨漢隱居詩話此則又見詩人玉屑卷十六。何義門云：「元和四年帝用宦者吐突承璀爲帥討王承宗，幾亂天下，此詩蓋借以諷切之也。東坡以爲指淮西事，非是。」説與汪氏同。

〔此畫良有由〕何義門云：「帝之討成德也，裴垍、李絳皆以爲未可。白公裴所用，而繼絳之後爭，承璀中人，不當畀以制將都統之權者也。其不欲帝之輕舉，能見兵勢。復爲詩以諷諭，不斥言諸鎮將環顧，而起庾詞比物，又以尊國體，可謂風雅未墜者矣。」

【校】

〔釣網〕「釣」，宋本、那波本俱作「鈎」。

〔贔屭〕宋本、那波本俱作「屓贔」。盧校：「宋本作『屓贔』，不必從。」城按：「贔屭」，龜屬，亦作「贔屓」、「屓贔」。又「贔」，馬本注云：「旁謎切。」「屭」下注云：「興計切。」

〔陽侯〕宋本作「楊侯」，古字通。城按：陽侯，水神名。漢書揚雄傳：「陵陽侯之素波兮，豈吾纍之獨見許。」注：「應劭曰：陽侯，古之諸侯也，有罪自投江，其神爲大波。」

〔活鱗〕「活」，何校以意改作「恬」，非。

羸駿

驊騮失其主，羸餓無人牧。向風嘶一聲，莽蒼黄河曲。踏冰水畔立，卧雪塚間宿。歲暮田野空，寒草不滿腹。豈無市駿者，盡是凡人目。相馬失於瘦，遂遺千里足。村中何擾擾？有吏徵芻粟。輸彼軍厩中，化作駑駘肉。

【箋】作於元和五年（八一〇），三十九歲，長安，左拾遺、翰林學士。

【校】〔輸彼〕「輸」，馬本、汪本俱作「淪」，非。全詩作「輸」，注云：「一作『淪』。」據那波本、宋本、盧校改正。

廢琴

絲桐合爲琴，中有太古聲。古聲淡無味，不稱今人情。玉徽光彩滅，朱絃塵土生。廢棄來已久，遺音尚泠泠。不辭爲君彈，縱彈人不聽。何物使之然？羌笛與秦箏。

【箋】約作於元和元年（八〇六）至元和十年（八一五），長安。

【校】

〔今人〕「人」，馬本、汪本俱作「日」。全詩注云：「一作『日』。」據宋本、那波本、盧校改。

〔泠泠〕英華作「冷冷」，誤。

李都尉古劍

古劍寒黯黯，鑄來幾千秋。白光納日月，紫氣排斗牛。有客借一觀，愛之不敢求。湛然玉匣中，秋水澄不流。至寶有本性，精剛無與儔。可使寸寸折，不能繞指柔。願快直士心，將斷佞臣頭。不願報小怨，夜半刺私讎。勸君慎所用，無作神兵羞。

【箋】約作於元和元年（八〇六）至元和六年（八一一），長安。

〔李都尉〕李陵，字少卿，武帝拜爲騎都尉。所將屯邊者皆奇材劍客。見漢書卷五四李陵傳。城按：六朝及唐人多稱李陵爲李都尉，文選江文通雜體詩三十首中有李都尉陵詩。又白氏雜感詩（卷二一）：「都尉身降虜，宫刑加子長。」春聽琵琶兼簡長孫司户詩（卷十七）：「如言都尉思京國，似訴明妃厭虜庭。」白行簡李都尉重陽日得蘇屬國書詩（全唐詩卷四六六）：「降虜意何如？窮荒九月初。三秋異鄉節，一紙故人書。對酒情無極，開緘思有餘。感時空寂寞，懷舊幾躊躇。雁盡平沙迥，煙銷大漠虚。登臺南望處，掩淚對雙魚。」詩中之「都尉」均指李陵，皆有力之旁證。

雲居寺孤桐

一株青玉立，千葉緑雲委。亭亭五丈餘，高意猶未已。山僧年九十，清浄老不死。自云手種時，一顆青桐子。直從萌芽拔，高自毫末始。四面無附枝，中心有通理。寄言立身者，孤直當如此！

【箋】約作於元和元年（八〇六）至元和六年（八一一）。查慎行白香山詩評：「言簡而意盡，不以排比見長。」唐宋詩醇卷十九：「香山集中，古體多以鋪叙見成，短篇間以含蓄藴藉生姿，此首短峭中殊有遠勢，『高意猶未已』五字尤妙。」

〔雲居寺〕在長安城南終南山。全文卷七五七何籌唐雲居寺故寺主律大德神道碑銘：「盡得南山之要，皆揚東塕之能。」白氏又有遊雲居寺贈穆三十六地主詩（卷十三）。

【校】

〔一顆〕「顆」下馬本注云：「苦果切。」

京兆府新栽蓮　時爲盩厔尉趨府作。

污溝貯濁水，水上葉田田。我來一長歎，知是東溪蓮。下有清泥污，馨香無復全。上有紅塵撲，顏色不得鮮。物性猶如此，人事亦宜然。託根非其所，不如遭棄捐。昔在溪中日，花葉媚清漣。今來不得地，顦顇府門前。

【箋】

作於元和二年（八〇七），三十六歲，長安，盩厔尉。見汪譜。

〔京兆府〕唐西京長安。長安志卷一：「京兆府京兆郡：本雍州，開元元年爲府。領縣二十三：萬年、長安、咸陽、興平、雲陽、涇陽、三原、渭南、昭應、高陵、同官、富平、藍田、鄠、奉天、櫟陽、好時、武功、醴泉、奉先、華原、盩厔、美原。」城按：京兆府領縣之數，各書所載不一。元和郡縣志卷一，京兆府管縣二十三。舊書卷三八，京兆府天寶領縣二十三，與元和志及長安志同。新書卷三七則領縣二十，因奉先、櫟陽、盩厔三縣，唐末改屬他州也。又據白氏答京兆府二十四縣耆壽謝賑貸表（卷五七），則京兆府領二十四縣，不知何據。

【校】

〔題〕馬本題下注中「尉」上多「縣」字，據那波本、宋本刪。

〔棄捐〕「捐」下馬本注云：「于權切。」

〔顦顇〕馬本「顦」下注云：「音樵。」又「顇」下注云：「音萃。」

月夜登閣避暑

旱久炎氣甚，中去人若燔燒。清風隱何處？草樹不動摇。何以避暑氣？無如出塵囂。行行都門外，佛閣正岧嶢。清涼近高生，煩熱委静銷。開襟當軒坐，意泰神飄飄。迴看歸路傍，禾黍盡枯焦。獨善誠有計，將何救旱苗？

【箋】

作於元和二年（八〇七），三十六歲，長安，盩厔尉。

【校】

〔題〕何校：「詩中無月，必夏夜之誤，并夜字亦疑誤。」

〔旱久〕「旱」，馬本誤作「暑」，據宋本、那波本、汪本、盧校改正。

〔中人〕「中」下那波本無「去」字注。盧校：「本注一『去』字，楚辭『中人』如字讀，而本集音去，姑仍之。」

〔意泰神飄飄〕馬本、汪本作「神泰意飄飄」，非是。據宋本、那波本、何校、盧校改正。全詩「意」下注云：「一作『神』。」「神」下注云：「一作『意』。」俱非。

初授拾遺

奉詔登左掖，束帶參朝議。何言初命卑，且脱風塵吏。杜甫陳子昂，才名括天地。當時非不遇，尚無過斯位。況予蹇薄者，寵至不自意。驚近白日光，慚非青雲器。天子方從諫，朝庭無忌諱。豈不思匪躬？適遇時無事。受命已旬月，飽食隨班次。諫紙忽盈箱，對之終自愧。

【箋】

作於元和三年（八〇八），三十七歲，長安，左拾遺、翰林學士。城按：是年四月二十八日除左拾遺，仍充翰林學士。五月八日有初授拾遺獻書（卷五八）。

贈元稹

自我從宦遊，七年在長安。所得唯元君，乃知定交難。豈無山上苗，徑寸無歲寒。豈無要津水，咫尺有波瀾。之子異於是，久處誓不諼。無波古井水，有節秋竹竿。一爲同心友，三及芳歲闌。花下鞍馬遊，雪中盃酒歡。衡門相逢迎，不具帶與冠。春風日高睡，秋月夜深看。不爲同登科，不爲同署官。所合在方寸，心源無異端。

【箋】作於元和元年（八〇六），三十五歲，長安。城按：白居易貞元十九年與元稹同登第，同授校書郎，而訂交始於是年之前。詩云：「自我從宦遊，七年在長安。」白氏貞元十五年冬至長安應進士試，至元和元年適爲七年。據此，可知此詩爲是年作。元稹有種竹詩，即和此篇。白氏又有酬元九對新栽竹有懷見寄和篇（卷一）。碧溪詩話卷四：「用自己詩爲故事，須作詩多者乃有之。……贈微之詩云：『昔我十年前，曾與君相識。曾將秋竹竿，比君孤且直。』蓋舊詩云『有節秋竹竿』也。」

〔元稹〕字微之，河南人。年十五，明經擢第。貞元十九年與白居易應書判拔萃科試同登第，并同授校書郎，二人訂交始於是年之前。元和元年應制舉才識兼茂明於體用科，以第一人登第，除左拾遺。後爲執政所忌，出爲河南縣尉。丁母憂，服除拜監察御史。以屢舉劾故劍南東川節度使嚴礪、河南尹房式等不法事，被貶爲江陵士曹參軍。後因荊南監軍崔潭峻薦，獲穆宗恩顧，長慶二年拜平章事。大和五年七月二十二日暴卒於武昌軍節度使任所，年五十三。贈尚書右僕射。稹聰警絶人，少有才名，與白居易友善，工爲詩，善狀詠風態物色，宮中稱爲元才子，當時言詩者稱元白焉。自閭閻下俚，悉傳諷之，號爲元白體。見舊書卷一六六、新書卷一七四本傳及白氏元稹墓志銘（卷七〇）。

【校】

〔題〕英華作「寄贈元九」。那波本作「贈元稹詩」。

〔元君〕英華、汪本俱作「元九」。英華「九」下注云：「集作『君』。」

〔有波瀾〕「有」，馬本誤作「無」，據宋本、那波本、汪本、盧校、全詩改。

〔久處誓不諼〕「久處」，英華作「久要」，注云：「集作『處』。」汪本、全詩俱注云：「一作『要』。」馬本「諼」下注云：「音萱。」

〔芳歲闌〕「芳」，全詩注云：「一作『方』。」非是。「闌」，汪本、全詩俱注云：「一作『蘭』。」宋本、那波本俱作「蘭」，字通。

〔登科〕「科」，英華作「第」，注云：「集作『科』。」

〔心源〕「源」，英華作「中」，注云：「集作『源』。」

哭劉敦質

小樹兩株栢，新土三尺墳。蒼蒼白露草，此地哭劉君。哭君豈無辭，辭云君子人。如何天不弔，窮悴至終身！愚者多貴壽，賢者獨賤迍。龍亢彼無悔，蠖屈此不伸。哭罷持此辭，吾將詰羲文。

【箋】

作於貞元二十年（八〇四），三十三歲，長安，校書郎。

〔劉敦質〕字太白。晛之孫，浹之子。見岑仲勉元和姓纂四校記四六七頁。城按：白氏感化寺見元九劉三十二題名處詩（卷十四）：「太白無來十一年。」又據白氏常樂里閑居偶題十六韻兼寄劉十五公輿王十一起吕二炅吕四頴崔十八玄亮元九稹劉三十二敦質張十五仲方時爲校書郎詩（卷五），知劉敦質貞元十九年猶健在，以時間逆數，當卒於貞元二十年。故此詩亦當作於是年。又全文卷六八五有皇甫湜答劉敦質書。

答友問

大圭廉不割，利劍用不缺。當其斬馬時，良玉不如鐵。置鐵在洪鑪，鐵消易如雪。良玉同其中，三日燒不熱。君疑才與德，詠此知優劣。

【箋】

約作於元和二年（八〇七）至元和十年（八一五）。

【校】

〔廉不割〕「廉」，那波本作「廣」，非。

雜興三首

楚王多内寵，傾國選嬪妃。又愛從禽樂，馳騁每相隨。錦韝臂花隼，羅袂控金羈。遂習宫中女，皆如馬上兒。色禽合爲荒，刑政兩已衰。雲夢春仍獵，章華夜不歸。東風二月天，春雁正離離。美人挾銀鏑，一發疊雙飛。飛鴻驚斷行，斂翅避蛾眉。君王顧之笑，弓箭生光輝。迴眸語君曰：昔聞莊王時。有一愚夫人，其名曰樊姬。不有此遊樂，三載斷鮮肥。

越國政初荒，越天旱不已。風日燥水田，水涸塵飛起。國中新下令，官渠禁流水。流水不入田，壅入王宮裏。餘波養魚鳥，倒影浮樓雉。澹灩九折池，縈迴十餘里。四月芰荷發，越王日遊嬉。左右好風來，香動芙蓉蕊。但愛芙蓉香，又種芙蓉子。不念閶門外，千里稻苗死。

吳王心日侈，服翫盡奇瓌。身卧翠羽帳，手持紅玉盃。冠垂明月珠，帶束通天犀。行動自矜顧，數步一徘徊。小人知所好，懷寶四方來。奸邪得藉手，從此倖門開。古稱國之寶，穀米與賢才。今看君王眼，視之如塵灰。伍員諫已死，浮屍去不迴。姑蘇臺下草，麋鹿暗生麑。

【箋】約作於元和元年（八〇六）至元和十年（八一五）。何義門云：「此三篇其因長慶初政而作耶？」賀貽孫詩筏：「白樂天自愛其諷諭詩，言激而意質，故其立朝侃侃正直。所獻穆宗虞人箴並雜興詩『楚王多内寵』一篇，指點色禽之荒，婉切痛快，字字炯戒。」

【校】

〔錦韝〕「韝」，馬本注云：「哥謳切。」

〔兩已衰〕「衰」，馬本注云：「思誰切。」

〔奇瓌〕「瓌」，馬本注云：「音回，又姑回切。」

宿紫閣山北村

晨遊紫閣峯，暮宿山下村。村老見予喜，爲予開一樽。舉盃未及飲，暴卒來入門。紫衣挾刀斧，草草十餘人。奪我席上酒，掣我盤中飧。主人退後立，斂手反如賓。中庭有奇樹，種來三十春。主人惜不得，持斧斷其根。口稱采造家，身屬神策軍。主人慎勿語，中尉正承恩。

【箋】

約作於元和五年（八一〇），三十九歲，長安，左拾遺、翰林學士，京兆户曹參軍、翰林學士。

〔紫閣山〕即紫閣峯。清統志西安府一：「紫閣峯在鄠縣東南。縣志：峯在縣東南三十里，迤東有白閣、黄閣峯，三峯相距不甚遠。」明統志卷三二西安府：「紫閣峯在鄠縣東南三十里。杜甫詩：紫閣峯陰入渼陂。」關中勝蹟圖志卷二引雍勝略：「紫閣峯，旭日射之，爛然而紫，其形上聳若樓閣然。」

〔紫衣〕唐制，紫衣有兩類：一指三品以上官員所服之紫衣，一指下級胥吏所服之粗紫。詩中所云「紫衣挾刀斧」之暴卒，蓋謂後者。考唐會要卷三一輿服上雜録：「（大和六年）七月，度支、户部、鹽鐵三司奏：准今年六月勅，令三司官典及諸色場庫所由等，……通引官許依前麤紫絁及紫布充衫袍，藍鐵腰帶，乘小馬，鞍用烏漆鐵踏鐙。其行官門子等，請許依前服紫麤絁充衫襖，藍鐵腰帶，仍不許乘馬。其騾綱、車綱等，緣常押驢騾於諸州府搬運，及送遠軍衣賜，須應程期，請許依前麤紫絁充襖，藍鐵腰帶，乘驢車。……」又太平廣記卷一九三虬髯客傳云：「靖歸逆旅，其夜五更初，忽聞扣門而聲低者，靖起問焉。乃紫衣戴帽人，杖揭一囊。」全文卷六九二白行簡紀夢云：「有紫衣吏引張氏於西廊幕。」均可與白氏此詩相參證。又宋史卷一五三輿服志：「紫衫本軍校服，中興大夫服之，以便戎事。」亦宋以前軍服爲紫色之證。

〔采造家〕册府元龜卷六二一帝王部立制度第二：「唐文宗大和元年五月癸酉，左神策軍奏當軍請鑄『南山採造印』一面。」可知南山採造係左神策軍之直屬機構。

〔神策軍〕舊書卷四四職官志：「上元中，以北街軍使衛伯玉爲神策軍節度使，鎮陝州以拒東寇。以中使魚朝恩爲觀軍容使，監伯玉軍。及伯玉入爲羽林帥，出爲荆南節度使，朝恩專統神策軍鎮陝。廣德元年，吐蕃犯京師，代宗避狄幸陝，朝恩以神策軍迎扈。及永泰元年，吐蕃犯京畿，朝恩以神策兵屯於苑中。自是神策軍恒以中官爲帥。建中末，盜發京師，竇文場以神策軍扈蹕山南，及還京師，賞勞無比。貞元中，特置神策軍護軍中尉，以中官爲之，時號兩軍中尉。貞元以後，中尉之權，傾於天下，人主廢立，皆出其可否。」又汪立名云：「貞元十二年始立左右神策護軍中尉統禁旅，時竇、霍權勢振赫，嗣是宦官之驕横日長。公與元九書所謂『聞紫閣村詩則握軍要者切齒』是也。宋洪景盧容齋續筆云：宣和間朱勔挾花石進奉之名以固寵規利，士民家一草一木稍堪翫，使者即領健卒直入其家，用黄封表志，未即取。護視微不謹，則被以大不恭罪。及發行，必撤屋決墻而出。偶讀樂天此詩，乃知唐世固有是事，蓋貞元、元和間也。」

〔中尉正承恩〕何義門云：「此亦謂承璀。」城按：吐突承璀元和初爲左軍中尉。王承宗叛，詔以承璀爲行營招討處置使統兵征討，諫官李鄘、許孟容、李元素、李夷簡、吕元膺、穆質、孟簡、獨孤郁、段平仲、白居易等衆對延英，謂古無中人位大帥，恐爲四方笑，乃更爲招討宣慰使。見舊書卷一八四、新書卷二〇七本傳。並參見白氏論承璀職名狀（卷五九）。

【校】

〔開一樽〕「樽」，宋本作「罇」，汪本、全詩作「尊」，俱通。那波本作「鐏」，誤。

〔席上酒〕「席」，宋本、那波本俱作「蓆」，字通。

讀漢書

禾黍與稂莠，雨來同日滋。桃李與荆棘，霜降同夜萎。草木既區別，榮枯那等夷。茫茫天地意，無乃太無私。小人與君子，用置各有宜。奈何西漢末，忠邪並信之？不然盡信忠，早絶邪臣窺。不然盡信邪，早使忠臣知。優游兩不斷，盛業日已衰。痛矣蕭京輩，終令陷禍機？：蕭望之京房等。每讀元成紀，憤憤令人悲！寄言爲國者，不得學天時。寄言爲臣者，可以鑒於斯。

【箋】

約作於元和二年（八〇七）至元和六年（八一一），長安。

贈樊著作

陽城爲諫議，以正事其君。其手如屈軼，舉必指佞臣。卒使不仁者，不得秉國鈞。元稹爲御史，以直立其身。其心如肺石，動必達窮民。東川八十家，寃憤一言伸。劉闢肆亂心，殺人正紛紛。其嫂曰庾氏，棄絶不爲親。從史萌逆節，隱心潛負恩。其佐曰孔戡，捨去不爲賓。凡此士與女，其道天下聞。常恐國史上，但記鳳與麟。賢者不爲名，名彰教乃敦。每惜若人輩，身死名亦淪。君爲著作郎，職廢志空存。雖有良史才，直筆無所申。何不自著書，實録彼善人？編爲一家言，以備史闕文。

【箋】

作於元和五年（八一〇），三十九歲，長安，左拾遺、翰林學士。見汪譜。元稹有和樂天贈樊著作詩。宋長白柳亭詩話：「白香山贈樊著作，以陽城興起元稹，又將劉闢、庾氏、盧從史、孔戡參錯序之。其末乃曰：『君爲著作郎，職廢志空存。雖有良史才，直筆無所申。何不自著書，實録彼善人？編爲一代言，以備史闕文。』戴道默曰：直是飭諭，白之手，樊之耳，皆千古。」

〔樊著作〕樊宗師，字紹述，南陽人。襄陽節度樊澤子。元和三年擢軍謀宏遠科，授著作佐郎。歷金部郎中，綿州刺史，徙絳州。見新書卷一五九本傳、元和姓纂二十二元、韓愈南陽樊紹述墓誌銘。白氏另有病中得樊大書（卷十四）、京使迴累得南省諸公書因以長句詩寄謝……樊大楊十二員外（卷一八）二詩中之「樊大」均指宗師。又白氏和答詩十首序（卷二）云：「僕思牛僧孺戒，不能示他人，唯與杓直、拒非及樊宗師輩三四人時一吟讀，心甚貴重。」

〔陽城爲諫議六句〕陽城，字亢宗，北平人。李泌爲相，舉爲諫議大夫。以上疏論裴延齡姦改國子司業。後坐事出爲道州刺史。道州土地産民多矮，每年常配鄉户，竟以其男號爲矮奴。城下車，禁以良爲賤，又憫其編甿歲有離異之苦，乃抗疏論而免之。自是乃停其貢，民皆賴之，無不泣荷。見舊書卷一九二、新書卷一九四本傳、韓愈順宗實録。白詩新樂府道州民（卷四）即述其事。

〔元稹爲御史六句〕元和四年，元稹爲監察御史，奉使東蜀，劾奏故劍南東川節度使嚴礪違制擅賦，又籍没塗山甫等吏民八十八户、田宅一百二十二所、奴婢二十七人，時礪已死，七州刺史皆責罰。稹因之名動三川，三川人慕之，其後多有以稹姓字名其子者。見舊書卷一六六本傳、白氏元稹墓誌銘（卷七〇）。

〔劉闢肆亂心四句〕劉闢叛亂事已見本卷賀雨詩箋。

〔從史萌逆節四句〕見本卷哭孔戡詩箋。

【校】

〔題〕那波本作「贈樊著作詩」。

〔從史〕「史」，宋本、那波本俱誤作「使」。

〔一家言〕「家」，馬本作「代」，非。何校云：「作『一家言』乃與下『史』字呼應，此用報任安書中語，寡學者妄改耳。」城按：何校是也。司馬遷報任安書：「通古今之變，成一家之言。」白詩蓋本此。宋本、那波本、汪本、全詩俱作「家」，據改。全詩「家」下注云：「一作『代』。」

蜀路石婦

道傍一石婦，無記亦無銘。傳是此鄉女，爲婦孝且貞。十五嫁邑人，十六夫征行。夫行二十載，婦獨守孤煢。其夫有父母，老病不安寧。其婦執婦道，一一如禮經。晨昏問起居，恭順發心誠。藥餌自調節，膳羞必甘馨。夫行竟不歸，婦德轉光明。後人高其節，刻石像婦形。儼然整衣巾，若立在閨庭。似見舅姑禮，如聞環珮聲。至今爲婦者，見此孝心生。不比山頭石，空有望夫名。

【箋】

約作於元和元年（八〇六）至元和十五年（八二〇）。

【校】

〔題〕那波本作「蜀路石婦詩」。

〔亦無銘〕「亦」，宋本、那波本、汪本俱作「復」。全詩亦作「復」，注云：「一作『亦』。」

折劍頭

拾得折劍頭，不知折之由。一握青蛇尾，數寸碧峯頭。疑是斬鯨鯢，不然刺蛟虯。缺落泥土中，委棄無人收。我有鄙介性，好剛不好柔。勿輕直折劍，猶勝曲全鉤。

【箋】

約作於元和二年（八〇七）至元和六年（八一一），長安。元稹有和樂天折劍頭詩。

【校】

〔題〕那波本作「折劍頭詩」。

登樂遊園望

獨上樂遊園，四望天日曛。東北何靄靄，宫闕入煙雲！愛此高處立，忽如遺垢氛。耳目暫清曠，懷抱鬱不伸。下視十二街，緑樹間紅塵。車馬徒滿眼，不見心所親。孔生死洛陽，元九謫荆門。可憐南北路，高蓋者何人？

【箋】

作於元和五年（八一〇），三十九歲，長安，京兆户曹參軍、翰林學士。見汪譜。元稹有酬樂天登樂遊園見憶詩。白氏與元九書（卷四五）：「聞樂遊園寄足下詩，則執政柄者扼腕矣。」即指此詩。

〔樂遊園〕即樂遊原。長安志卷八：「樂遊原居京城之最高，四望寬敞，京城之内，俯視指掌。」按：樂遊園在長安昇平坊東北隅，原上有漢樂遊廟遺址。長安中，太平公主於原上置亭，每正月晦日、三月三日、九月九日，京城士女咸就此登賞祓禊。兩京城坊考卷三：「按白居易登樂遊園望詩云：『東北何靄靄，宫闕入煙雲。』蓋言南内之宫闕也。」

〔下視十二街〕長安志卷七：「（皇）城中南北七街，東西五街。」合計十二街。本卷白氏諭友詩：「西望長安城，歌鐘十二街。」

〔孔生〕孔戡。元和五年卒於洛陽。見本卷孔戡詩箋。

〔元九謫荆門〕元九，元稹。元和五年三月，元稹自監察御史貶爲江陵府士曹參軍。

【校】

〔題〕那波本作「登樂遊園望詩」。

酬元九對新栽竹有懷見寄

頃有贈元九詩云：「有節秋竹竿。」故元感之，因重見寄。

昔我十年前，與君始相識。曾將秋竹竿，比君孤且直。中心一以合，外事紛無極。共保秋竹心，風霜侵不得。始嫌梧桐樹，秋至先改色。不愛楊柳枝，春來軟無力。憐君別我後，見竹長相憶。常欲在眼前，故栽庭户側。分首今何處？君南我在北。吟我贈君詩，對之心惻惻。

【箋】

作於元和五年（八一〇），三十九歲，長安，京兆户曹參軍、翰林學士。見汪譜。城按：此詩有

「昔我十年前，與君始相識」之句，則知元、白相識於貞元十八年前。白氏有秋雨中贈元九詩（卷十三）云：「莫怪獨吟秋思苦，比君校近二毛年。」此詩作於貞元十八年，三十一歲，可證元、白在授校書郎前已相識，與酬元九對新栽竹有懷見寄詩所記時間正合，陳譜云訂交於貞元十九年，非是。元稹有種竹詩，此詩爲和作，元稹貶江陵士曹在元和五年三月，則知元詩當作於是年三月之後。

【校】

〔題〕那波本無題下小注。

〔曾將秋竹竿〕馬本作「會將秋竹心」，非是。據宋本改。又此句下脱「比君孤且直中心一以合外事紛無極共保秋竹心」二十字，據宋本、那波本、汪本、全詩、盧校增。

〔長相憶〕「長」，馬本作「常」，據宋本、那波本、汪本、全詩、盧校改。

感鶴

鶴有不羣者，飛飛在野田。飢不啄腐鼠，渴不飲盜泉。貞姿自耿介，雜鳥何翩翾。同遊不同志，如此十餘年。一興嗜慾念，遂爲矰繳牽。委質小池内，争食羣雞前。不惟懷稻粱，兼亦競腥羶。不唯戀主人，兼亦狎烏鳶。物心不可知，天性有時遷。一飽尚如此，況乘大夫軒！

【箋】

約作於元和二年（八〇七）至元和六年（八一一），長安。元稹有和樂天感鶴詩。何義門云：「元九和此詩，亦自懼晩節之不終，落句云：『既可習爲飽，亦可薰爲筌。期君常善救，勿令終棄捐。』」

【校】

〔題〕那波本作「感鶴詩」。

〔翩翾〕「翾」下馬本注云：「呼淵切。」

〔稻粱〕「粱」，馬本誤作「粱」，據宋本、那波本、汪本、全詩改。

春雪

元和歲在卯，六年春二月。月晦寒食天，天陰夜飛雪。連宵復竟日，浩浩殊未歇。大似落鵝毛，密如飄玉屑。寒銷春茫上聲蒼上聲，氣變風凛冽。上林草盡没，曲江冰復結。紅乾杏花死，緑凍楊枝折。所憐物性傷，非惜年芳絶。上天有時令，四序平分別。寒燠苟反常，物生皆夭閼。我觀聖人意，魯史有其説。或記水不冰，或書霜不殺。上將儆正教，下以防災孽。兹雪今如何，信美非時節。

【箋】

作於元和六年（八一一）二月，四十歲，長安，京兆户曹參軍、翰林學士。見汪譜。汪立名云：「按：昌黎有辛卯年雪詩：『元和六年春，寒氣不肯歸。河南二月末，雪花一尺圍。』又云：『生平未曾見，何暇論是非。』其雪之大可知。詩中『上林』、『曲江』自是京師作。是年公尚爲京兆户曹參軍，四月丁母喪歸渭村，李墓碑作五年喪母，安得六年春猶在京師，此詩可證李碑之譌矣。」

〔信美非時節〕洪興祖韓子年譜六：「辛卯年雪云：『元和六年春，寒氣不肯歸。河南二月末，雪花一尺圍。』即樂天詩云『元和歲在卯，六年春二月。月晦寒食天，天陰夜飛雪』者。然退之以爲豐年之祥，而樂天云『信美非事節』，蓋雪在臘中則爲瑞，入春則多爲災沴故耳。」

【校】

〔風凜冽〕「凜冽」，馬本作「凛冽」，盧校：「從水，誤。」據宋本、那波本、盧校改正。

〔冰復結〕「冰」，馬本、汪本、全詩俱作「水」，非。據宋本、那波本、盧校改正。

〔楊枝折〕「枝」，汪本作「柳」，注云：「一作『枝』。」全詩「枝」下注云：「一作『柳』。」

〔物生皆夭閼〕「生」，馬本、汪本俱作「性」，非。據宋本、那波本、全詩、盧校改。全詩注云：「一作『性』。」又「閼」下馬本注云：「阿葛切。」

〔正教〕「正」，汪本、全詩俱作「政」。

高僕射

富貴人所愛，聖人去其泰。所以致仕年，著在禮經内。玄元亦有訓，知止則不殆。二疏獨能行，遺跡東門外。清風久銷歇，追此向千載。斯人古亦稀，何況今之代。遑遑名利客，白首千百輩。唯有高僕射，七十懸車蓋。我年雖未老，歲月亦云邁。預恐耄及時，貪榮不能退。中心私自儆，何以爲我戒？故作僕射詩，書之於大帶。

【箋】

作於元和五年（八一〇）九月後，三十九歲，長安，京兆户曹參軍、翰林學士。

〔高僕射〕高郢。舊書卷一四七、新書卷一六五俱有傳。貞元十六年，居易在中書舍人高郢門下進士及第。又舊書憲宗紀：「（元和五年九月），以兵部尚書高郢爲右僕射致仕。」又舊書卷一六六白居易傳：「二十七舉進士。貞元末，進士尚馳競，不尚文，就中六籍尤擯落，禮部尚書高郢始用經藝爲進退，樂天一舉擢上第。」白氏與陳給事書（卷四四）：「今禮部高侍郎爲主司，則至公矣。」

【校】

〔題〕那波本作「高僕射詩」。

〔追此〕「追」，宋本、那波本、全詩俱作「迨」。全詩注云：「一作『追』。」

〔今之代〕「代」，宋本、那波本俱作「世」。

白牡丹 和錢學士作。

城中看花客，旦暮走營營。素華人不顧，亦占牡丹名。開在深寺中，車馬無來聲。唯有錢學士，盡日遶叢行。憐此皓然質，無人自芳馨。衆嫌我獨賞，移植在中庭。留景夜不暝，迎光曙先明。對之心亦静，虚白相向生。唐昌玉蕊花，攀翫衆所争。折來比顔色，一種如瑶瓊。彼因稀見貴，此以多爲輕。始知無正色，愛惡隨人情。豈惟花獨爾，理與人事并。君看入時者，紫豔與紅英。

【箋】

作於元和三年（八〇八）至元和六年（八一一），長安。

〔錢學士〕錢徽。字蔚章，吴郡人。舊書卷一六八、新書卷一七七俱有傳，丁居晦重修承旨學士壁記：「錢徽，元和三年八月二十六日自祠部員外郎充。……（元和十年）十一月出守本官。」城按：白居易元和二年十一月六日入院，六年四月丁憂出院。三年至六年期間與錢徽同爲翰林學士。

〔唐昌玉蕊花〕唐昌觀在長安朱雀門街之西第一街安業坊。見兩京城坊考卷四。劇談録卷下：「上都安業坊唐昌觀舊有玉蕊花。其花每發，若瑶林瓊樹。」雍録卷十：「唐昌觀玉蕊花，長安惟有一株。或詩之曰『一樹瓏鬆玉刻成』，則其葩蕊形似略可想矣。春花盛時，傾城來賞，至謂有仙女降焉。元、白皆賦詩以實其事，則爲時貴重可知矣。曾端伯曰：韋應物帖云：京師重玉蕊花，比至江南，漫山皆是，土人取以供染事，不甚愛惜，則是江南有花瓏鬆而白其葉可用以染者，真唐昌之玉蕊矣。（高齋詩話又云是楊汝士帖，未知孰是。）」按：玉蕊究爲何花，歷來聚訟紛紜：宋子京謂瓊花即玉蕊。王勉夫以玉蕊爲瓊花。黄山谷更名爲山礬。曾端伯、傅子容、洪容齋均以玉蕊爲瑒花。楊用修則誤以山礬爲梔子。轉訛轉遠，愈辨愈亂矣。惟葛常之韻語陽秋云：「江南野中有小白花，本高數尺，春間極香，土人呼爲瑒花。瑒，玉名，取其白也。魯直云：荆公欲作傳而陋其名，予謂名曰山礬，野人取其葉以染黄，不借礬而成色，故以名爾。嘗有絶句云『高節亭邊竹已空，山礬獨自倚春風』是也。近見曾端伯高齋詩話，云此花即唐昌玉蕊花，所謂『一樹瓏鬆玉刻成，飄廊點地色輕輕』者，以予觀之，恐未必然。玉蕊，佳名也，此花自唐流傳至今，當以玉蕊得名，不應捨玉蕊而呼瑒，魯直亦而應捨玉蕊而名山礬也。豈端伯别有所據耶？」周必大亦辨玉蕊非瓊花、山礬云：「唐人甚重玉蕊，故唐昌觀有之，集賢院有之，翰林院亦有之，皆非凡境也。予往因親舊自鎮江招隱來遠致一本，條蔓如荼蘼，種之軒窗，冬凋春茂。栢葉紫莖，再歲始著花，久當成樹。玉蕊花苞初甚微，經月漸大，暮春方八出，鬚如冰絲，上綴金粟，花心復有碧筩，狀類膽瓶，其中別抽一英出衆鬚上，散爲十餘蕊，猶刻玉然，花名玉蕊，乃在於此，羣芳所未有也。宋子京、劉原父、宋次道博洽無比，不知何故疑爲瓊花。王元之知揚州，但言『未詳何木，俗呼爲瓊花』。子京何故以誣元之，蔡君又引是晏同叔之言以爲證，甚無謂也。劉夢得雪蕊瓊絲之句最爲中的，何必拘李善赤玉爲瓊之注耶？桸音陣，南史劉杳傳所謂桸酒者。（城按：清徐文靖管城碩記卷二五云：「周益公謂桸音陣見南史。然南史無是文，而梁書有之，周誤記也。」）予嘗得醖法，芳烈異常，山谷似不以杳傳爲據，循俗訛桸作鄭，而江南鄉音又呼鄭爲瑒（枝梗切，在上聲三十八梗韻中），復疑未安，於是創山礬之名。然二詩并序初未嘗及玉蕊，止因好事者爲作唐人帖故，曾端伯、洪景盧皆信之。其實諸公偶未見花，所謂信耳而不信目也。」明王象晉二如亭羣芳譜花譜一、清吴旦生歷代詩話卷五〇，朱顯祖瓊花志均韙韻語陽秋及周必大之説而據以駁玉蕊即瓊花、山礬、梔子等花之妄。又郎瑛七修類稿亦沿襲瓊花説之誤，益不足道矣。白氏代書詩一百韻寄微之（卷十三）「唐昌玉蕊會，崇敬牡丹期」句自注云：「唐昌觀玉蕊，崇敬寺牡丹，花時多與微之有期。」

【校】

〔題〕那波本作「白牡丹詩」。

〔開在〕「開」，宋本、那波本、唐歌詩、全詩俱作「閉」。全詩注云：「一作『開』。」

〔入時者〕「時」，馬本、汪本俱作「眼」，非。據宋本、那波本、唐歌詩、全詩、盧校改正。汪本注云：「一作『時』。」全詩注云：「一作『眼』。」

贈內

生爲同室親，死爲同穴塵。他人尚相勉，而況我與君。黔婁固窮士，妻賢忘其貧。冀缺一農夫，妻敬儼如賓。陶潛不營生，翟氏自爨薪。梁鴻不肯仕，孟光甘布裙。君雖不讀書，此事耳亦聞。至此千載後，傳是何如人？人生未死間，不能忘其身。所須者衣食，不過飽與温。蔬食足充飢，何必膏粱珍。繒絮足禦寒，何必錦繡文。君家有貽訓，清白遺子孫。我亦貞苦士，與君新結婚。庶保貧與素，偕老同欣欣。

【箋】

作於元和三年（八〇八），三十七歲，長安，左拾遺、翰林學士。白氏祭楊夫人文（卷四〇）云：「維元和三年歲次戊子八月辛亥朔十九日己巳……致祭於陳氏楊夫人之靈。」又云：「近接嘉姻。」據此，可知其婚期當在是年七八月間。城按：居易之妻楊夫人爲楊汝士及楊虞卿之從妹。白氏繡西方幀讚序(卷七〇)云:「有女弟子弘農郡君姓楊,號蓮花性。」

【校】

〔題〕那波本作「贈内詩」。

〔至此〕「此」下全詩注云:「一作『于』。」

〔膏粱珍〕「膏粱」,馬本作「嘗膏」,非,據宋本、汪本、全詩、盧校改。又「粱」,那波本誤作「梁」。

〔貽訓〕何校:「『貽』字抄本作『明』。」

寄唐生

賈誼哭時事,阮籍哭路歧。唐生今亦哭,異代同其悲。唐生者何人?五十寒且飢。不悲口無食,不悲身無衣。所悲忠與義,悲甚則哭之。太尉擊賊日,段太尉以笏擊朱泚。尚書叱盜時。顔尚書叱李希烈。大夫死凶寇,陸大夫爲亂兵所害。諫議謫蠻夷。陽諫議左遷道州。每見如此事,聲發涕輒隨。往往聞其風,俗士猶或非。憐君頭半白,其志竟不衰。我亦君之徒,鬱鬱何所爲?不能發聲哭,轉作樂府詩。篇篇無空文,句句必盡規。功高虞人箴,痛甚騷人辭。非求宫律高,不務文字奇。惟歌生民病,願得天子知。未得天子知，甘受時人嗤。藥良氣味苦，琴淡音聲稀。不懼權豪怒，亦任親朋譏。人竟無奈何，呼作狂男兒。每逢羣盜息，或遇雲霧披。但自高聲歌，庶幾天聽卑。歌哭雖異名，所感則同歸。寄君三十章，與君爲哭詞。

【箋】

約作於元和三年（八〇八）至元和五年（八一〇），長安。

〔唐生〕唐衢。國史補卷中：「唐衢，周鄭客也。有文學，老而無成。唯善哭，每一發聲，音調哀切，聞者泣下。常遊太原，遇享軍，酒酣乃哭，滿座不樂，主人爲之罷宴。」又舊書卷一六〇唐衢傳：「唐衢者，應進士，久而不第，能爲歌詩，意多感發。見人文章有所傷歎者，讀訖必哭，涕泗不能已。每與人言論，既相别，發聲一號，音辭哀切，聞之者莫不淒然泣下。嘗客遊太原，屬戎帥軍宴，衢得預會，酒酣言事，抗音而哭，一席不樂，爲之罷會，故世稱唐衢善哭。左拾遺白居易遺之詩曰：……其爲名流稱重若此，竟不登一命而卒。」城按：馮翊桂苑叢談所記與國史補略同。又河南邵氏聞見後録卷十九：「元和中，處士唐衢善哭，聞白樂天謫，輒大哭。衢後死，樂天有詩云：『何當向墳前，還君一掬淚。』」邵氏所引爲居易傷唐衢詩，今本均作「終去哭墳前，還君一掬淚」。居易元和十年八月謫江州司馬，時唐衢已卒，故白氏與元九書（卷四五）云：「有唐衢者，見僕詩而泣，未幾而衢死。」與元九書作於元和十年歲暮。又白氏傷唐衢詩云：「悲端從東來，觸我心惻惻。……君歸向東鄭，我來遊上國。」可知唐衢死時，居易正在長安。邵博所記「聞白樂天謫，輒大哭」，失考。

〔太尉擊賊日〕白氏此詩原注：「段太尉以笏擊朱泚。」城按：段太尉即段秀實。秀實，唐汧陽人，字成公，官涇原鄭潁節度使。德宗時召爲司農卿。朱泚反，秀實唾面大罵，以笏擊傷之，遂遇害。興元元年，詔贈太尉，謚曰忠烈。見舊書卷一二八、新書卷一五三本傳。

〔尚書叱盜時〕白氏此詩原注：「顏尚書叱李希烈。」城按：顏尚書爲顏真卿。真卿，字清臣，博學工詞章，善正草書，筆力遒婉。肅宗時，官工部尚書，兼御史大夫。德宗朝，李希烈反，遣真卿往諭，脅之降，不屈遇害。見舊書卷一二八、新書卷一五三本傳。

〔大夫死兇寇〕白氏此詩原注：「陸大夫爲亂兵所害。」城按：陸大夫爲陸長源。長源，字泳文，韓滉兼領江淮轉運使，辟署兼御史中丞，以爲副。貞元十二年，授檢校禮部尚書、宣武軍行軍司馬，汴州政事皆決斷之。性嚴峻，每欲以峻法繩驕兵，將士多怨之。汴州節度使董晉卒，令長源總留後事。纔八日，軍亂，殺長源及判官孟叔度，食其肉，中外惜之，贈尚書右僕射。見舊書卷一四五、新書卷一五一本傳。兩唐書均未載陸長源帶御史大夫銜，白氏哀二良文（卷四〇）：「丞相隴西公出鎮于汴州，軍司馬、御史大夫陸長源實左右之。」則知長源在汴州時固檢校御史大夫也。

〔諫議謫蠻夷〕白氏此詩原注：「陽諫議左遷道州。」城按：陽諫議即陽城。見本卷贈樊著作詩箋。

〔非求宮律高〕何義門云：「宮似指南朝宮體，律謂變律也。第二卷和答詩序中亦云宮律體裁。」

【校】

〔題〕那波本作「寄唐生詩」。

〔太尉擊賊日四句〕那波本此下無注，後同。又「陸大夫爲亂兵所害」小注，汪本作「陸大夫爲亂兵所殺」。

〔俗士猶或非〕何校：「『悲』字從抄本，俗士猶爲之感動也。若下文『每受時人嗤』，乃謂公之詩反不如衢之哭耳。不當作『非』。」

〔功高〕文粹作「切過」。

〔甘受〕「甘」，何校據抄本作「每」。

〔瑟淡音聲稀〕「瑟」，馬本、汪本、全詩俱作「琴」，據宋本、那波本、文粹、盧校改。全詩注云：「一作『瑟』。」又「稀」，查校作「希」。

〔親朋譏〕「譏」，馬本誤作「饑」，據宋本、那波本、汪本、全詩、查校、盧校改正。

〔羣盜〕「盜」，文粹、何校俱作「動」。全詩注云：「一作『動』。」

〔三十章〕「三」當作「五」，各本俱誤。何校：「五十章即新樂府五十篇也。蘭雪本亦誤作『三』。」城按：何説是，盧校亦作「五」。

傷唐衢二首

自我心存道，外物少能逼。常排傷心事，不爲長歎息。忽聞唐衢死，不覺動顏色。悲端從東來，觸我心惻惻。伊昔未相知，偶遊滑臺側。同宿李翱家，一言如舊識。酒酣出送我，風雪黄河北。日西並馬頭，語别至昏黑。君歸向東鄭，我來遊上國。交心不交面，從此重相憶。憐君儒家子，不得詩書力。五十著青衫，試官無禄食。遺文僅千首，六義無差忒。散在京索間，何人爲收得？

憶昨元和初，忝備諫官位。是時兵革後，生民正憔悴。但傷民病痛，不識時忌諱。遂作秦中吟，一吟悲一事。貴人皆怪怒，閑人亦非訾。天高未及聞，荆棘生滿地。唯有唐衢見，知我平生志。一讀興歎嗟，再吟垂涕泗。因和三十韻，手題遠緘寄。致吾陳杜間，賞愛非常意。此人無復見，此詩尤可貴。今日開篋看，蠹魚損文字。不知何處葬，欲問先戲欷。終去哭墳前，還君一掬淚。陳杜謂子昂與甫也。此詩尤可貴，謂唐衢詩也。

【箋】約作於元和六年（八一一）至元和九年（八一四），長安。

〔唐衢〕見本卷寄唐生詩箋。

〔滑臺〕即滑州。唐爲鄭滑節度使治所。州城即古滑臺城，傳爲衛靈公所築。開皇元年置杞州，十六年改爲滑州，取滑臺爲名。大業三年改爲東郡。武德元年罷郡置滑州。見元和郡縣志卷八。

〔同宿李翱家〕李翱論故度支李尚書事狀（全文卷六三四）云：「故度支李尚書之出妻也，續有勑停官，及薨，亦無追贈。……翱嘗從事滑州一年有餘，李尚書具能詳熟。……當時翱爲觀察判官。」李文中之「度支李尚書」乃李元素。考元素貞元十六年九月除滑州刺史、義成軍節度使，元和元年離任。見舊書德宗紀及憲宗紀。白氏此詩云：「偶遊滑臺側，同宿李翱家。」翱從事滑州僅一年有餘。貞元十七年至十九年，居易俱無遊滑州之可能，其與唐衢相識李翱家，約在貞元二十年冬。可知翱之從事滑州亦在貞元十九年至二十年間，至永貞元年遷京兆司録參軍。

〔散在京索間〕何義門云：「唐客周鄭，故曰京、索。賈島有過京索先生墳絶句。」元和郡縣志卷八河南道四鄭州滎陽縣：「京縣故城，縣東南二十里，即鄭京城大叔之邑。」同書又云：「古大索城，今縣理是也。」又云：「小索城，縣北四里。」

【校】

〔青衫〕「衫」，馬本作「衣」，非。據宋本、那波本、汪本、全詩、盧校改。

〔京索〕「索」，馬本、汪本、全詩俱作「洛」，那波本作「華」，俱非。據宋本、何校、盧校改。又

「洛」下全詩注云：「一作『索』。」見前箋。

〔收得〕「得」，馬本、汪本作「拾」。據宋本、那波本、盧校改。

〔尤可貴〕「尤」，馬本、汪本、全詩俱作「猶」，非。據宋本、何校改。詩末小注同。

〔一掬淚〕那波本「淚」下無小注。

問友

種蘭不種艾，蘭生艾亦生。根荄相交長，莖葉相附榮。香莖與臭葉，日夜俱長大。鋤艾恐傷蘭，溉蘭恐滋艾。蘭亦未能溉，艾亦未能除。沉吟意不決，問君欲何如？

【箋】

約作於元和元年（八〇六）至元和六年（八一一），長安。唐宋詩醇卷二〇：「通首分三層，一層一意，妙有頓挫。短篇换韻，音節亦古。」

〔鋤艾恐傷蘭二句〕查慎行白香山詩評：「『鋤艾恐傷蘭』二句却是未經人道。」

【校】

〔題〕那波本作「問友詩」。

〔欲何如〕「欲」，宋本、那波本、汪本、全詩俱作「合」。

悲哉行

悲哉爲儒者，力學不知疲。讀書眼前暗，秉筆手生胝。十上方一第，成名常苦遲。縱有宦達者，兩鬢已成絲。可憐少壯日，適在窮賤時。丈夫老且病，焉用富貴爲。沉沉朱門宅，中有乳臭兒。狀貌如婦人，光明膏粱肌。手不把書卷，身不擐戎衣。二十襲封爵，門承勳戚資。春來日日出，服御何輕肥。朝從博徒飲，暮有倡樓期。平封去還酒債，堆金選蛾眉。聲色狗馬外，其餘一無知。山苗與澗松，地勢隨高卑。古來無奈何，非君獨傷悲！

【箋】

約作於元和二年（八〇七）至元和十年（八一五），長安。

【校】

〔不知疲〕「知」，樂府作「能」。全詩注云：「一作『能』。」

〔眼前暗〕「前」，宋本、那波本、樂府、盧校俱作「欲」。全詩作「欲」，注云：「一作『前』。」汪本作「前」，注云：「一作『欲』。」

〔手生胝〕「胝」下馬本注云：「音支。」

〔身不擐〕「擐」下馬本注云：「胡慣切。」

〔博徒〕「博」，宋本作「薄」。全詩注云：「一作『薄』。」何校：「『博』，宋刻作『薄』，羅隱集中亦多用『薄徒』。」

〔平封〕汪本注云：「『封』讀去聲，一作『評封』。」那波本作「封錢」。又「封」下馬本無「去」字小注，據宋本增。又全詩「平」下注云：「一作『評』。」「封」下注云：「去。」

〔君獨〕此下全詩注云：「一作『獨君』。」

紫藤

藤花紫蒙茸，藤葉青扶疏。誰謂好顔色，而爲害有餘？下如蛇屈盤，上若繩縈紆。可憐中間樹，束縛成枯株。柔蔓不自勝，嫋嫋挂空虛。豈知纏樹木，千夫力不如。先柔後爲害，有似諛佞徒。附著君權勢，君迷不肯誅。又如妖婦人，綢繆蠱其夫。奇邪壞人室，夫惑不能除。寄言邦與家，所慎在其初。毫末不早辨，滋蔓信難圖。願以藤爲戒，銘之於座隅。

【箋】

作於元和五年（八一〇），三十九歲，長安，左拾遺、翰林學士。

【校】

〔題〕那波本作「紫藤詩」。

〔奇邪〕那波本作「可憐」。

〔藤爲戒〕「戒」，宋本、那波本俱作「誡」。

放鷹

十月鷹出籠，草枯雉兔肥。下韝隨指顧，百擲無一遺。鷹翅疾如風，鷹爪利如錐。本爲鳥所設，今爲人所資。孰能使之然？有術甚易知。取其向背性，制在飢飽時。不可使長飽，不可使長飢。飢則力不足，飽則背人飛。乘飢縱搏擊，未飽須縶維。所以爪翅功，而人坐收之。聖明馭英雄，其術亦如斯。鄙語不可棄，吾聞諸獵師。

【箋】

約作於元和二年（八〇七）至元和十年（八一五），長安。

【校】

〔題〕那波本作「放鷹詩」。

〔下韝〕「韝」下馬本注云：「哥謳切。」

慈烏夜啼

慈烏失其母，啞啞吐哀音。晝夜不飛去，經年守故林。夜夜夜半啼，聞者爲沾襟。聲中如告訴，未盡反哺心。百鳥豈無母，爾獨哀怨深。應是母慈重，使爾悲不任？昔有吴起者，母殁喪不臨。嗟哉斯徒輩，其心不如禽！慈烏復慈烏，鳥中之曾參。

【箋】

作於元和六年（八一一），四十歲，下邽。汪譜：「（元和六年）四月，公丁母陳縣君喪退居渭上。潁川縣君事狀云：元和六年四月三日没於長安宣平里第。元稹祭文亦作六年。李碑作五年，誤。」

〔昔有吴起者二句〕春秋衛人吴起，事曾子，其母死，起不歸，曾子薄之，而與起絶。見史記孫子吴起列傳。

【校】

〔題〕那波本作「慈烏夜啼詩」。

〔啞啞〕此下馬本注云：「倚下切。」

燕詩示劉叟

叟有愛子，背叟逃去，叟甚悲念之。叟少年時亦嘗如是，故作燕詩以諭之矣。

梁上有雙燕，翩翩雄與雌。銜泥兩椽間，一巢生四兒。四兒日夜長，索食聲孜孜。青蟲不易捕，黄口無飽期。觜爪雖欲弊，心力不知疲。須臾十來往，猶恐巢中飢。辛勤三十日，母瘦雛漸肥。喃喃教言語，一一刷毛衣。一旦羽翼成，引上庭樹枝。舉翅不迴顧，隨風四散飛。雌雄空中鳴，聲盡呼不歸。却入空巢裏，啁啾終夜悲。燕燕爾勿悲，爾當返自思。思爾爲雛日，高飛背母時。當時父母念，今日爾應知。

【箋】

約作於元和二年（八〇七）至元和六年（八一一），長安。

【校】

〔題〕宋本題下小注，馬本爲大字，且題下有「并序」二字，據宋本改作小注。那波本題下無小注。汪本、全詩題下小注俱無「矣」字。盧校：「『叟少年』下有『時』字，序末有『矣』字，可省。」

〔十來往〕「十」，馬本、汪本俱誤作「千」，據宋本、那波本、全詩改。全詩注云：「一作『千』。」

采地黄者

麥死春不雨，禾損秋早霜。歲晏無口食，田中采地黄。采之將何用？持以易餱糧。凌晨荷鋤去，薄暮不盈筐。攜來朱門家，賣與白面郎。與君啖肥馬，可使照地光。願易馬殘粟，救此苦飢腸。

【箋】

作於元和八年（八一三），四十二歲，下邽。

【校】

〔題〕那波本作「采地黄者詩」。

〔荷鋤〕「鋤」，宋本作「插」。何校：「『插』字從抄本。」

初入太行路

天冷日不光，太行峯蒼上聲莽。嘗聞此中險，今我方獨往。馬蹄凍且滑，羊腸不可上。若比世路難，猶自平於掌。

【箋】

或作於貞元二十年（八〇四）左右。

【校】

〔題〕那波本作「初入太行路詩」。

〔蒼莽〕「蒼」下，那波本、馬本、汪本俱無「上聲」二字小注，據宋本補。又「莽」下全詩注云：「上。」

鄧魴張徹落第

古琴無俗韻，奏罷無人聽。寒松無妖花，枝下無人行。春風十二街，軒騎不暫停。奔車看牡丹，走馬聽秦箏。衆目悦芳豔，松獨守其貞。衆耳喜鄭衛，琴亦不改聲。懷哉二夫子，念此無自輕。

【箋】

作於元和三年（八〇八），三十七歲，長安，左拾遺、翰林學士。城按：張徹，元和四年進士，落第當是元和三年間事。

〔鄧魴〕生平不詳。白氏與元九書（卷四五）：「有鄧魴者，見僕詩而喜，無何而魴死。」又讀鄧魴詩（卷十）：「嗟君兩不如，三十在布衣。擢第禄不及，新婚妻未歸。少年無疾患，溘死在路岐。」知其貧困早卒。

〔張徹〕登科記考卷十七：「韓愈答張徹詩云：『從賦始分手，朝京忽同舲。』考異引孫注謂徹赴舉試也。又故幽州節度判官贈給事中清河張君墓誌銘云：張君名徹，以進士累官至范陽府監察御史。考異云：徹，元和四年進士。五百家韓注引孫注：張秘書徹，元和四年登進士第，娶韓氏，禮部郎中雲卿之孫，開封尉俞之女，於公爲叔父孫女。」城按：居易少時居符離，與張徹同鄰里，其醉後走筆酬劉五主簿長句之贈兼簡張大賈二十四先輩昆季詩（卷一二）云：「張賈弟兄同里巷，乘間數數來相訪。」又白氏有張徹宋中錫可並監察御史制（卷四八）。李賀有酒罷張大徹索贈詩詩，可知兩人亦有往還。

〔念此無自輕〕何義門云：「鄧魴不知所終，而張徹死范陽之難，真能『不自輕』者也。」

【校】

〔題〕那波本作「鄧魴張徹落第詩」。

送王處士

王門豈無酒，侯門豈無肉？主人貴且驕，待客禮不足。望塵而拜者，朝夕走碌碌。王生獨拂衣，遐舉如雲鵠。寧歸白雲外，飲水卧空谷。不能隨衆人，斂手低眉目。扣門與我別，沽酒留君宿。好去采薇人，終南山正緑。

【箋】

約作於元和三年（八〇八）至元和六年（八一一），長安。

〔王處士〕疑爲王質夫。

【校】

〔題〕那波本作「送王處士詩」。

村居苦寒

八年十二月，五日雪紛紛。竹柏皆凍死，況彼無衣民！迴觀村閭間，十室八九貧。北風利如劍，布絮不蔽身。唯燒蒿棘火，愁坐夜待晨。乃知大寒歲，農者尤苦辛。顧我當此日，草堂深掩門。褐裘覆絁被，坐卧有餘温。幸免飢凍苦，又無壠畝勤。念彼深可愧，自問是何人？

【箋】

作於元和八年（八一三），四十二歲，下邽。見陳譜。查慎行白香山詩評：「詩境平易，正以數見不鮮。」王楙野客叢書卷二三：「樂天詩有記年月日者，於以見當時之氣令，亦足以裨史之闕。……詩曰：『八年十二月，五日雪紛紛。竹柏皆凍死，況彼無衣民。』又見元和八年十二月大雪寒凍，民不聊生如此。按東漢書，延熹間大寒，洛陽竹柏凍死。襄楷曰：聞之師曰，柏傷竹槁，不出三年，天子當之。樂天此語，正所以紀異也。」

【校】

〔題〕那波本作「村居苦寒詩」。

〔八年〕何校：「『八』一作『今』。」

〔愁坐〕「坐」，何校：「抄本作『對』。」

〔大寒歲〕「大」，何校：「抄本作『天』。」「寒歲」，全詩注云：「一作『歲寒』。」

〔尤苦辛〕「尤」，馬本、汪本俱作「猶」，據宋本、那波本、全詩、何校改。全詩注云：「一作『猶』。」

〔絁被〕「絁」下馬本注云：「申之切。」

〔飢凍苦〕「苦」，何校云：「抄本作『死』。」

納粟

有吏夜扣門，高聲催納粟。家人不待曉，場上張燈燭。揚簸浄如珠，一車三十斛。猶憂納不中，鞭責及僮僕。昔余謬從事，内愧才不足。連授四命官，坐尸十年禄。常聞古人語，損益周必復。今日諒甘心，還他太倉穀。

【箋】

約作於元和七年（八一二）至元和九年（八一四），下邽。城按：白氏論和糴狀（卷五八）：「比來和糴，事則不然，但令府縣散配户人，促立程限，嚴加徵催。苟有稽遲，則被追捉，迫蹙鞭撻，甚於税賦。號爲和糴，其實害人。」與此詩俱暴露唐代和糴納粟擾民之實況。

【校】

〔題〕那波本作「納粟詩」。

薛中丞

百人無一直，百直無一遇。借問遇者誰？正人行得路。中丞薛存誠，守直心甚固。皇明燭如日，再使秉王度。奸豪與佞巧，非不憎且懼。直道漸光明，邪謀難蓋覆。每因匪躬節，知有匡時具。張爲墜網綱，倚作頹簷柱。悠哉上天意，報施紛迴互。自古已冥茫，從今尤不諭。豈與小人意，昏然同好惡？不然君子人，何反如朝露？裴相昨已夭，薛君今又去。以我惜賢心，五年如旦暮。況聞善人命，長短繫運數。今我一涕零，豈爲中丞故！

【箋】

作於元和八年（八一三），四十二歲，下邽。見汪譜。

〔薛中丞〕薛存誠，通鑑卷二三九憲宗元和八年：「鑒虛自貞元來，以財交權倖。……上欲釋之，中丞薛存誠不可。」白氏薛存誠除御史中丞制（卷五五）：「給事中薛存誠選自郎署，……可御史中丞，餘如故。」按：岑仲勉白氏長慶集僞文謂此制係僞作，蓋據通鑑，存誠攝中丞在元和七、八年間，其時已在居易出翰林後。

〔裴相〕裴垍。字弘中，河東聞喜人。貞元中，制舉賢良極諫對策第一，授監察御史。元和三年冬，拜中書侍郎、同平章事。卒於元和六年。見舊書一四八本傳、卷十四憲宗紀、新書卷六二宰相表。

【校】

〔題〕那波本作「薛中丞詩」。

〔紛迴互〕「紛」，何校：「『紛』，抄本作『爲』，『爲』字方是顛倒語。」

〔裴相〕此下汪本注云：「按：裴相指裴垍也。」

秋池二首

前池秋始半，卉物多摧壞。欲暮槿先萎，未霜荷已敗。默然有所感，可以從兹誡。本不種松筠，早凋何足怪！

鑿池貯秋水，中有蘋與芰。天旱水暗銷，塌然委空地。有似汎汎者，附離權與貴。一旦恩勢移，相隨共憔悴。

【箋】

約作於元和元年（八〇六）至元和十年（八一五）。

【校】

〔先萎〕「萎」，汪本作「委」，字通。

夏旱

太陰不離畢，太歲仍在午。旱日與炎風，枯燋我田畝。金石欲銷鑠，況茲禾與黍。嗷嗷萬族中，唯農最辛苦。憫然望歲者，出門何所覩？但見棘與茨，羅生徧場圃。惡苗承沴氣，欣然得其所。感此因問天，可能長不雨？

【箋】

作於元和九年（八一四），四十三歲，下邽。城按：詩云「太歲仍在午」，即元和九年甲午。

【校】

〔題〕那波本作「夏旱詩」。

〔枯燋〕「燋」，馬本、汪本俱誤作「憔」，據宋本、那波本、全詩改。

〔羅生〕「羅」，馬本、汪本俱作「蘿」，據宋本、那波本、全詩改。

〔沴氣〕「沴」下馬本注云：「音戾。」

諭友

昨夜霜一降，殺君庭中槐。乾葉不待黃，索索飛下來。憐君感節物，晨起步前階。臨風踏葉立，半日顔色哀。西望長安城，歌鍾十二街。何人不歡樂，君獨心悠哉！白日頭上走，朱顔鏡中頽。平生青雲心，銷化成死灰。我今贈一言，勝飲酒千盃。其言雖甚鄙，可破悒悒懷。朱門有勳貴，陋巷有顔回。窮通各問命，不繫才不才。推此自豁豁，不必待安排。

【箋】

約作於元和元年（八〇六）至元和十年（八一五）。

〔西望長安城二句〕見本卷登樂遊園望詩箋。

【校】

〔題〕那波本作「諭友詩」。

〔節物〕馬本、汪本俱作「物節」，疑倒，據宋本、那波本、全詩乙轉。全詩注云：「一作『物節』。」

〔顔色哀〕「哀」，宋本作「低」。汪本、全詩俱注云：「一作『低』。」

〔歌鍾〕「鍾」，汪本、全詩俱作「鐘」，古字通。
〔勳貴〕「貴」，宋本、那波本俱作「賢」。何校云：「北史中『勳貴』語最多。蘭雪堂本亦作『賢』。」全詩注云：「一作『賢』。」
〔問命〕「問」，馬本、汪本俱作「有」，據宋本、那波本、盧校改。全詩注云：「一作『有』。」
〔豁豁〕馬本作「裕裕」，據宋本、那波本、汪本、全詩改。全詩注云：「一作『裕裕』。」

丘中有一士二首 命首句爲題。

丘中有一士，不知其姓名。面色不憂苦，血氣常和平。每選隙地居，不踏要路行。舉動無尤悔，物莫與之争。藜藿不充腸，布褐不蔽形。終歲守窮餓，而無嗟嘆聲。豈是愛貧賤，深知時俗情。勿矜羅弋巧，鸞鶴在冥冥。

丘中有一士，守道歲月深。行披帶索衣，坐拍無絃琴。不飲濁泉水，不息曲木陰。所逢苟非義，糞土千黄金。鄉人化其風，薫如蘭在林。智愚與强弱，不忍相欺侵。我欲訪其人，將行復沉吟。何必見其面，但在學其心。

【箋】約作於元和元年（八〇六）至元和十年（八一五）。

【校】

〔題〕宋本、那波本、汪本俱作「丘中有一士」，題下小注作「命首句爲題二首」。

新製布裘

桂布白似雪，吴綿軟於雲。布重綿且厚，爲裘有餘温。朝擁坐至暮，夜覆眠達晨。誰知嚴冬月，支體暖如春。中夕忽有念，撫裘起逡巡。丈夫貴兼濟，豈獨善一身？安得萬里裘，蓋裹周四垠。穩暖皆如我，天下無寒人！

【箋】

約作於元和二年（八〇七）至元和十年（八一五）。城按：白氏醉後狂言酬贈蕭殷二協律（卷十二）云：「我有大裘君未見，寬廣和煖如陽春。此裘非繒亦非纊，裁以法度絮以仁。刀尺鈍拙製未畢，出亦不獨裹一身。若令在郡得五考，與君展覆杭州人。」可與此詩相參證。又此詩蓋本之杜甫茅屋爲秋風所破歌，陳巖肖庚溪詩話卷上：「白樂天有新製綾襖詩曰：『水波文襖造新成，綾軟綿匀温復輕。百姓多寒無可救，一身獨暖亦何情。』卒章曰：『争得大裘長萬丈，與君都蓋洛陽城。』可謂有善推其所爲之心矣。又觀新製布裘詩曰：『桂布白似雪，……天下無寒人。』後詩正與杜子美茅屋爲秋風所破歌曰『安得廣廈千萬間，大庇天下寒士俱歡顔，風雨不動安如山』同。觀樂天後詩及子美詩，可與『人亡弓，人得之』其意同也。」黄徹䂬溪詩話及趙翼甌北詩話所載亦與庚溪詩話略同。

〔桂布〕唐嶺南桂管桂州區域（今廣西桂林）所産之布。劉宋沈懷遠南越志云：「桂州豐水縣有古終藤，俚人以爲布。」（太平御覽卷八二〇引）又三國吴萬震南州異物志云：「五色斑衣以絲布吉貝木所作。此木熟時如鵝毳，中有核如蛛珣，細過絲綿。人將用之，則治出其核，但紡不績，任意牽引，無有斷絶。欲爲斑布則染之五色。織以爲布，弱軟、厚緻。」（太平御覽卷八二〇引）城按：古終藤即吉貝，乃今之樹棉。據南州異物志等書所載，則唐以前已盛行。又白氏醉後狂言酬贈蕭殷二協律詩（卷十二）云：「吴綿細軟桂布密，柔如狐腋白似雲。」可相參看。

【校】

〔題〕那波本作「新製布裘詩」。

〔嚴冬月〕「月」，何校：「抄本作『日』。」

〔寒人〕「寒」，何校：「『寒』，宋刻作『窮』。」

杏園中棗樹

人言百果中，唯棗凡且鄙。皮皴似龜手，葉小如鼠耳。胡爲不自知，花生此園裏？豈宜遇攀玩，幸免遭傷毁。二月曲江頭，雜英紅旖旎。棗亦在其間，如嫫對西子。東風不擇木，吹煦長未已。眼看欲合抱，得盡生生理。寄言遊春客，乞君一迴視。君愛繞指柔，從君憐柳杞。君求悦目豔，不敢争桃李。君若作大車，輪軸材須此。

【箋】

約作於元和二年（八〇七）至元和十年（八一五），長安。

〔杏園〕在長安朱雀門街東第三街通善坊，地與曲江連接。兩京城坊考卷三：「杏園爲新進士宴遊之所。按：貞元四年，以曲江亭望慈恩寺杏園花發詩試進士。慈恩、杏園皆在曲江之南也。」白氏曲江憶元九詩（卷十三）云：「何況今朝杏園裏，閑人逢盡不逢君。」又有重尋杏園（卷十四）、杏園聯句（外集卷上）等詩。

〔曲江〕在長安城南敦化坊南。兩京城坊考卷三：「長安志以曲江在昇道坊。考太平寰宇記，曲江與芙蓉園相連，則其中不容隔立政、敦化二坊，今移於此。」同書又云：「龍華寺之南，有流水屈曲，謂之曲江，其深處下不見底。司馬相如賦曰：臨曲江之隑州。蓋其所也。……劇談録曰：曲江池本秦時隑州，唐開元中疏鑿爲勝境。南即紫雲樓、芙蓉苑，西即杏園、慈恩寺，花卉周環，煙水明媚。都人遊賞，盛於中和、上巳節，即錫臣僚會於山亭，賜太常教坊樂。池備綵舟，惟宰相三使北省官翰林學士發焉，傾動皇州，以爲盛觀。南部新書：曲江池，天祐初因大風雨，波濤震盪，累日不止，一夕其水無故自竭。自後，宫闕成荆棘矣。」

【校】

〔題〕那波本作「杏園中棗樹詩」。

〔皮皴〕「皴」下馬本注云：「七倫切。」

〔如蟆〕「蟆」下馬本注云：「莫胡切。」

〔吹煦〕何校：「『煦』一作『苞』。」

蝦蟆 和張十六。

嘉魚薦宗廟，靈龜貢邦家。應龍能致雨，潤我百穀芽。蠢蠢水族中，無用者蝦蟆。形穢肌肉腥，出没于泥沙。六月七月交，時雨正滂霈。蝦蟆得其志，快樂無以加。地既蕃其生，使之族類多。天又與其聲，得以相諠譁。豈唯玉池上，污君清泠波？可獨瑶瑟前，亂君鹿鳴歌？常恐飛上天，跳躍隨姮娥。往往蝕明月，遺君無奈何！

【箋】

約作於元和元年（八〇六）至元和十年（八一五），長安。

【校】

〔題〕那波本作「蝦蟆詩」。

〔百穀芽〕「芽」，宋本、那波本俱作「牙」，古字通。

〔蝦蟆〕「蟆」，馬本注云：「謨加切。」

〔清泠〕「泠」，馬本、汪本、全詩俱誤作「冷」，據宋本、那波本改。

〔可獨〕「可」，馬本、汪本俱作「何」，據宋本、那波本、盧校改。全詩作「可」，注云：「一作『何』。」

〔姮娥〕何校：「『姮』，抄本作『嫦』。」

寄隱者

賣藥向都城，行憩青門樹。道逢馳驛者，色有非常懼。親族走相送，欲別不敢住。私怪問道旁，何人復何故？云是右丞相，當國握樞務。禄厚食萬錢，恩深日三顧。昨日延英對，今日崖州去。由來君臣間，寵辱在朝暮。青青東郊草，中有歸山路。歸去卧雲人，謀身計非誤。

【箋】作於永貞元年（八〇五），三十四歲，長安，校書郎。見汪譜。

〔青門〕漢長安城東出南頭第一門霸城門。三輔黄圖卷一：「民見門色青，名曰青城門，或曰青門。門外舊出佳瓜，廣陵邵平（玉海作召平），爲秦東陵侯。秦破，爲布衣，種瓜青門外，瓜美，故時人謂之東陵瓜。廟記曰：霸城門亦曰青綺門。」城按：漢霸城門後已圮毁，唐人詩中多借指長安城東面之門。

〔延英〕延英殿。在長安大明宫紫宸殿之西。城按：唐制，内中有公事商量，降宣頭開延英。雍録卷四云：「代宗召苗晉卿對延英，晉卿，宰相也，羣臣初無許預之例。貞元七年，詔每御延英，令諸司官長奏本司事，則百官許對延英矣。八年，葛洪本正衙奏私事，德宗詔今後有陳奏，宜延英門請對，勿令正衙奏事，則羣臣亦得乞對延英矣。故憲宗時，元稹爲拾遺，乞於延英訪問也。其後諸州刺史遇開延英，即入延英陛辭，則是外官亦得詣延英辭也（會要開成敕）。」

〔今日崖州去〕疑指永貞元年韋執誼之貶官。舊書卷十四憲宗紀：「（永貞元年十月）壬申，貶正議大夫、中書侍郎平章事韋執誼爲崖州司馬。」

放魚 自此後詩到江州作。

曉日提竹籃，家僮買春蔬。青青芹蕨下，疊卧雙白魚。無聲但呀呀，以氣相呴濡。傾籃寫地上，撥剌長尺餘。豈唯刀机憂，坐見螻蟻圖。脱泉雖已久，得水猶可蘇。放之小池中，且用救乾枯。水小池窄狹，動尾觸四隅。一時幸苟活，久遠將何如？憐其不得所，移放於南湖。南湖連西江，好去勿踟躕。施恩即望報，吾非斯人徒。不須泥沙底，辛苦覓明珠！

【箋】

約作於元和十年（八一五）至元和十三年（八一八），江州，江州司馬。曾季貍艇齋詩話：「東坡放魚詩『不用辛苦泥沙底』，出樂天詩『不須泥沙底，辛苦覓明珠』。」唐宋詩醇卷二〇：「『施恩即望報』四語，小中見大，蘇軾和潛師放魚詩意本此。」

【校】

〔僮〕宋本、那波本俱作「童」。

〔呴濡〕「濡」，那波本誤作「孺」。

〔撥剌〕「撥」，那波本作「拔」。

文柏牀

陵上有老柏，柯葉寒蒼蒼。朝爲風煙樹，暮爲宴寢床。以其多奇文，宜升君子堂。刮削露節目，拂拭生輝光。玄班狀貍首，素質如截肪。雖充悦目玩，終乏周身防。華彩誠可愛，生理苦已傷。方知自殘者，爲有好文章。

【箋】

約作於元和十年（八一五）至元和十三年（八一八），江州，江州司馬。

〔方知自殘者二句〕唐宋詩醇卷十九：「時貶江州，隱然有自傷之意。『方知自殘者，爲有好文章』，即杜甫古柏行之意，白反用之。」

【校】

〔截肪〕「肪」下馬本注云：「敷邦切。」

潯陽三題 并序

廬山多桂樹，湓浦多修竹，東林寺有白蓮花，皆植物之貞勁秀異者，雖宫囿省寺中，未必能盡有。夫物以多爲賤，故南方人不貴重之，至有蒸爨其桂，剪棄其竹，白眼於蓮花者。予惜其不生於北土也，因賦三題以唁之。

廬山桂

偃蹇月中桂，結根依青天。天風繞月起，吹子下人間。飄零委何處？乃落匡廬山。生爲石上桂，葉如剪碧鮮。枝幹日長大，根荄日牢堅。不歸天上月，空老山中年。廬山去咸陽，道里三四千。無人爲移植，得入上林園。不及紅花樹，長栽温室前。

【箋】

約作於元和十年(八一五)至元和十三年(八一八)，江州，江州司馬。何義門云：「三篇皆自寓。」又云：「廬山桂、東城桂恰是兩故實。」

〔潯陽〕江州潯陽郡。隋九江郡，武德四年置江州。天寶元年改爲潯陽郡。乾元元年復爲江州。領潯陽、都昌、彭澤三縣，治所在潯陽。見舊書卷四〇地理志。又潯陽縣本漢舊縣，屬廬江郡，以在潯水之陽，故曰潯陽。隋平陳，改潯陽爲彭蠡縣。大業二年，改爲湓城縣。武德五年，復改爲潯陽縣，見元和郡縣志卷二八。

〔廬山〕元和郡縣志卷二八：「廬山在潯陽縣東三十二里，本名鄣山。昔匡俗字子孝，隱淪潛景，廬於此山，漢武帝拜爲大明公，俗號廬君，故山取號。周環五百餘里。」

〔湓浦〕即湓水。清統志九江府三：「湓水在德化縣西一里，源出瑞昌縣清湓山，亦名湓澗。

東流會瀼溪經縣治南，俗名南河。繞城而東會諸小水入德化縣界。東經府城下，又名湓浦港。又北入大江，其入江處，即古之湓口也。……通鑑胡三省注：『湓口在潯陽。今德化縣西一里有湓浦。』」

〔東林寺〕在廬山。范成大吴船録卷下：「入山五里至東林寺，晉惠遠師道場也。自晉以來爲星居寺，數十年前始更十方。樓閣堂殿，奇巧巨麗，然皆非晉舊屋。」清統志九江府二：「東林寺在德化縣南廬山麓。晉太元九年慧遠創建。謝靈運爲鑿池種蓮，號蓮社。初爲律寺，後改爲禪寺。」

〔上林園〕即漢上林苑，方三百里，苑中養百獸，天子秋冬射獵取之。見三輔黄圖卷四。

〔温室〕漢温室殿。在長樂宫。又説在未央宫。三輔黄圖卷三引漢書云：「孔光爲尚書令，歸休，與兄弟妻子燕語，終不及朝省政事。或問温室省中樹何木，光不應。」白詩蓋本此。

【校】

〔北土〕何校：「『北』，宋刻作『此』。」蓋即「北」之訛文。

〔委何處〕「委」，唐歌詩作「倚」。

〔根荄〕「荄」，那波本作「發」，誤。

湓浦竹

潯陽十月天，天氣仍温燠。有霜不殺草，有風不落木。玄冥氣力薄，草木冬猶綠。誰肯溢浦頭，迴眼看修竹？其有顧盼者，持刀斬且束。剖劈青琅玕，家家蓋牆屋。吾聞汾晉間，竹少重如玉。胡爲取輕賤，生此西江曲？

【校】

〔顧盼〕「盼」，汪本、全詩俱同。宋本、那波本俱作「眄」，蓋二字宋人多混書也。

東林寺白蓮

東林北塘水，湛湛見底清。中生白芙蓉，菡萏三百莖。白日發光彩，清飈散芳馨。洩香銀囊破，瀉露玉盤傾。我慚塵垢眼，見此瓊瑶英。乃知紅蓮花，虚得清淨名。夏萼敷未歇，秋房結纔成。夜深衆僧寢，獨起繞池行。欲收一顆子，寄向長安城。但恐出山去，人間種不生。

【箋】

〔東林寺白蓮〕汪立名云：「按：祝穆方輿勝覽：晉慧遠法師居廬山東林寺，有白蓮池，與劉遺民等十八人同修淨土之法，然遠公招陶潛入社，終不能致。謝靈運求入社而以心雜不許。是三者中，白蓮尤爲舊物。」

【校】

〔塵垢〕「垢」，馬本、汪本俱作「埃」，據宋本、那波本改。全詩作「垢」，注云：「一作『埃』。」

〔秋房〕「房」，馬本、汪本俱作「芳」，據宋本、那波本、盧校改。全詩作「房」，注云：「一作『芳』。」

大水

潯陽郊郭間，大水歲一至。閭閻半漂蕩，城堞多傾墜。蒼茫生海色，渺漫連空翠。風卷白波翻，日煎紅浪沸。工商徹屋去，牛馬登山避。況當率稅時，頗害農桑事。獨有傭舟子，鼓枻生意氣。不知萬人災，自覓錐刀利。吾無奈爾何，爾非久得志。九月霜降後，水涸爲平地。

【箋】

約作於元和十一年（八一六）至元和十三年（八一八），江州，江州司馬。

〔潯陽〕見本卷潯陽三題詩箋。

【校】

〔漂蕩〕「漂」，全詩作「飄」，字通。

白居易集箋校卷第二

諷諭二　古調詩五言　凡五十八首

續古詩十首

戚戚復戚戚，送君遠行役。行役非中原，海外黄沙磧。伶俜獨居妾，迢遞長征客。君望功名歸，妾憂生死隔。誰家無夫婦，何人不離拆？所恨薄命身，嫁遲别日迫。妾身有存没，妾心無改易。生爲閨中婦，死作山頭石。

掩淚别鄉里，飄飖將遠行。茫茫緑野中，春盡孤客情。驅馬上丘壠，高低路不平。風吹棠梨花，啼鳥時一聲。古墓何代人？不知姓與名。化作路傍土，年年春草生。感彼忽自悟，今我何營營！

朝采山上薇，暮采山上薇。歲晏薇亦盡，飢來何所爲？坐飲白石水，手把青松枝。擊節獨長歌，其聲清且悲。櫪馬非不肥，所苦長縶維。豢豕非不飽，所憂竟爲犧。行行歌此曲，以慰常苦飢。

雨露長纖草，山苗高入雲。風雪折勁木，澗松摧爲薪。風摧此何意？雨長彼何因？百丈澗底死，寸莖山上春。可憐苦節士，感此涕盈巾。

窈窕雙鬟女，容德俱如玉。晝居不踰閾，夜行常秉燭。氣如含露蘭，心如貫霜竹。宜當備嬪御，胡爲守幽獨？無媒不得選，年忽過三六。歲暮望漢宮，誰在黄金屋？邯鄲進倡女，能唱黄花曲。一曲稱君心，恩榮連九族。

栖栖遠方士，讀書三十年。業成無知己，徒步來入關。長安多王侯，英俊競攀援。幸隨衆賓末，得厠門館間。東閣有旨酒，中堂有管絃。何爲向隅客，對此不開顔？富貴無是非，主人終日歡。貧賤多悔尤，客子終夜歎。歸去復歸去，故鄉貧亦安。

涼風飄嘉樹，日夜減芳華。下有感秋婦，攀條苦悲嗟。我本幽閑女，結髮事豪家。豪家多婢僕，門内頗驕奢。良人近封侯，出入鳴玉珂。自從富貴來，恩薄讒言多。冢婦獨守禮，羣妾互奇衺。但信言有玷，不察心無瑕。容光未銷歇，歡愛忽蹉跎。何意掌上玉，化爲眼中砂。盈盈一尺水，浩浩千丈河。勿言小大異，隨分有風波。閨房猶復爾，邦國當如何！

心亦無所迫，身亦無所拘。何爲腸中氣，鬱鬱不得舒？不舒良有以，同心久離居。五年不見面，三年不得書。念此令人老，抱膝坐長吁。豈無盈罇酒？非君誰與娱？

攬衣出門行，遊觀遶林渠。澹澹春水暖，東風生緑蒲。上有和鳴雁，下有掉尾魚。飛沉一何樂，鱗羽各有徒。而我方獨處，不與之子俱。顧彼自傷己，禽魚之不如。出遊欲遣憂，孰知憂有餘！

春旦日初出，曈曈耀晨輝。草木照未遠，浮雲已蔽之。天地黯似晦，當午如昏時。雖有東南風，力微不能吹。中園何所有？滿地青青葵。陽光委雲上，傾心欲何依？

【箋】

約作於元和六年（八一一）至元和九年（八一四）。

【校】

〔離拆〕「拆」，全詩作「坼」，注云：「一作『析』。」城按：「拆」同「坼」。

〔存没〕「没」，宋本、那波本、全詩俱作「殁」，字通。

〔生爲〕「爲」，宋本、那波本俱作「作」。全詩作「作」，注云：「一作『爲』。」

〔飄颻〕「颻」，何校：「抄本作『飄』。」

〔姓與名〕「名」下全詩注云：「一作『何姓名』。」

〔常苦飢〕「常」，何校作「長」。「苦飢」，全詩注云：「一作『渴飢』。」

〔山上春〕何校：「『上』，抄本作『下』。」

〔含露蘭〕「露」，汪本作「霧」，全詩注云：「一作『霧』。」

〔終夜〕「終」，宋本、那波本、全詩俱作「中」。汪本注云：「一作『中』。」全詩注云：「一作『終』。」

〔冢婦〕「冢」，宋本作「家」。全詩注云：「一作『家』。」俱非。

〔猶復爾〕文粹作「復猶爾」，非。

〔得書〕「得」，文粹作「附」。

〔黯似晦〕「似」，宋本、那波本、汪本、全詩俱作「以」。全詩注云：「一作『似』。」

秦中吟十首 并序

貞元元和之際，予在長安，聞見之間，有足悲者。因直歌其事，命爲秦中吟。

議婚

天下無正聲，悦耳即爲娱。人間無正色，悦目即爲姝。顔色非相遠，貧富則有殊。貧爲時所棄，富爲時所趨。紅樓富家女，金縷繡羅襦。見人不斂手，嬌癡二八初。母兄未開口，已嫁不須臾。緑窗貧家女，寂寞二十餘。荆釵不直錢，衣上無真珠。幾迴人欲聘，臨日又踟躕。主人會良媒，置酒滿玉壺。四座且勿飲，聽我歌兩途。富家女易嫁，嫁早輕其夫。貧家女難嫁，嫁晚孝於姑。聞君欲娶婦，娶婦意何如？

【箋】

作於元和五年（八一〇），三十九歲，長安，左拾遺、翰林學士、京兆户曹參軍、翰林學士。見汪譜。城按：白氏與元九書（卷四五）：「聞秦中吟，則權豪貴近者，相目而變色矣。」何義門云：「十題皆以才調爲正，不知何人妄易也。」

〔議婚〕何義門云：「此篇首諭不當承魏、晉以來之弊以門第用人，乃立政之本也。」

〔天下無正聲八句〕查慎行白香山詩評：「『天下無正聲』八句，此即王摩詰『賤日豈殊衆，貴來方悟稀』二句意，而神韻不逮遠矣。」

〔貧爲時所棄二句〕何義門云：「兩言時者，見此乃積久所成之時弊，非當然不可變。」

【校】

〔因直歌〕三字才調作「略舉」。全詩注云：「三字一作『略舉』。」

〔其事〕「事」下才調有「因」字。全詩「事」下注云：「一本有『因』字。」

〔秦中吟〕「吟」下才調有「焉」字。全詩「吟」下注云：「一本此下有『焉』字。」

〔議婚〕才調作「貧家女」。全詩注云：「一作『貧家女』。」汪本注云：「按韋轂才調集作『貧家女』。」

〔正聲〕何校：「『正』，抄本作『鄭』。」

〔即爲娱〕「即」，才調作「則」。全詩作「即」，注云：「一作『則』。」

〔即爲姝〕「即」，才調作「則」。全詩作「即」。注云：「一作『則』。」

〔顔色〕「顔」，文粹作「聲」。

〔已嫁〕「已」，才調作「言」。全詩作「已」，注云：「一作『言』。」

〔聽我〕「我」，才調作「余」。

重賦

厚地植桑麻，所要濟生民。生民理布帛，所求活一身。身外充征賦，上以奉君親。國家定兩税，本意在憂人。厥初防其淫，明勅内外臣。税外加一物，皆以枉法論。奈何歲月久，貪吏得因循。浚我以求寵，斂索無冬春。織絹未成疋，繰絲未盈斤。里胥迫我納，不許暫逡巡。歲暮天地閉，陰風生破村。夜深烟火盡，霰雪白紛紛。幼者形不蔽，老者體無温。悲端與寒氣，併入鼻中辛。昨日輸殘稅，因窺官庫門。繒帛如山積，絲絮似雲屯。號爲羡餘物，隨月獻至尊。奪我身上煖，買爾眼前恩。進入瓊林庫，歲久化爲塵。

【箋】白氏元和四年奏請加德音中節目二件之一緣今時旱請更減放江淮旱損州縣百姓今年租稅（卷五八）：「況旱損州縣至多，所放錢米至少，百姓未經豐熟，又納今年稅租，疲乏之中，重此徵迫，人力困苦，莫甚於斯。」又同卷論王鍔欲除官事宜狀：「臣又聞王鍔在鎮日，不卹凋殘，唯務差稅。淮南百姓日夜無憀。五年誅求，百計侵削，錢物既足，部領入朝，號爲羡餘，親自進奉。凡有耳者，無不知之。」又同卷論裴均進奉銀器狀：「伏以陛下昨因時旱，念及疲人，特降德音，停罷進奉。天意如感，雨澤應期，巷舞途歌，咸呼萬歲。伏自德音降後，天下顒望遵行。未經旬月之間，裴均便先進奉。若誠有此事，深損聖德。」元稹叙詩寄樂天書：「時貞元十年已後，德宗皇帝春秋高，理務因人。……由是諸侯敢自爲旨意。……厚加剥奪，名爲進奉，其實貢入之數百一焉。」皆可與此詩相參證。又葉燮原詩：「白居易詩，傳爲老嫗可曉。余謂此言亦未盡然。今觀其集，矢口而出者固多，蘇軾謂其局於淺切，又不能變風操，故讀之易厭。夫白之易厭，更甚于李，然有作意處，寄托深遠，如重賦、致仕、傷友、傷宅等篇，言淺而深，意微而顯，此風人之能事也。至五言排律，屬對精緊，使事嚴切，章法變化中，條理井然，讀之使人惟恐其竟。杜甫後不多得者。人每易視白，則失之矣。元稹作意勝於白，不及白春容暇豫。白俚俗處而雅亦在其中，終非庸近可擬。二人同時得盛名，必有其實，俱未可輕議也。」唐宋詩醇卷二〇云：「通達治體，故於時政源流利弊，言之了然，其沈著處令讀者酸鼻，杜甫石壕吏之嗣音也。」

〔羡餘〕原爲賦税之盈餘，唐自德宗以後，藩鎮巧立名目，用以進奉朝廷。文獻通考卷二二土貢：「德宗既平朱泚之後，屬意聚斂，藩鎮常賦之外，進奉不已。劍南西川節度使韋皋有『日進』，江西觀察使李兼有『月進』，他如杜亞、劉贊、王緯、李錡，皆徼射恩澤，以常賦入貢，名爲『羡餘』，至代易又有進奉。户部財物，所在州府及巡院，皆得擅留，或矯密旨加斂，或減刻吏禄，或鬻蔬果，往往私自入，所進纔十二三，無敢問者。刺史及幕僚至以進奉得遷官。」城按：清汪師韓考「羡餘」之沿革頗詳，其所撰之韓門綴學卷三云：「羡餘之名，始於唐而甚於宋。唐書食貨志：唐玄宗開元八年，監察御史宇文融括籍外羡田，張虚數，以正田爲羡，編户爲客，歲終籍錢百萬緡。至德宗時，劍南韋皋有『日進』，江西李兼有『月進』，淮南杜亞、宣歙劉贊、鎮海王緯李錡皆以常賦入貢，名爲『羡餘』。（舊唐書志云：貢入之奏，皆曰臣於王税外方圓，亦曰「羡餘」。）至代易，又有進奉。常州刺史裴肅鬻薪炭案紙爲進奉，刺史進奉，自肅始也。宣州判官嚴綬傾軍府爲進奉，判官進奉自綏始也。順宗罷鹽鐵使進奉，憲宗罷除官受代進奉及諸道兩税外榷。時雖有罷之名，而方鎮進獻，度支鹽鐵與諸道貢獻，且加甚焉。用軍有助軍錢，賊平有賀禮，上尊號有獻賀物，至穆宗一切罷之，而史稱武宗會昌末置備邊庫，宣宗更號延資庫，諸道進奉助軍錢皆輸焉。列傳贊云：宇文融以言利得幸。天寶以來，所費愈不貲計，于是韓堅、楊慎矜、王鉷、楊國忠各歲進羨緡百億萬。（舊唐書贊云：志求餘羨。）竊觀皇甫湜論進奉書云：凡諸州府，必有羨餘，不歸之王廷，必没於私室。大概唐之羨餘，以正爲羨者多也。」

【校】

〔題〕才調作「無名税」。汪本注云：「按才調集作『無名税』。」全詩注云：「一作『無名税』。」

〔所要〕「要」，才調、汪本俱作「用」。全詩注云：「一作『用』。」

〔定兩税〕「定」，才調作「有」。

〔憂人〕「憂」，馬本、汪本、全詩俱作「愛」，據宋本、才調、那波本、盧校改。汪本、全詩俱注云：「一作『憂』。」

〔防其淫〕「淫」，才調作「汪」。

〔浚我〕「浚」，才調、文粹俱作「役」。何校：「『浚』，抄本作『虐』。」

〔迫我納〕「迫」，才調作「逼」。汪本、全詩俱注云：「一作『逼』。」

〔烟火盡〕「盡」，文粹作「滅」。

〔白紛紛〕「白」，文粹作「落」。

〔悲端〕「端」，馬本、汪本、文粹、全詩俱作「喘」，據宋本、那波本、盧校改。才調作「啼」。全詩注云：「一作『啼』。」

〔殘稅〕「殘」，才調作「餘」。

〔似雲屯〕才調作「似屯雲」。全詩作「如雲屯」，「如」下注云：「一作『似』。」

〔隨月〕「月」，才調、文粹俱作「日」。全詩注云：「一作『日』。」

傷宅

誰家起甲第，朱門大道邊？豐屋中櫛比，高牆外迴環。累累六七堂，棟宇相連延。一堂費百萬，鬱鬱起青烟。洞房温且清，寒暑不能干。高堂虚且迥，坐卧見南山。繞廊紫藤架，夾砌紅藥欄。攀枝摘櫻桃，帶花移牡丹。主人此中坐，十載爲大官。廚有臭敗肉，庫有貫朽錢。誰能將我語，問爾骨肉間。豈無窮賤者，忍不救飢寒？如何奉一身，直欲保千年？不見馬家宅，今作奉誠園！

【箋】

〔不見馬家宅二句〕元集卷十六奉誠園詩自注：「馬司徒（燧）舊宅。」國史補卷中：「馬司徒之子暢，以第中大杏饋竇文場。文場以進。德宗未嘗見，頗怪之，令使就第封杏樹。暢懼，進宅，燧廢爲奉誠園，屋木盡拆入内也。」桂苑叢談所記亦同。舊書卷一三四馬燧傳：「燧貲貨甲天下。燧既卒，暢承舊業，屢爲豪幸邀取。貞元末，中尉申志廉（新傳作楊志廉）諷暢令獻田園第宅，順宗復賜暢。初爲梟妻所訴，析其產，中貴又逼取，仍指使施於佛寺，暢不敢吝。晚年財產並盡，身殁之後，諸子無室可居，以至凍餒。今奉誠園亭館，即暢舊第也。」城按：奉誠園在長安安邑坊。長安志卷八：「奉誠園，司徒兼侍中馬燧宅，在安邑里。」其中所載諷暢獻田產中官作申志廉，與舊書同。

【校】

〔題〕才調作「傷大宅」。汪本注云：「按才調集作『傷大宅』。」全詩注云：「一作『傷大宅』。」

〔大道〕「大」，才調作「當」。全詩注云：「一作『當』。」

〔櫛比〕「比」，才調作「北」。

〔棟宇〕「棟」，才調作「簷」。全詩注云：「一作『檐』。」

〔連延〕文粹作「勾連」。

〔不能干〕「干」，宋本、那波本俱作「忓」。何校：「『干』，宋刻與蘭雪皆作『忓』。」

〔高堂〕「堂」，才調作「亭」。

〔藥欄〕「欄」，全詩注云：「一作『闌』。」

〔貫朽〕才調作「朽貫」。全詩注云：「一作『朽貫』。」

〔窮賤〕「窮」，才調作「貧」。

〔奉誠園〕「誠」，才調作「成」，非。

傷友　又云傷苦節士。

陋巷孤寒士，出門苦栖栖。雖云志氣在，豈免顏色低？平生同門友，通籍在金閨。曩者膠漆契，邇來雲雨睽。正逢下朝歸，軒騎五門西。是時天久陰，三日雨淒淒。蹇驢避路立，肥馬當風嘶。迴頭忘相識，占道上沙堤。昔年洛陽社，貧賤相提攜。今日長安道，對面隔雲泥。近日多如此，非君獨慘悽。死生不變者，唯聞任與黎。任公叔、黎逢。

【箋】

〔死生不變者二句〕何義門云：「如曰薄俗果不可返，則任與黎獨何人哉？一結是詩人之忠厚也。」

〔任與黎〕任公叔、黎逢，均爲大曆十二年進士。見登科記考卷十一。全詩卷一九〇有韋應物答貢士黎逢詩，題下并注云：「時任京兆功曹。」又全詩卷二八八載黎逢詩二首。

【校】

〔題〕才調作『膠漆契』。汪本注云：「按才調集作『膠漆契』。」全詩注云：「一作膠漆契。」

〔孤寒士〕「孤」，全詩注云：「一作『飢』。」

〔苦栖栖〕宋本、那波本、汪本、全詩俱作「苦恓恓」。才調作「甚栖栖」。全詩注云：「一作『甚栖栖』。」

〔雖云〕才調作「雖然」。

〔志氣在〕「在」，才調、汪本、全詩俱作「高」。

〔同門友〕「門」，才調作「袍」。汪本、全詩俱注云：「一作『袍』。」何校：「『袍』字切秦中。」

〔曩者〕才調作「昔爲」。

〔邇來〕才調作「爾來」。

〔迴頭忘相識〕「迴」，才調作「送」，誤。「忘」，才調作「望」。

〔任與黎〕「黎」下小注「任公叔」，馬本誤作「任公孫」，據宋本、汪本、全詩、盧校改正。才調、那波本俱無此注。

不致仕

七十而致仕，禮法有明文。何乃貪榮者，斯言如不聞？可憐八九十，齒墮雙眸昏。朝露貪名利，夕陽憂子孫。挂冠顧翠緌，懸車惜朱輪。金章腰不勝，傴僂入君門。誰不愛富貴？誰不戀君恩？年高須告老，名遂合退身。少時共嗤誚，晚歲多因循。賢哉漢二疏，彼獨是何人？寂寞東門路，無人繼去塵。

【箋】

此詩蓋譏杜佑也。國史補卷中：「高貞公致仕，制云：以年致政，抑有前聞。近代寡廉，罕由斯道。是時杜司徒年七十，無意請老，裴晉公爲舍人，以此譏之。」堯山堂偶雋卷三：「元和初，杜佑爲司徒，年過七十，猶未請老。裴晉公時知制誥，因高郢致仕命詞曰：以年致仕，抑有前聞。近代寡廉，罕由斯道。蓋譏佑也。」汪立名云：「公此詩所指當與裴同，盛爲當時傳誦。厥後杜牧之每于公多不足語，形之詩篇。至托李戡之言，極口詆誚，文章家報復可畏如此。宋祁不察，據以論公，過矣。牧之，佑之孫也。」

【校】

〔題〕才調作「合致仕」。汪本注云：「按才調集作『合致仕』。」全詩注云：「一作『合致仕』。」

〔貪榮者〕「者」，才調作「貴」。汪本、全詩俱注云：「一作『貴』。」

〔齒墮〕「墮」，才調作「落」。

〔翠緌〕「緌」，才調作「纓」。

〔告老〕「告」，才調、那波本俱作「請」。全詩注云：「一作『請』。」

〔嗤誚〕「誚」，才調作「笑」。全詩注云：「一作『笑』。」

立碑

勳德既下衰，文章亦陵夷。但見山中石，立作路旁碑。銘勳悉太公，叙德皆仲尼。復以多爲貴，千言直萬貲。爲文彼何人？想見下筆時。但欲愚者悅，不思賢者嗤。豈獨賢者嗤？仍傳後代疑。古石蒼苔字，安知是愧詞？我聞望江縣，麴令撫惸嫠。麴令名信陵。在官有仁政，名不聞京師。身殁欲歸葬，百姓遮路歧。攀轅不得歸，留葬此江湄。至今道其名，男女涕皆垂。無人立碑碣，唯有邑人知。

【箋】

唐律疏議職制下：「諸在官長吏，實無政迹輒立碑者，徒一年。若遣人妄稱己善申請於上者，杖一百。」與此詩相參證，可知唐代官吏立碑之濫。又隨園詩話卷十三：「許竹人侍御題路上去思碑云：『君看去思官道石，深鐫鐫不到人心。』足補白太傅咏碑之所未及。」

〔仍傳後代疑〕何義門云：「後漢書：李法上疏譏史官記事不實，後世有識，尋功計德，必不明信。所謂『仍傳後代疑』也。」

〔我聞望江縣十句〕據白氏自注，麴令即麴信陵。容齋五筆卷七：「予因憶少年寓無錫時，從錢仲仲大夫借書，正得信陵遺集，財有詩三十三首，祈雨文一首。信陵以貞元元年鮑防下及第爲四人，以六年作望江令。讀其投石祝江文云：必也私欲之求，行於邑里；慘黷之政，施於黎元。

令長之罪也。神得而誅之，豈可移於人以害其歲。詳味此言，其爲政無愧於神天可見矣。至大中十一年，寄客鄉貢進士姚輦以其文示縣令蕭縝，縝輟俸買石刊之。樂天十詩作於貞元元和之際，距其亡十五年耳，而名已不傳。新唐藝文志但記詩一卷，略無它說。非樂天之詩，幾於與草木俱腐。乾道二年，歷陽陸同爲望江令，得其詩於汝陰王廉清，爲刊板而致之郡庫，但無祈雨文也。」所記信陵生平頗詳。唐才子傳卷五：「信陵，貞元元年鄭全濟榜及第，仕爲舒州望江令，卒。工詩，有集一卷，今傳。」辛文房所稱信陵詩集今傳一卷者，疑即容齋所謂陸同刊本，今亦亡佚，全唐詩中僅存詩六首。香祖筆記卷五：「具區志止載麴信陵投江禱雨文，余讀洪文敏萬首絕句，載信陵詩三首：一過真律師舊院，一酬談上人海石榴，一出自賊中謁恒上人。詩皆不工，而信陵篇什賴此尚存後世。按：信陵貞元元年鮑防下及第，以六年爲望江令。白樂天秦中吟云：『身歿欲歸葬，百姓遮路歧。攀轅不得歸，留葬此江湄。』則信陵卒於官，未嘗遷秩，審矣。不知其何時陷賊，豈未第以前事耶？」唐詩别裁卷三：「麴信陵，吴縣西洞庭山人。」乾隆江南通志卷一一六職官名宦安慶府引南畿志云：「麴信陵，吴縣人，貞元中爲舒州望江令，愛民如子。……及受代，民遮道不得去。後卒於官，將輿櫬歸，邑民號哭，留葬治所。」

【校】

〔題〕才調作「古碑」。汪本注云：「按：才調集作『古碑』。」全詩注云：「一作『古碑』。」

〔下哀〕「下」，才調作「己」。

〔山中〕才調作「南山」。何校云：「『南山』方切秦中。」
〔立作〕「立」，才調作「刻」。
〔銘勳〕才調作「勳名」。全詩注云：「一作『勳名』。」
〔叙德〕才調作「德教」。全詩注云：「一作『德教』。」
〔安知〕「安」，才調作「焉」。
〔愕䕸〕「䕸」，那波本誤作「婺」。才調作「孤䕸」。「䕸」下那波本、才調俱無小注。
〔不得歸〕「歸」，馬本、才調俱作「去」，據宋本、汪本、全詩改。全詩注云：「一作『去』。」
〔涕皆垂〕才調作「皆涕垂」。「皆」下全詩注云：「一作『皆涕』。」

輕肥

意氣驕滿路，鞍馬光照塵。借問何爲者？人稱是内臣。朱紱皆大夫，紫綬或將軍。誇赴軍中宴，走馬去如雲。罇罍溢九醖，水陸羅八珍。果擘洞庭橘，膾切天池鱗。食飽心自若，酒酣氣益振。是歲江南旱，衢州人食人。

【箋】何義門云：「言將相皆中官私人，召災害而爲民賊也。」唐宋詩醇卷二〇：「結語斗絶，有一落千丈之勢。」

〔朱紱皆大夫二句〕通鑑胡三省注：「唐中世以前，率呼將帥爲大夫。白居易詩所謂『武官稱大夫』是也。」城按：唐人詩文中多稱「朱衣」、「紫衣」爲「朱紱」、「紫綬」。白氏初著緋戲贈元九詩：「晚遇緣才拙，先衰被病牽。那知垂白日，始是著緋年。身外名徒爾，人間事偶然。我朱君紫綬，猶未得差肩。」初除尚書郎脱刺史緋詩：「便留朱紱還鈴閣，却著青袍侍玉除。」早春西湖閑遊悵然興懷憶與微之同賞因思在越官重事殷鏡湖之遊或恐未暇偶成十八韻寄微之詩：「貴垂長紫綬，榮駕大朱輪。」李商隱祭外舅贈司徒公文（樊南文集補編卷十二）：「旋衣朱紱，入謁皇闈。」岑仲勉玉溪生年譜會箋平質釋云：「唐文『銀章朱紱』即『賜緋魚袋』之典語，此謂賜緋後入朝，非言充京職也。」杜荀鶴再經胡城縣詩：「今來縣宰加朱紱，便是蒼生血染成。」均爲有力之證，今人所注唐詩及白詩選本，多誤釋爲繫印之綬，蓋未熟諳唐人詩文中之習語也。

〔九醖〕酒名。産於宜城。國史補卷下：「酒之美者，宜城之九醖。」太平寰宇記卷一四五襄州：「宜州出美酒，今在宜城縣也。俗號宜城美酒爲竹葉杯。」輿地紀勝卷八二襄陽府：「漢宜城故城：元和郡縣志云：在今宜城縣南九里，本楚鄢縣，其地出美酒。」柳亭詩話卷十八：「襄陽宜城東，有金沙泉，造酒甚美，世稱宜城春，又名竹葉清。張華輕薄篇：『蒼梧竹葉清，宜城九醖酒。』梁簡文烏栖曲：『宜城醖酒今朝熟，停鞭繫馬暫栖宿。』」

〔是歲江南旱二句〕何義門云：「秦中吟中何以所書者江南，其實秦中適當天旱人飢之會，故深刺之也。春秋莊十一年秋：魯大水。公羊子曰：外災不生，此何以書？及我也。時魯亦有水災，書魯則宋災不見，兩舉則煩文不省，故詭例書外以見内也。公之詩學，其源遠矣。」城按：此當指元和三、四年間江南之旱而言。舊書卷十四憲宗紀：「（元和三年），是歲淮南、江南、江西、湖南、山南東道旱。」

【校】

〔題〕才調作「江南旱」。汪本注云：「按才調集作『江南旱』。」全詩注云：「一作『江南旱』。」

〔内臣〕才調作「近臣」。

〔或將軍〕「或」，才調作「悉」。汪本、全詩俱注云：「一作『悉』。」

〔軍中宴〕才調作「中軍會」。

〔去如雲〕「去」，才調作「疾」。全詩注云：「一作『疾』。」

〔膾〕宋本、那波本、文粹俱作「鱠」。城按：「鱠」同「膾」，才調作「繪」，非。

五絃

清歌且罷唱，紅袂亦停舞。趙叟抱五絃，宛轉當胸撫。大聲麄若散，颯颯風和雨。小聲細欲絶，切切鬼神語。又如鵲報喜，轉作猨啼苦。十指無定音，顛倒宫徵羽。坐客聞此聲，形神若無主。行客聞此聲，駐足不能舉。嗟嗟俗人耳，好今不好古。所以緑窗琴，日日生塵土。

【箋】

白氏新樂府中有五絃彈詩(卷三)。元稹亦有五絃彈一篇,係和李紳之作,而白氏則係酬李、元也。何義門云:「此假樂以諭詩也。」

〔趙叟〕貞元間之琵琶名手趙璧。樂府雜録五絃:「貞元中有趙璧者妙於此伎也。白傅諷諫有五絃彈。」國史補卷下:「趙璧彈五絃,人問其術。答曰:『吾之于五絃也,始則心驅之,中則神遇之,終則天隨之,吾方浩然,眼如耳,目如鼻,不知五絃之爲璧,璧之爲五絃也。』」白氏五絃彈詩:「自嘆今朝初得聞,始知孤負平生耳。唯憂趙璧白髮生,老死人間無此聲。」元稹五絃彈詩:「趙璧五絃彈徵調,徵聲巉絶何清峭!」

【校】

〔題〕才調作「五絃琴」。汪本注云:「按才調集作『五絃琴』。」全詩注云:「一作『五絃琴』。」

〔罷唱〕「罷」,才調作「停」。汪本、全詩俱注云:「一作『停』。」

〔當胸〕才調作「胸前」。全詩注云:「一作『胸前』。」

〔麄〕宋本作「粗」,注云:「音麄。」才調作「徂」,注云:「一作『粗』。」全詩「麄」下注云:「一作『徂』。」

〔颯颯〕此下馬本注云:「悉合切,又音立。」

〔宮徵〕「徵」,才調作「商」。全詩注云:「一作『商』。」

〔不能舉〕「舉」，才調作「去」。

〔緑窗〕「緑」，才調、文粹俱作「北」。全詩注云：「一作『北』。」

歌 舞

秦中歲云暮，大雪滿皇州。雪中退朝者，朱紫盡公侯。貴有風雲興，富無飢寒憂。所營唯第宅，所務在追遊。朱門車馬客，紅燭歌舞樓。歡酣促密坐，醉暖脱重裘。秋官爲主人，廷尉居上頭。日中爲一樂，夜半不能休。豈知閿鄉獄，中有凍死囚。

【箋】

〔閿鄉獄〕閿鄉，唐屬虢州，見舊書地理志。白氏有奏閿鄉縣禁囚狀，作於元和四年，見卷五九。

【校】

〔題〕才調作「傷閿鄉縣囚」。汪本注云：「按才調集作『傷閿鄉縣囚』。」全詩注云：「一作『傷閿鄉縣囚』。」

〔秦中〕馬本、汪本、文粹俱作「秦城」，據宋本、那波本、才調改。

〔歲云暮〕「云」，才調作「日」。

〔風雲興〕「雲」，才調作「雪」。城按：「雪」字較長。

〔第宅〕才調作「甲第」。

〔朱門〕宋本、那波本、才調俱作「朱輪」。

〔爲一樂〕那波本作「一爲樂」。才調作「爲樂飲」。汪本同才調，注云：「一作『爲一樂』。」全詩「一樂」下注云：「一作『樂飲』。」

〔閿鄉〕「閿」下馬本注云：「無分切」。

買　花

帝城春欲暮，喧喧車馬度。共道牡丹時，相隨買花去。貴賤無常價，酬直看花數。灼灼百朵紅，戔戔五束素。上張幄幕庇，旁織笆籬護。水洒復泥封，移來色如故。家家習爲俗，人人迷不悟。有一田舍翁，偶來買花處。低頭獨長歎，此歎無人諭。一叢深色花，十户中人賦。

【箋】

〔一叢深色花二句〕困學紀聞卷十八：「『一叢深色花，十户中人賦。』白樂天謂牡丹也。『豈知兩片雲，戴却數鄉税。』鄭雲叟謂珠翠也。侈靡之蠹甚矣。」唐宋詩醇卷二〇：「結語即漢文惜造露臺意。」

【校】

〔題〕才調作「牡丹」。汪本注云：「按才調作『牡丹』。」全詩注云：「一作『牡丹』。」

〔百朶〕「百」，文粹作「十」。

〔幄幕〕才調作「帷幄」。全詩注云：「一作『帷幄』。」

〔旁織〕「旁」，才調作「傍」。城按：「旁」、「傍」字通。

〔笆籬〕宋本、那波本、全詩俱作「巴籬」，全詩「巴」下注云：「一作『笆』。」城按：「巴籬」同「笆籬」。

〔移來〕「移」，才調作「遷」。全詩注云：「一作『遷』。」

〔習爲俗〕「習」，才調作「皆」。

〔迷不悟〕「悟」，才調作「誤」。

〔無人諭〕「諭」，全詩作「喻」。城按：「喻」通「諭」。

贈友五首 并序

吾友有王佐之才者，以致君濟人爲己任，識者深許之。因贈是詩，以廣其志云。

一年十二月，每月有常令。君出臣奉行，謂之握金鏡。由茲六氣順，以遂萬物性。時令一反常，生靈受其病。周漢德下衰，王風始不競。又從斬晁錯，諸侯益强盛。百里不同禁，四時自爲政。盛夏興土功，方春勦人命。誰能救其失？待君佐邦柄。峩峩象魏門，懸法彝倫正。

銀生楚山曲，金生鄱溪濱。南人棄農業，求之多苦辛。披砂復鑿石，矻矻無冬春。手足盡皴胝，愛利不愛身。畬田既慵斫，稻田亦懶耘。相攜作游手，皆道求金銀。畢竟金與銀，何殊泥與塵？且非衣食物，不濟飢寒人。棄本以趨末，日富而歲貧。所以先聖王，棄藏不爲珍。誰能反古風？待君秉國鈞。捐金復抵璧，勿使勞生民。

私家無錢鑪，平地無銅山。胡爲秋夏稅，歲歲輸銅錢？錢力日已重，農力日已殫。賤糴粟與麥，賤貿絲與綿。歲暮衣食盡，焉得無飢寒？吾聞國之初，有制垂不刊。傭必算丁口，租必計桑田。不求土所無，不强人所難。量入以爲出，上足下亦安。兵興一變法，兵息遂不還。使我農桑人，顦顇畎畝間。誰能革此弊？待君秉利權。復彼租傭法，令如貞觀年。

京師四方則，王化之本根。長吏久於政，然後風教敦。如何尹京者，遷次不逡巡？請君屈指數，十年十五人。科條日相矯，吏力亦以勤。寬猛政不一，民心安得淳？九州雍爲首，羣牧之所遵。天下率如此，何以安吾民？誰能變此法？待君贊彌綸。慎擇循良吏，令其長子孫。

三十男有室，二十女有歸。近代多離亂，婚姻多過期。嫁娶既不早，生育常苦遲。兒女未成人，父母已衰羸。凡人貴達日，多在長大時。欲報親不待，孝心無所施。哀哉三牲養，少得及庭闈！惜哉萬鍾粟，多用飽妻兒！誰能正婚禮？待君張國維。庶使孝子心，皆無風樹悲。

【箋】

約作於元和十年（八一五）。

〔懸法彝倫正〕何義門云：「藩鎮，望其如魏相之佐中興也。」

〔私家無錢鑪一首〕何義門云：「此篇與陸敬輿所奏表同。」

〔十年十五人〕元和元年至元和十年，京兆尹凡十五人。其中已知者十三人，次序如下：元年李鄘、鄭雲逵、韋武、董叔經、李鄘，二年無考一人，三年鄭元、無考一人，四年楊憑、許孟容，五年王播，六年元義方，七年李銛，八年裴武，十年李翛。見岑仲勉唐集質疑。

〔誰能變此法二句〕岑仲勉唐集質疑京尹十年十五人云：「……合觀各事，便曉然於京尹一職，大不易當，能者速去，不能者亦去；蓋輦轂之下，閹豎横行，處事稍疎，動輒得咎，一也。强藩跋扈，姦諜潛滋，戕相毁陵，目無皇法，二也。治之太寬，人庶嗟怨，持之過峻，朝且責言，三也。九重之上，非不知更調過頻，難以爲治，然姦宄之作，巨室實主之，既欲民吏乂安，又弗願開罪權倖，世寧有如是衝突之政治理論哉。白詩云：『誰能變此法，待君贊彌綸。』誠見乎安民之道，純由在上者出以決心，不爲權勢所動摇而已。昔人以杜甫爲詩史，白傅之詩，余謂無愧是名。」

【校】

〔矻矻〕何校：「抄本作『吃吃』。」

〔手足盡皴胝〕全詩注云：「一作『皴手足盡胝』。」「皴」下馬本注云：「七倫切。」

〔尹京者〕何校：「『者』，抄作『日』。」

〔彌綸〕馬本、汪本俱作「絲綸」，據宋本、那波本改。全詩作「彌」，注云：「一作『絲』。」

寓意詩五首

豫樟生深山，七年而後知。挺高二百尺，本末皆十圍。天子建明堂，此材獨中規。匠人執斤墨，采度將有期。孟冬草木枯，烈火燎山陂。疾風吹猛焰，從根燒到枝。養材三十年，方成棟梁姿。一朝爲灰燼，柯葉無孑遺。地雖生爾材，天不與爾時。不如糞土英，猶有人掇之。已矣勿重陳，重陳令人悲。不悲焚燒苦，但悲采用遲。

赫赫京内史，炎炎中書郎。昨傳徵拜日，恩賜頗殊常。貂冠水蒼玉，紫綬黄金章。佩服身未暖，已聞竄遐荒。親戚不得别，吞聲泣路旁。賓客亦已散，門前雀羅張。富貴來不久，倏如瓦溝霜。權勢去尤速，瞥若石火光。不如守貧賤，貧賤可久長。傳語宦遊子，且來歸故鄉。

促織不成章，提壺但聞聲。嗟哉蟲與鳥，無實有虚名。與君定交日，久要如弟兄。何以示誠信？白水指爲盟。雲雨一爲别，飛沉兩難并。君爲得風鵬，我爲失水鯨。音信日已疏，恩分日已輕。窮通尚如此，何況死與生！乃知擇交難，須有知人明。莫將山下松，結託水上萍。

翩翩兩玄鳥，本是同巢燕。分飛來幾時？秋夏炎涼變。一宿蓬蓽廬，一棲明光殿。偶因啣泥處，復得重相見。彼矜杏梁貴，此嗟茅棟賤。眼看秋社至，兩處俱難戀。所託各暫時，胡爲相歎羨？

婆娑園中樹，根株大合圍。蠢爾樹間蟲，形質一何微！孰謂蟲至微？蟲蠹無已期。孰謂樹至大？花葉有衰時。花衰夏未實，葉病秋先萎。樹心半爲土，觀者安得知？借問蟲何在？在身不在枝。借問蟲何食？食心不食皮。豈無啄木鳥，觜長將何爲？

【箋】

約作於元和二年（八〇七）至元和十三年（八一八）。何義門云：「調古而意凡。」

〔明光殿〕三輔黄圖卷三：「明光宫，武帝太初四年秋起，在長樂宫後。」

【校】

〔二百尺〕「尺」，馬本誤作「丈」，據宋本、那波本、汪本、全詩、盧校改正。

〔糞土英〕「土」，宋本、那波本俱作「上」。

〔宦遊子〕「宦」，宋本訛作「宧」。城按：宧乃宦之俗字。

〔有虛名〕何校云：「『有虛名』疑作『虛有名』。」

〔如弟兄〕「如」，何校云：「抄本作『爲』。」

〔山下松〕「下」，馬本、汪本、全詩俱作「上」，據宋本、那波本、盧校改。

〔蟲至微〕「至」，全詩作「之」，注云：「一作『至』。」

〔蟲蠹無已期〕「蟲」，宋本、那波本俱作「蠱」。「無已期」，馬本、全詩俱誤作「已無期」。據宋本、那波本、汪本乙正。又汪本「蟲」下注云：「一作『蠱』。」

〔樹至大〕「至」，馬本誤作「之」，據宋本、那波本，汪本改正。全詩作「之」，注云：「一作『至』。」

讀史五首

楚懷放靈均，國政亦荒淫。彷徨未忍決，遶澤行悲吟。漢文疑賈生，謫置湘之陰。是時刑方措，此去難爲心。士生一代間，誰不有浮沉？良時真可惜，亂世何足欽。乃知汨羅恨，未抵長沙深。

禍患如棼絲，其來無端緒。馬遷下蠶室，嵇康就囹圄。抱冤志氣屈，忍恥形神沮。當彼戮辱時，奮飛無翅羽。商山有黄綺，潁川有巢許。何不從之遊，超然離網罟？山林少羈鞅，世路多艱阻，寄謝伐檀人，慎勿嗟窮處！

漢日大將軍，少爲乞食子。秦時故列侯，老作鋤瓜士。春華何暐曄，園中發桃李。秋風忽蕭條，堂上生荆杞。深谷變爲岸，桑田成海水。勢去未須悲，時來何足喜？寄言榮枯者，反復殊未已。

含沙射人影，雖病人不知。巧言構人罪，至死人不疑。掇蜂殺愛子，掩鼻戮寵姬。弘恭陷蕭望，趙高謀李斯。陰德既必報，陰禍豈虛施？人事雖可罔，天道終難欺。明則有刑辟，幽則有神祇。苟免勿私喜，鬼得而誅之。

季子憔悴時，婦見不下機。買臣負薪日，妻亦棄如遺。一朝黄金多，佩印衣錦歸。去妻不敢視，婦嫂强依依。富貴家人重，貧賤妻子欺。奈何貧富間，可移親愛志！遂使中人心，汲汲求富貴。又令下人力，各競錐刀利。隨分歸舍來，一取妻孥意。

【箋】

或作於元和二年（八〇七）至元和十三年（八一八）。何義門云：「白公古詩以學杜者爲最，若擬魏、晉諸公則未極其致。」

〔乃知汨羅恨二句〕何義門云：「公所遇者憲宗，所以可惜，知此則韓潮州之上表哀謝亦有以也。」

【校】

〔題〕「五首」二字宋本爲小注。

〔當彼〕「彼」，馬本訛作「被」，據宋本、那波本、汪本、全詩改正。

〔穎川〕馬本、汪本俱訛作「穎川」。宋本、那波本俱訛作「颍川」。城按：「颍」即「穎」之俗字，見正字通。皇甫謐高士傳卷下：「許由，字武仲，陽城槐里人也。……由於是遁耕於中岳潁水之陽、箕山之中。」則「颍川」當作「潁川」，今改正。

〔荆杞〕「杞」，宋本、那波本作「枳」。

和答詩十首 并序

五年春，微之從東臺來。不數日，又左轉爲江陵士曹掾。詔下日，會予下内直歸，而微之已即路，邂逅相遇於街衢中。自永壽寺南，抵新昌里北，得馬上話别，語不過相勉保方寸、外形骸而已，因不暇及他。是夕，足下次于山北寺，僕職役不得去，命季弟送行，且奉新詩一軸，致於執事，凡二十章，率有興比，淫文豔韻，無一字焉。意者欲足下在途諷讀，且以遣日時，銷憂懣，又有以張直氣而扶壯心也。及足下到江陵，寄在路所爲詩十七章，凡五六千言。言有爲，章有旨，迨于宫律體裁，皆得作者風。發緘開卷，且喜且怪。僕思牛僧孺戒，不能示他人，唯與杓直拒非及樊宗師輩三四人，時一吟讀，心甚貴重。然竊思之：豈僕所奉者二十章，遽能開足下聰明，使之然耶？抑又不知足下是行也，天將屈足下之道，激足下之心，使感時發憤而臻於此耶？若兩不然者，何立意措辭，與足下前時詩如此之相遠也？僕既羨足下詩，又憐足下心，盡欲引狂簡而和之，屬直宿拘牽，居無暇日，故不即時如意。旬月來多乞病假，假中稍閑，且摘卷中尤者，繼成十章，亦不下三千言。其間所見，同者固不能自異，異者亦不能强同。同者謂之和，異者謂之答。并别録和夢遊春詩一章，各附于本篇之末，餘未和者，亦續致之。頃者在科試間，常與足下同筆硯，每下筆時輒相顧，共患其意太切而理太周。故理太周則辭繁，意太切則言激。然與足下爲文，所長在於此，所病亦在於此。足下來序，果有詞犯文繁之説，今僕所和者，猶前病也。待與足下相見日，各引所作，稍删其煩而晦其義焉。餘具書白。

【箋】

作於元和五年（八一〇），三十九歲，長安，左拾遺、翰林學士。見汪譜。何義門云：「詩家但有和，公始創答。」

〔左轉爲江陵士曹掾〕元和四年，元稹爲監察御史分務東臺。河南尹房式爲不法事，稹欲追攝，擅令停務，既飛表聞奏，罰式一月俸，仍召稹還京。宿敷水驛，内官劉士元後至，争廳。士元怒，排其户，稹襪而走廳後。士元追之，後以箠擊稹傷面。執政以稹少年後輩，務作威福，貶爲江陵府士曹參軍。見舊書卷一六六本傳。城按：内官「劉士元」，新書卷一七四元稹傳作「仇士良」，白氏論元稹第三狀（卷五九），亦作「劉士元」，當以「劉士元」爲正。

〔永壽寺〕在長安朱雀門街東第二街永樂坊。景龍三年，中宗爲永壽公主立。見長安志卷七。

〔新昌里〕在長安朱雀門街東第五街。城按：居易兩度居長安新昌里：第一次在元和三年爲翰林學士時，其醉後走筆酬劉五主簿長句之贈兼簡張大賈二十四先輩昆季詩（卷十二）云：「晚松寒竹新昌第，職居密近門多閉。」元稹酬翰林白學士代書一百韻詩注云：「樂天每與予游從，無不書名屋壁。又嘗於新昌宅説一枝花話，自寅至巳，猶未畢詞也。」第二次在長慶元年春官主客郎中、知制誥時。有題新昌所居詩（卷十九）云：「街東閑處住。」又自題新昌居止因招楊郎中小飲詩（卷二六）云：「地偏坊遠巷仍斜，最近東頭是白家。」可知新昌里處境較爲僻遠。兩京城坊考卷三：「按：微之宅在靖安里，永壽寺在永樂里，永壽之南即靖安北街。樂天下直，每自朱雀街經靖安之北，集中有靖安北街贈李二十詩是也。微之蓋東出延興門或春明門，故經新昌之北。」

〔山北寺〕文苑英華卷二三八載喻鳧遊山北寺詩（英華注：集作北山）云：「藍峯露秋院，灞水入春廚。」又：杜甫崔氏東山草堂詩錢注：「吴若本注云：王維時被張通儒禁在京城東山北寺，故云。」城按：長安志等均未載此寺，據此當在長安城東藍田縣附近。

〔季弟〕指白行簡。舊書卷一六六、新書卷一一九有傳。

〔江陵〕江陵府。唐屬山南東道。見新書地理志。

〔牛僧孺〕字思黯。第進士。元和初，以賢良方正對策，與李宗閔、皇甫湜俱第一。條指失政，其言骾訐，不避宰相。宰相怒，故楊於陵、鄭敬、韋貫之、李益等坐考非其宜，皆調去。僧孺調伊闕尉。見新書卷一七四本傳。白氏有論制科人狀（卷五八）爲牛僧孺、皇甫湜等制策事申辨。城按：宰相謂李吉甫。史以此爲李德裕與牛僧孺、李宗閔等構怨之因，實不盡然。今宗閔、僧孺之對策已不可得見，湜之對策則尚存其集中，全篇實無詆斥宰相之一語，裴垍傳謂由於貴倖之泣訴，則事或近是，蓋湜策中實隱指憲宗任中官操兵柄之弊也。

〔杓直〕李建。舉進士，授秘書省校書郎。德宗聞其名，擢爲左拾遺、翰林學士。長慶元年卒，贈工部尚書。見舊書卷一五五、新書卷一六二本傳。白氏有贈杓直（卷六）、秋日懷杓直（卷七）等詩。又有唐善人墓碑銘（卷四一）云：「唐有善人曰李公。公名建，字杓直，隴西人。」

〔拒非〕李復禮。生平未詳。據元稹酬哥舒大少府寄同年科第詩（元集卷十六）原注云：「同年科第：弘詞吕二炅、王十一起。拔萃白二十二居易、平判李十一復禮、吕四頻（潁）、哥舒大烜（一作恒）、崔十八玄亮，不肖八人，皆奉榮養。」知爲元、白之同年。又見登科記考卷十五。由元、白詩文中可知其與微之、樂天過從甚密。元稹清明日詩注云：「行至漢上，憶與樂天、知退、杓直、拒非、順之輩同遊。」又酬翰林白學士代書一百韻詩注云：「予與樂天、杓直、拒非輩，多於月燈閣閑游。」又考元稹元和十二年作於興元之歲日贈拒非詩云：「思君曲水嗟身老，我望通州感道窮。

同入新年兩行淚，白頭翁坐説城中。」則復禮是時仍健在。又白氏劉家花詩（卷十五）云：「劉家牆上花還發，李十門前草又春。」此「李十」，那波本作「李士」，即「李十一」三字，疑即李十一復禮，然亦不能據以作爲拒非早逝之證。又白氏同崔十八寄元浙東王陝州詩（卷二七）云：「悯悵八科殘四在，兩人榮鬧兩人閑。」蓋指貞元十九年白居易、元稹、李復禮、吕頻（穎）、哥舒恒、崔玄亮（書判拔萃科）；王起、吕炅（博學弘辭科）八人同登第，可證復禮卒於大和三年以前。

〔樊宗師〕見卷一贈樊著作詩箋。

〔和夢遊春詩〕元集卷十五有夢遊春七十韻詩。

〔頃者在科試間九句〕查慎行白香山詩評：「『文章千古事，得失寸心知』，數語自道，可爲元、白定評。」

〔足下來序〕何義門云：「錢宗伯云：『微之集中無自序。』」

〔詞犯文繁之説〕白氏與元九書（卷四五）云：「又僕嘗語足下：凡人爲文，私於自是，不忍於割截。或失於繁多，其間妍媸益又自惑，必待交友有公鑒無姑息者，討論而削奪之，然後繁簡當否得其中矣。況僕與足下爲文，尤患其多，已尚病之，況他人乎。」元稹上令狐相公詩啓（元集補遺）云：「某又與同門生白居易友善，居易雅能爲詩，就中愛驅駕文字，窮極聲韻，或爲千言或五百言律詩，以相投寄。小生自審不能有以過之，往往戲排舊韻，別創新辭，名爲次韻相酬，蓋欲以難相挑耳。江湖間爲詩者，復相倣傚，力或不足，則至於顛倒語言，重複首尾，韻同意等，不異前篇，亦目爲元和詩體。而司文者考變雅之由，往往歸咎於稹。嘗以爲雕蟲小事，不足以自明。」均可與此文相印證。

【校】

〔馬上話別〕「話」，宋本、那波本、盧校俱作「語」。全詩注云：「一作『語』。」

〔率有興比〕「興比」，馬本、汪本俱作「比興」，據宋本、那波本、盧校、全詩乙轉。

〔使之然耶〕「耶」，馬本訛作「也」，據宋本、那波本、汪本、盧校、全詩改正。

〔共患其意太切〕「共」，那波本作「語」，屬上句。

〔詞犯文繁〕「詞」，汪本作「辭」，字通。

〔稍删其煩〕「煩」，汪本作「繁」。

〔晦其義〕何校：「『義』疑作『意』。」

和思歸樂

山中不栖鳥，夜半聲嚶嚶。似道思歸樂，行人掩泣聽。皆疑此山路，遷客多南征。憂憤氣不散，結化爲精靈。我謂此山鳥，本不因人生。人心自懷土，想作思歸鳴。孟嘗平居時，娱耳琴泠泠。雍門一言感，未奏淚沾纓。魏武銅雀妓，日與歡樂并。一旦西陵望，欲歌先涕零。峽猿亦何意，隴水復何情？爲入愁人耳，皆爲腸斷聲。請看元侍御，亦宿此郵亭。因聽思歸鳥，神氣獨安寧。問君何以然？道勝心自平。雖爲南遷客，如在長安城。云得此道來，何慮復何營？窮達有前定，憂喜無交争。所以事君日，持憲立大庭。雖有迴天力，撓之終不傾。況始三十餘，年少有直名。心中志氣大，眼前爵禄輕。君恩若雨露，君威若雷霆。退不苟免難，進不曲求榮。在火辨玉性，經霜識松貞。展禽任三黜，靈均長獨醒。獲戾自東洛，貶官向南荆。再拜辭闕下，長揖别公卿。荆州又非遠，驛路半月程。漢水照天碧，楚山插雲青。江陵橘似珠，宜城酒如餳。誰謂譴謫去？未妨遊賞行。人生百歲内，天地暫寓形。太倉一稊米，大海一浮萍。身委逍遥篇，心付頭陀經。尚達生死觀，寧爲寵辱驚？中懷苟有主，外物安能縈？任意思歸樂，聲聲啼到明。

【箋】

元集卷一有思歸樂詩，此係和作。何義門云：「元詩亦極佳。」甌北詩話：「有與原唱同意者則曰和，與原唱異意者則曰答。如和微之詩十七章内有和思歸樂、答桃花之類，此一體也。」按：和思歸樂詩乃白氏和答詩十首之一，趙氏蓋誤記。

〔山中不棲鳥四句〕元祝誠蓮堂詩話卷上：「唐元稹謫江陵，有思歸樂詩云：『山中思歸樂，盡作思歸鳴。應緣此山路，自古離人征。』故白居易和云：『山中不栖鳥，夜半聲嚶嚶。似道思歸樂，行人掩泣聽。』」

〔我謂此山鳥四句〕何義門云：「此翻元案。」

〔元侍御〕元稹。唐人稱監察御史爲侍御。

〔問君何以然四句〕何義門云：「此就元詩之意引而伸之。」

〔宜城酒〕見本卷輕肥詩箋。

〔頭陀經〕心王頭陀經。白氏和夢遊春詩一百韻詩（卷十四）自注云：「微之常以法句及心王頭陀經相示，故申言以卒其志也。」陳寅恪元白詩箋證稿第四章云：「寅恪少讀樂天此詩，遍檢佛藏，不見所謂心王頭陀經者，頗以爲恨。近歲始見倫敦博物院藏斯坦因號貳肆柒肆，佛爲心王菩薩説投陀經卷上，五陰山室寺惠辨禪師注殘本（大正續藏貳捌捌陸號）乃一至淺俗之書，爲中土所僞造者。至於法句經，亦非吾國古來相傳舊譯之本，乃別是一書，即倫敦博物院藏斯坦因號貳仟貳壹佛説法句經（又中村不折藏敦煌寫本，大正續藏貳玖零壹號），及巴黎國民圖書館藏伯希和號貳叁貳伍法句經疏（大正續藏貳玖零貳號），此書亦是淺俗僞造之經。夫元、白二公自許禪梵之學，叮嚀反復於此二經。今日得見此二書，其淺陋鄙俚如此，則二公之佛學造詣，可以推知矣。」城按：陳氏之説殊滯，蓋不能僅據元、白詩中引用此二經即輕下斷語也。

【校】

〔題〕那波本作「和思歸樂詩」。

〔不栖鳥〕「不」，那波本作「獨」。

〔孟嘗〕「嘗」，宋本作「常」。城按：此處「常」爲地名，蓋與「嘗」通。詩魯頌駉閟宮：「居常與許。」毛傳：「常、許，魯南鄙、西鄙。」鄭箋：「常或作嘗，在薛之旁。」正義：「齊有孟嘗君，食邑於薛。以其居薛邑而號孟嘗君，則嘗在薛旁，共爲一地也。」又史記越王勾踐世家：「願齊之試兵南陽莒地以聚常、郯之境。」索隱曰：「常，邑名，蓋田文所封之邑。」與正義説合。

〔峽猿亦何意〕「何」，宋本、那波本俱作「無」。

〔何慮復何營〕「復」，馬本作「亦」，非。據宋本、那波本、全詩、盧校改。

〔大庭〕「大」，宋本、那波本俱作「天」。

〔識松貞〕「識」，馬本訛作「失」，據宋本、那波本、全詩、盧校改正。

〔酒如餳〕「餳」下馬本注云：「徐盈切。」

〔生死觀〕「生死」，馬本、汪本、全詩俱倒作「死生」，據宋本、那波本、盧校乙正。全詩注云：「一作『生死』。」

和陽城驛

商山陽城驛，中有歎者誰？云是元監察，江陵謫去時。忽見此驛名，良久涕欲垂。何故陽道州，名姓同於斯？憐君一寸心，寵辱誓不移。疾惡若巷伯，好賢如緇衣。沉吟不能去，意者欲改爲。改爲避賢驛，大署於門楣。荆人愛羊祜，户曹改爲辭。一字不忍道，況兼姓呼之。因題八百言，言直文甚奇。詩成寄與我，鏘若金和絲。上言陽公行，友悌無等夷。骨肉同衾裯，至死不相離。次言陽公迹，夏邑始棲遲。鄉人化其風，少長皆孝慈。次言陽公道，終日對酒巵。兄弟笑相顧，醉貌紅怡怡。次言陽公節，謇謇居諫司。誓心除國蠹，決死犯天威。終言陽公命，左遷天一涯。道州炎瘴地，身不得生歸。一一皆實録，事事無孑遺。凡是爲善者，聞之惻然悲。道州既已矣，往者不可追。何世無其人？來者亦可思。願以君子文，告彼大樂師。附於雅歌末，奏之白玉墀？天子聞此章，教化如法施。直諫從如流，佞臣惡如疵。宰相聞此章，政柄端正持。進賢不知倦，去邪勿復疑。憲臣聞此章，不敢懷依違。諫官聞此章，不忍縱詭隨。然後告史氏，舊史有前規。若作陽公傳，欲令後世知。不勞叙世家，不用費文辭。但於國史上，全録元稹詩。

【箋】元集卷二有陽城驛詩，此係和作。陳寅恪元白詩箋證稿第五章云：「元氏長慶集貳有陽城驛詩，乃微之元和五年春貶江陵士曹參軍途中所作，……頗疑樂天此作（道州民）與其和微之陽城驛詩有關。蓋此暗示，因詠貞元時事，而並及之也。」唐宋詩醇卷二〇：「此詩分兩大段看：『商山陽城驛』至『事事無孑遺』，詳叙元詩。『凡是爲善者』至末，贊嘆之中，自攄胸臆。中有所感，借題發揮，正合緇衣好賢之旨，不以理太周而辭繁爲嫌也。」

〔商山陽城驛〕白氏宿陽城驛對月詩（卷二〇）：「親故尋迴駕，妻孥未出關。鳳凰池上月，送我過商山。」杜牧商山富水驛詩原注云：「驛本與陽諫議同姓名，因此改爲富水驛。」城按：元稹謫江陵在元和五年，則改名當在此時之後。

〔陽道州〕陽城。見卷一贈樊著作詩箋。

〔荆人愛羊祜二句〕晉書卷三四羊祜傳：「荆州人爲祜諱名，屋室皆以門爲稱，改户曹爲辭曹焉。」

【校】

〔題〕那波本作「和陽城驛詩」。

〔鏘若〕「鏘」，馬本、汪本俱作「鏗」，據宋本、那波本、全詩、盧校改。全詩注云：「一作『鏗』。」

〔但於國史上〕「於」，馬本、汪本俱作「使」，據宋本、那波本、全詩、盧校改。全詩注云：「一作『使』。」

答桐花

山木多蓊鬱，兹桐獨亭亭。葉重碧雲片，花簇紫霞英。是時三月天，春暖山雨晴。夜色向月淺，暗香隨風輕。行者多商賈，居者悉黎氓。無人解賞愛，有客獨屏營。手攀花枝立，足蹋花影行。生憐不得所，死欲揚其聲。截爲天子琴，刻作古人形。云待我成器，薦之於穆清。誠是君子心，恐非草木情。胡爲愛其華，而反傷其生？老龜被刳腸，不如無神靈。雄雞自斷尾，不願爲犧牲。況此好顔色，花紫葉青青。宜遂天地性，忍加刀斧刑？我思五丁力，拔入九重城。當君正殿栽，花葉生光晶。上對月中桂，下覆階前蓂。汎拂香爐烟，隱映斧藻屏。爲君布緑陰，當暑蔭軒楹。沉沉緑滿地，桃李不敢爭。爲君發清韻，風來如叩瓊。泠泠聲滿耳，鄭衛不足聽。受君封植力，不獨吐芬馨。助君行春令，開花應清明。受君雨露恩，不獨含芳榮。戒君無戲言，剪葉封弟兄。受君歲月功，不獨資生成。爲君長高枝，鳳凰上頭鳴。一鳴君萬歲，壽如山不傾。再鳴萬人泰，泰階爲之平。如何有此用，幽滯在巖坰？歲月不爾駐，孤芳坐凋零。請向桐枝上，爲余題姓名。待余有勢力，移爾獻丹庭。

【箋】元集卷一有桐花詩，此係和作。又元集卷六有三月二十四日宿曾峯館夜對桐花寄樂天詩，白氏有桐樹館重題（卷八）及商山路驛桐樹昔與微之前後題名處（卷十八）二詩，均係在曾峯館所作。唐宋詩醇卷二〇：「元詩中有『爾生不得所，我願裁爲琴。安置君王側，調和元首音』之句，此詩前段命意相似，所謂同者不能自異也。『我思五丁力』以下，推廣言之，放聲大作，所謂異者不能强同也。詞意本之杜甫入蜀鳳凰臺一章，然彼以淒涼激楚勝，此則纏綿濃至，一唱三嘆，可知居易非無意用世者，惜旋用旋黜，不獲竟其才耳。」

〔爲君布緑陰八句〕何義門云：「布陰發韻二段，序中所云『太周則辭繁也』。」

【校】

〔題〕那波本作「答桐花詩」。

〔花簇〕「簇」，宋本、那波本俱作「蔟」，字通。

〔黎氓〕「氓」，馬本、汪本俱作「民」，據宋本、那波本、全詩、盧校、唐歌詩改。

〔刻作〕「作」，唐歌詩作「得」。

〔藻屏〕此下馬本脱「爲君布緑陰當暑蔭軒楹沉沉緑滿地桃李不敢争」二十字，據宋本、那波本、汪本、全詩、唐歌詩、盧校補。

〔風來如叩瓊〕「風來」，馬本訛作「泠泠」，據宋本、那波本、汪本、唐歌詩、全詩、盧校改正。

〔泠泠聲滿耳〕「泠泠」，馬本訛作「風來」，據宋本、那波本、汪本、唐歌詩、盧校改正。

〔清明〕「清」，馬本、汪本、全詩俱誤作「晴」。全詩注云：「一作『清』。」何校：「月令：『季春之月桐始華。』漢三統曆：『清明三月中。』至唐皆遵用之。則『晴』字乃『清』之訛也，今以意改。孫昌胤清明詩：『燧火開新焰，桐花發故枝。』孫與白同時人，亦一證也。蘭雪本正作『清明』。第十一卷桐花詩：『春令有常候，清明桐始發。』分類『清』。」城按：何校是也。據宋本、那波本、何校改正。

〔上頭〕唐歌詩作「頭上」。

〔巖坰〕「坰」，宋本訛作「垌」。又「坰」下馬本注云：「涓熒切。」

和大觜烏

烏者種有二，名同性不同。觜小者慈孝，觜大者貪庸。觜大命又長，生來十餘冬。物老顏色變，頭毛白茸茸。飛來庭樹上，初但驚兒童。老巫生姦計，與烏意潛通。云此非凡鳥，遥見起敬恭。千歲乃一出，喜賀主人翁。祥瑞來白日，神聖占知風。陰作北斗使，能爲人吉凶。此鳥所止家，家産日夜豐。上以致壽考，下可宜田農。主人富家子，身老心童蒙。隨巫拜復祝，婦姑亦相從。殺雞薦其肉，敬若禋六宗。烏喜張大觜，飛接在虚空。烏既飽羶腥，巫亦饗甘濃。烏巫互相利，不復兩西東。日日營巢窟，稍稍近房櫳。雖生八九子，誰辨其雌雄？羣雛又成長，衆觜逞殘兇。探巢吞燕卵，入簇啄蠶蟲。豈無乘秋隼？羈絆委高墉。但食烏殘肉，無施搏擊功。亦有能言鸚，翅碧觜距紅。暫曾説烏罪，囚閉在深籠。青青窗前柳，鬱鬱井上桐。貪烏占栖息，慈烏獨不容。慈烏爾奚爲，來往何憧憧？曉去先晨鼓，暮歸後昏鐘。辛苦塵土間，飛啄禾黍叢。得食將哺母，飢腸不自充。主人憎慈烏，命子削彈弓。絃續會稽竹，丸鑄荆山銅。慈烏求母食，飛下爾庭中。數粒未入口，一丸已中胸。仰天號一聲，似欲訴蒼穹。反哺日未足，非是惜微躬。誰能持此冤，一爲問化工。胡然大觜烏，竟得天年終？

【箋】

元集卷一有大觜烏詩，此係和作。城按：拜烏迷信，乃當時之陋俗，元集卷九聽庾及之彈烏夜啼引云：「四五年前作拾遺，諫書不密丞相知。謫官詔下吏驅遣，身作囚拘妻在遠。歸來相見淚如珠，唯説閑宵長拜烏。君來到舍是烏力，粧點烏盤邀女巫。」觀元詩及居易此和作，均極論巫假烏以惑人之害，則知元、白本亦深鄙痛惡此迷信。但白氏捨此而外别有諷諭之意，可與其新樂府秦吉了一篇相參證。鍾惺唐詩歸：「白居易和微之大觜烏詩，寫到可笑可哭處，極痛極快，物無遁情。然風刺深微之體索然矣。知此，可與讀元、白詩。」何義門云：「視元詩其工拙相懸倍蓰。」

〔敬若禋六宗〕何義門云：「『禋六宗』不是趁韻，暗寓諷諭所屬也。」

【校】

〔題〕那波本作「和大觜烏詩」。

〔云此非凡鳥〕「此」，馬本、汪本俱作「是」，據宋本、那波本、盧校改。全詩作「此」，注云：「一作『是』。」

〔神聖〕「聖」，馬本、汪本俱作「靈」，據宋本、那波本、全詩、盧校改。全詩注云：「一作『靈』。」

〔此鳥〕「鳥」，宋本、那波本、全詩俱作「烏」。全詩注云：「一作『鳥』。」

〔成長〕馬本誤作「長成」，據宋本、那波本、汪本、全詩、盧校乙正。

〔逞〕宋本、那波本、汪本俱作「騁」。全詩注云：「一作『騁』。」

〔哺母〕馬本、汪本俱作「母哺」，據宋本、那波本、全詩乙轉。全詩注云：「一作『母哺』。」

答四皓廟

天下有道見，無道卷懷之。此乃聖人語，吾聞諸仲尼。矯矯四先生，同稟希世資。隨時有顯晦，秉道無磷緇。秦皇肆暴虐，二世遘亂離。先生相隨去，商嶺采紫芝。君看秦獄中，戮辱者李斯。劉項争天下，謀臣競悦隨。先生如鸞鶴，去入冥冥飛。君看齊鼎中，燋爛者酈其。子房得沛公，自謂相遇遲。八難掉舌樞，三略役心機。辛苦十數年，晝夜形神疲。竟雜霸者道，徒稱帝者師。子房爾則能，此非吾所宜。漢高之季年，嬖寵鍾所私。冢嫡欲廢奪，骨肉相憂疑。豈無子房口？口舌無所施。亦有陳平心，心計將何爲？皤皤四先生，高冠危映眉。從容下南山，顧盼入東闈。前瞻惠太子，左右生羽儀。却顧戚夫人，楚舞無光輝。心不畫一計，口不吐一詞。暗定天下本，遂安劉氏危。子房吾則能，此非爾所知。先生道既光，太子禮甚卑。安車留不住，功成棄如遺。如彼旱天雲，一雨百穀滋。澤則在天下，雲復歸希夷。勿高巢與由，勿尚呂與伊。巢由往不返，伊呂去不歸。豈如四先生，出處兩逶迤？何必長隱逸？何必長濟時？由來聖人道，無朕不可窺。卷之不盈握，舒之亘八陲。先生道甚明，夫子猶或非。願子辨其惑，爲予吟此詩。

【箋】元集卷一有四皓廟詩，此係和作。城按：元稹原作於四皓頗有微詞。清郭麐靈芬館詩話卷四：「和陶貧士詩『夷齊恥周粟』云云，詩眼極稱其工於命意，累數百言，輒以爲不然。此詩『古來避世士』以下四句，蓋譏四皓也。言其雖復避世而不能無所動於功名，遂至晚節末路，自變其操，如朱墨皎然，而一手自研，不復知分別。若夷、齊之特立獨行，雖周武之聖，亦非之而自是，豈産、禄之徒，以卑辭厚禮能致所可同日語哉。末四句乃言淵明本無自高之心，弦歌爲三徑之資，亦其誠言。故爲縣令而不羞，至其不樂，乃即徑歸，亦足以見其任真行意，而非爲名高，與四皓之先自標置而後相矛盾者遠矣。雖不足追蹤夷、齊，其視世之出處無據，浪得虛名，不賢遠於人乎！此中曲折，真爲真知淵明者。詩眼所云恐失之。元微之有四皓詩，持論亦同。」居易和作則一反元稹之意。唐宋詩醇卷二〇：「元詩責四皓定惠帝以釀吕氏之禍，此事後之論，未免過苛。假令當年廢長立愛，如意嗣位，所恃以託孤者獨一周昌耳，絳、灌諸人未必帖然心服，且産、禄輩根蒂深固，吕雉搆患益急，保無意外之變耶？居易駁之，自是正論。起引孔子語，末又歸到聖人之道，前後照應，中間以子房作陪。蓋當劉、項逐鹿之時，羣雄擾擾，皆功名之士，子房獨具入道之姿，其傑出者也，借賓定主，身份愈高。隨手帶出陳平，則賓中賓也。末又以伊、吕、巢、由作襯，議論瀾翻不竭。全是以作文法行之，直可當一篇四皓論讀。」何義門云：「元詩本不成議論，答詩逐段剖析，法度最爲整暇。」

〔四皓廟〕長安志卷十一萬年縣：「四皓廟在終南山，去縣五十里，唐元和八年重建。」太平寰宇記卷一四一商州：「四皓墓在（上洛）縣西四里廟後。高車山在（上洛）縣北二里。高士傳云：高車山上有四皓碑及祠，皆漢惠帝所立也。高后使張良詣南山迎四皓之處，因名高車山。」

〔子房得沛公八句〕何義門云：「元詩云：『皆落子房術，先生道何長！』故出處二段皆以子房對説。」

〔豈無子房口四句〕何義門云：「以當時時事論述，用叔孫通、周昌作陪，元詩中有『雖懷安劉老，未若周與陳』之語。若作『絳侯志，陳平術』亦自佳，今則『子房口』三字有難以口舌争出處，『陳平心』未免搭湊矣。」

〔勿高巢與由八句〕查慎行白香山詩評：「『勿高巢與由』八句有意矯原唱，未免推崇過當。然此段議論，天地間亦不可少。」何義門云：「元詩起云：『巢、由昔避世，堯、舜不得臣。伊、吕雖急病，湯、武乃可君。』末云：『出處貴明白，故吾今有云。』上既詳論四老人之出處非落子房術中，此又言其並非巢、由、伊、吕之可及，所以深辨元之惑也。」

【校】

〔題〕那波本作「和四皓廟詩」。

〔遘亂離〕「遘」字宋本缺，注云：「犯御嫌名。」

〔謀臣競〕「競」，汪本作「竟」。

〔三略〕「略」，汪本作「界」。

〔去入〕「去」，馬本作「出」，據宋本、那波本、汪本、盧校改。全詩作「去」，注云：「一作『出』。」

〔吾所宜〕「宜」，全詩注云：「一作『爲』。」

〔皤皤〕馬本作「皓皓」，據宋本、那波本、汪本、全詩、盧校改。全詩此下注云：「一作『皓皓』。」

〔顧盼〕「盼」，宋本、那波本、汪本俱作「眄」，蓋宋人兩字多混用。

和雉媒

吟君雉媒什，一哂復一歎。和之一何晚，今日乃成篇。豈唯鳥有之，抑亦人復然。張陳刎頸交，竟以勢不完。至今不平氣，塞絶泜水源。趙襄骨肉親，亦以利相殘。至今不善名，高於磨笄山。況此籠中雉，志在飲啄間。稻粱暫入口，性已隨人遷。身苦亦自忘，同族何足言？但恨爲媒拙，不足以自全。勸君今日後，養鳥養青鸞。青鸞一失侶，至死守孤單。勸君今日後，結客結任安。主人賓客去，獨住在門闌。

【箋】

元集卷一有雉媒詩，此係和作。何義門云：「元詩佳於和詩。」唐宋詩醇卷二〇：「正意多，喻意少，言下竦然，驚心動魄。」

【校】

〔題〕那波本作「和雉媒詩」。

〔和之〕「和」，宋本、那波本俱作「知」。何校：「蘭雪本作『知』。」

〔泜水〕「泜」下馬本注云：「旨而切。」

和松樹

亭亭山上松，一一生朝陽。森聳上參天，柯條百尺長。漠漠塵中槐，兩兩夾康莊。婆娑低覆地，枝幹亦尋常。八月白露降，槐葉次第黄。歲暮满山雪，松色鬱青蒼。彼如君子心，秉操貫冰霜。此如小人面，變態隨炎涼。共知松勝槐，誠欲栽道傍。糞土種瑶草，瑶草終不芳。尚可以斧斤，伐之爲棟梁。殺身獲其所，爲君構明堂。不然終天年，老死在南崗。不願亞枝葉，低隨槐樹行。

【箋】

元集卷一有松樹詩，此係和作。何義門云：「亦不出元詩之意，差爲發皇耳。」

【校】

〔題〕那波本作「和松樹詩」。

〔誠欲栽道傍〕何校：「『誠』疑作『議』。」

〔構明堂〕「構」，宋本缺，注云：「犯御名。」那波本訛作「搆」。

答箭鏃

矢人職司憂，爲箭恐不精。精則利其鏃，錯磨鋒鏑成。插以青竹簳，羽之赤雁翎。勿言分寸鐵，爲用乃長兵。聞有狗盜者，晝伏夜潛行。摩弓拭箭鏃，夜射不待明。一盜既流血，百犬同吠聲。狺狺嗥不已，主人爲之驚。盜心憎主人，主人不知情。反責鏃太利，矢人獲罪名。寄言控弦者，願君少留聽。何不向西射？西天有狼星。何不向東射？東海有長鯨。不然學仁貴，三矢平虜庭。不然學仲連，一發下燕城。胡爲射小盜，此用無乃輕？徒沾一點血，虛污箭頭腥。

【箋】

元集卷一有箭鏃詩，此係和作。何義門云：「議論似高一層，然却不切。元詩則詞不達意。」

〔不然學仁貴四句〕何義門云：「狗盜且不能射，何有於彼二者哉！此又非不爲鼷鼠發機之流也。」

【校】

〔題〕那波本作「答箭鏃詩」。

〔司憂〕何校：「『司』，抄本作『思』，本職思其憂也。」

〔精則〕「則」，宋本、那波本、全詩、盧校俱作「在」。全詩注云：「一作『則』。」

〔竹簳〕「簳」下馬本注云：「古旱切。」

和古社

廢村多年樹，生在古社隈。爲作妖狐窟，心空身未摧。妖狐變美女，社樹成樓臺。黄昏行人過，見者心徘徊。飢鴟竟不捉，老犬反爲媒。歲媚少年客，十去九不迴。昨夜雲雨合，烈風驅迅雷，風拔樹根出，雷霹社壇開。飛電化爲火，妖狐燒作灰。天明至其所，清曠無氛埃。舊地葺村落，新田闢荒萊。始知天降火，不必常爲災。勿謂神默默，勿謂天恢恢。勿喜犬不捕，勿誇鵰不猜。寄言狐媚者，天火有時來。

【箋】

元集卷一有古社詩，此係和作。何義門云：「視元詩更快人意。」

〔始知天降火二句〕何義門云：「二語贅。」

【校】

〔題〕那波本作「和古社詩」。

〔少年〕二字馬本、汪本俱倒作「年少」，據宋本、那波本、全詩、盧校乙轉。

〔雷霹〕「霹」，馬本、全詩俱作「劈」，據宋本、那波本、汪本、盧校改。

和分水嶺

高嶺峻稜稜，細泉流亹亹。勢分合不得，東西隨所委。悠悠草蔓底，濺濺石罅裏。分流來幾年，晝夜兩如此。朝宗遠不及，去海三千里。浸潤小無功，山苗長旱死。縈紆用無所，奔迫流不已。唯作嗚咽聲，夜入行人耳。有源殊不竭，無坎終難至。同出而異流，君看何所似？有似骨肉親，派別從兹始。又似勢利交，波瀾相背起。所以贈君詩，將君何所比？不比山上泉，比君井中水！

【箋】元集卷一有分水嶺詩，此係和作。何義門云：「意同而詞亦未見獨出。」

〔分水嶺〕清統志西安府一：「分水嶺在渭南縣南，嶺東北麓水流入湭水，西南麓流入藍田界……」城按：鎮安縣東五十里及商南縣西十里均有分水嶺，見清統志商州。詩中所指之分水嶺當不出此數處。

〔不比山上泉二句〕白氏贈元稹詩（卷一）云：「無波古井水，有節秋竹竿。一爲同心友，三及芳歲闌。」即此意。

【校】〔題〕那波本作「和分水嶺詩」。

〔終難至〕「至」，全詩作「止」。又何校：「『至』一作『止』。」

有木詩八首　并序

余嘗讀漢書列傳，見佞順婞婟，圖身忘國如張禹輩者。見惑上蠱下，交亂君親如江充輩者。見暴狠跋扈，壅君樹黨如梁冀輩者。見色仁行違，先德後賊如王莽輩者。又見外狀恢弘，中無實用者。又見附離權勢，隨之覆亡者。其初皆有動人之才，足以惑衆媚主，莫不合於始而敗於終也。因引風人、騷人之興，賦有木八章，不獨諷前人，亦儆後代爾。

有木名弱柳，結根近清池。風烟借顔色，雨露助華滋。峩峩白雪花，嫋嫋青絲枝。漸密陰自庇，轉高梢四垂。截枝扶爲杖，軟弱不自持。折條用樊圃，柔脆非其宜。爲樹信可玩，論材何所施？可惜金堤地，栽之徒爾爲！

有木名櫻桃，得地早滋茂。葉密獨承日，花繁偏受露。迎風暗摇動，引鳥潛來去。鳥啄子難成，風來枝莫住。低軟易攀玩，佳人屢迴顧。色求桃李饒，心向松筠妬。好是映牆花，本非當軒樹。所以姓蕭人，曾爲伐櫻賦。

有木秋不凋，青青在江北。謂爲洞庭橘，美人自移植。上受顧盼恩，下勤澆溉力。實成乃是枳，臭苦不堪食。物有似是者，真僞何由識？美人默無言，對之長歎息。中含害物意，外矯凌霜色。仍向枝葉間，潛生刺如棘。

有木名杜梨，陰森覆丘壑。心蠹已空朽，根深尚盤薄。媚狐言語巧，妖鳥聲音惡。憑此爲巢穴，往來互棲託。四傍五六本，枝葉相交錯。借問因何生？秋風吹子落。爲長社壇下，無人敢芟斫。幾度野火來，風迴燒不著。

有木香苒苒，山頭生一蘖。主人不知名，移種近軒闥。愛其有芳味，因以調麯蘖。前後曾飲者，十人無一活。豈徒悔封植，兼亦誤采掇。試問識藥人，始知名野葛。年深已滋蔓，刀斧不可伐。何時猛風來？爲我連根拔。

有木名水檉，遠望青童童。根株非勁挺，柯葉多蒙籠。彩翠色如柏，鱗皴皮似松。爲同松柏類，得列嘉樹中。枝弱不勝雪，勢高常懼風。雪壓低還舉，風吹西復東。柔芳甚楊柳，早落先梧桐。唯有一堪賞，中心無蠹蟲。

有木名凌霄，擢秀非孤標。偶依一株樹，遂抽百尺條。託根附樹身，開花寄樹梢。自謂得其勢，無因有動摇。一旦樹摧倒，獨立暫飄颻。疾風從東起，吹折不終朝。朝爲拂雲花，暮爲委地樵。寄言立身者，勿學柔弱苗。

有木名丹桂，四時香馥馥。花團夜雪明，葉剪春雲緑。風影清似水，霜枝冷如玉。獨占小山幽，不容凡鳥宿。匠人愛芳直，裁截爲廈屋。幹細力未成，用之君自速。重任雖大過，直心終不曲。縱非梁棟材，猶勝尋常木。

【箋】　約作於元和二年（八〇七）至元和六年（八一一），長安。韻語陽秋卷十六：「白樂天賦有木八章，其六章託弱柳、櫻桃、枳橘、杜梨、野葛、水檉，以諷在位者。至第七章，則曰：『有木名凌霄，擢秀非孤標。偶依一株樹，遂抽百尺條。自謂得其勢，無因有動摇。一旦樹摧倒，獨立暫飄颻。疾風從東來，吹折不終朝。』專又以諷附麗權勢者。其八章則曰：『有木名丹桂，四時香馥馥。風影清如水，霜枝冷如玉。獨占小山幽，不容凡鳥宿。重任雖大過，直心自不曲。縱非梁棟材，猶勝尋常木。』蓋樂天自謂也。樂天素善李紳，而不入德裕之黨。素善牛僧孺、楊虞卿，而不入宗閔之黨。素善劉禹錫，而不入伾、文之黨。中立不倚，峻節凛然，於八木之中，而自比於桂，殆未爲過也。」城按：此則又見明趙釴鷃林子卷二。居易之政見早年同情二王及八司馬，後則接近牛僧孺、李宗閔黨人，謂其「中立不倚」，則未加詳考也。

〔有木名櫻桃一首〕何義門云：「蕭穎士有伐櫻桃賦。」城按：伐櫻桃賦當作伐櫻桃樹賦，見全唐文卷三二二。

〔有木名凌霄〕老學庵筆記卷九：「凌霄花未有不依木而生者，惟西京富鄭公園中一株挺然獨立，高四丈，圍三尺餘，花大如杯，旁無所附。宣和初，景華苑成，移植於芳林殿前，畫圖進御。」則知凌霄花亦有不依木而生者。又河南邵氏聞見後録卷二九：「凌霄花有毒，一作出蜀。有人凌晨仰視其花，花中露水滴入眼中，遂失明。或云金錢亦然。」

【校】

〔余嘗讀漢書列傳〕此句宋本、那波本均無「嘗」字。

〔媕婀〕馬本「媕」下注云：「於檢切。」「婀」下注云：「於何切。」

〔暴狠〕「狠」，宋本、那波本俱作「佷」。按：「很」爲「佷」之本字，見玉篇。「狠」爲「很」之俗字。

〔惑衆〕「惑」，馬本、汪本俱誤作「感」，據宋本、那波本、全詩改正。

〔亦儆後代爾〕「亦」，宋本、那波本、盧校俱作「欲」。全詩「欲」下注云：「一作『亦』。」

〔白雪花〕「花」，馬本、汪本俱作「毛」，非。據宋本、那波本、盧校改。汪本注云：「一作『花』。」全詩注云：「一作『毛』。」

〔潛來去〕「潛」，馬本、汪本俱作「自」，汪本注云：「一作『潛』。」據宋本、那波本、全詩改。全詩注云：「一作『自』。」

〔顧眄恩〕「眄」，宋本、那波本俱作「眄」。城按：此二字宋人多混書。

〔媚狐〕宋本、那波本、全詩、盧校俱作「狐媚」。全詩注云：「一作『媚狐』。」

〔妖鳥〕「妖」，馬本譌作「夭」，據宋本、那波本、汪本改正。全詩作「鳥妖」，注云：「一作『妖鳥』。」

〔枝葉相交錯〕「枝葉」，宋本、那波本、全詩俱作「葉枝」。全詩注云：「一作『枝葉』。」

〔敢芟斫〕「芟」下馬本注云：「師銜切。」

〔蘌〕此下馬本注云：「方伐切。」

〔連根拔〕「根」，馬本、汪本俱訛作「枝」，據宋本、那波本、盧校改正。又「根」下全詩注云：「一作『枝』。」

〔鱗皴〕「皴」下馬本注云：「七倫切。」

歎魯二首

季桓心豈忠？其富過周公。陽貨道豈正？其權執國命。由來富與權，不繫才與賢。所託得其地，雖愚亦獲安。㲋肥因糞壤，鼠穩依社壇。蟲獸尚如是，豈謂無因緣？

展禽胡爲者？直道竟三黜。顔子何如人？屢空聊過日。皆懷王佐道，不踐陪臣秩。自古無奈何，命爲時所屈。有如草木分，天各與其一。荔枝非名花，牡丹無甘實。

【箋】約作於元和十一年（八一六）至元和十三年（八一八），江州，江州司馬。

【校】

〔季桓〕「桓」字宋本缺，注云：「淵聖御名。」何校：「『桓』一作『氏』。」

〔尚如是〕「是」，馬本、汪本作「此」，據宋本、那波本、全詩、盧校改。全詩注云：「一作『此』。」

反鮑明遠白頭吟

炎炎者烈火，營營者小蠅。火不熱貞玉，蠅不點清冰。此苟無所受，彼莫能相仍。乃知物性中，各有能不能。古稱怨恨死，則人有所懲。懲淫或應可，在道未爲弘。譬如蜩鷃徒，啾啾啅龍鵬。宜當委之去，寥廓高飛騰。豈能泥塵下，區區酬怨憎！胡爲坐自苦，吞悲仍撫膺？

【箋】

約作於元和十一年（八一六）至元和十三年（八一八），江州，江州司馬。

〔鮑明遠〕鮑照。字明遠，南朝宋東海人。工詩文，文帝時爲中書舍人。帝好文章，自謂人莫及，照悟其旨，爲文多鄙言累句，當時咸謂照才盡，實不然也。尋爲臨海王子頊參軍，世稱鮑參軍。子頊敗，爲亂軍所殺。見宋書卷五一臨川烈武王傳附鮑照傳。唐時避武后諱，改照作昭。

〔白頭吟〕文選卷二八有鮑明遠白頭吟。李善注引西京雜記曰：「司馬相如將娉茂陵一女爲妾，文君作白頭吟以自絶，相如乃止。」

【校】

〔題〕樂府作「反白頭吟」，注云：「鮑照作白頭吟，白居易反其致爲反白頭吟。」

〔火不熱貞玉〕「熱」，盧校云：「疑『爇』。」「貞」，宋本、那波本、樂府、何校俱作「真」。

〔怨恨死〕「恨」，汪本、全詩俱注云：「一作『報』。」宋本、那波本、樂府俱作「報」。

〔啅〕此下馬本注云：「音卓。」

青塚

上有飢雁號，下有枯蓬走。茫茫邊雪裏，一掬沙培塿。傳是昭君墓，埋閉蛾眉久。凝脂化爲泥，鉛黛復何有？唯有陰怨氣，時生墳左右。鬱鬱如苦霧，不隨骨銷朽。婦人無他才，榮枯繫妍否。何乃明妃命，獨懸畫工手？丹青一詿誤，白黑相紛糺。遂使君眼中，西施作嫫母。同儕傾寵幸，異類爲配偶。禍福安可知？美顔不如醜。何言一時事，可戒千年後。特報後來姝，不須倚眉首。無辭插荊釵，嫁作貧家婦。不見青塚上，行人爲澆酒。

【箋】約作於元和十四年（八一九）前後，是年白氏有過昭君村詩（卷十一）。

【校】〔唯有〕「唯」，馬本作「時」，非。據宋本、那波本、汪本、全詩、盧校改。

〔時生〕「時」，馬本作「常」，非。據宋本、那波本、汪本、全詩、盧校改。

〔紛糺〕「糺」下馬本注云：「糾同。」

〔異類〕「類」，馬本誤作「數」，據宋本、那波本、汪本、全詩、盧校改正。

雜感

君子防悔尤，賢人戒行藏。嫌疑遠瓜李，言動慎毫芒。立教固如此，撫事有非常。爲君持所感，仰面問蒼蒼。犬嚙桃樹根，李樹反見傷。老龜烹不爛，延禍及枯桑。城門自焚爇，池魚罹其殃。陽貨肆兇暴，仲尼畏於匡。魯酒薄如水，邯鄲開戰場。伯禽鞭見血，過失由成王。都尉身降虜，宮刑加子長。吕安兄不道，都市殺嵇康。斯人死已久，其事甚昭彰。是非不由己，禍患安可防？使我千載後，涕泗滿衣裳。

【箋】約作於元和十一年（八一六）至元和十三年（八一八），江州，江州司馬。

【校】〔固如此〕「固」，宋本、盧校俱作「圖」。汪本注云：「一作『圖』。」

〔邯鄲〕馬本此下注云：「音寒丹。」

白居易集箋校卷第三

諷諭三　新樂府　凡二十首

新樂府　并序　元和四年爲左拾遺時作。

序曰：凡九千二百五十二言，斷爲五十篇。篇無定句，句無定字，繫於意不繫於文。首句標其目，卒章顯其志，詩三百之義也。其辭質而徑，欲見之者易諭也。其言直而切，欲聞之者深誡也。其事覈而實，使采之者傳信也。其體順而肆，可以播於樂章歌曲也。總而言之，爲君、爲臣、爲民、爲物、爲事而作，不爲文而作也。

【箋】

作於元和四年（八〇九），三十八歲，長安，左拾遺、翰林學士。見汪譜。城按：新樂府蓋李紳所首唱，元稹所擇和，居易復擴充之爲五十首，蔚成有唐一代之鉅製。元集卷二三樂府古題序：「況自風、雅至於樂流，莫非諷興當時之事，以貽後代之人。沿襲古題，唱和重複，於文或有短長，於義咸爲贅賸。尚不如寓意古題，刺美見事，猶有詩人引古以諷之義焉。曹、劉、沈、鮑之徒時得如此，亦復稀少。近代唯詩人杜甫悲陳陶、哀江頭、兵車、麗人等，凡所歌行，率皆即事名篇，無復倚旁。予少時與友人樂天、李公垂輩，謂是爲當，遂不復擬賦古題。」樂府詩集卷九六新樂府上：「元稹序曰：李公垂作樂府新題二十篇，稹取其病時之尤急者，列而和之，蓋十五而已。今所得纔十二篇，又得八駿圖一篇，總十三篇。」又據元稹唐故工部員外郎杜君墓係銘并序及白氏與元九書，知兩人俱極推崇杜甫之詩，則新樂府之體，實爲摹擬其樂府之作無疑。居易新樂府雖題爲「元和四年爲左拾遺時作」，然詳考之，此五十首詩亦非悉在元和四年所作，乃以後數年間陸續修改增補而成。詳見陳寅恪元白詩箋證稿第五章新樂府。又何義門云：「白公新樂府體源出於鮑防雜感詩。」李慈銘越縵堂讀書記云：「樂府自太白創新意以變古調，少陵更變爲新樂府，於是並亡其題。香山從而和之，明乎得失之跡，詠歎諷諭，令人觀感。今之樂猶古之樂，固不必排切字句，牽合聲律，以爲不墜雅音。然香山詩如上陽白髮人、驃國樂、昆明春、西涼伎、牡丹芳諸篇，雖言在易曉，終覺冗長，音節亦鬆滑，不及杜之疏密得中也。至其佳處，如上陽白髮人『唯向深宮望明月，東西四五百回圓』、西涼伎『平時安西萬里疆，今日邊防在鳳翔』、牡丹芳『少迴卿士愛花心，同似吾君憂稼穡』，則固不可掩耳。」

〔首句標其目至詩三百之義也〕新樂府五十首有總序，即摹毛詩之大序。每篇有一序，即仿毛詩之小序。又取每篇首句爲其題目，即效關雎爲篇名之例。全體結構，無異一部唐代詩經。嚴震白氏諷諫本及日本嘉承重鈔建永本，於「首句標其目」之下有「古詩十九首之例也」八字，鈴木虎雄業間録校勘記遂斷云「有者是也」，此説殊未諦，詩經篇名皆作者自取首句爲題，樂天實取義於此，蓋新樂府序文中「詩三百篇之義也」一語，乃兼括前文「首句標其目」而言。見元白詩箋證稿第五章。

【校】

〔題〕馬本、汪本、全詩題下俱有「元和四年爲左拾遺時作」十字小注。宋本、那波本俱在序後作大字。何校：「黄云：『校本元和十字在序後。』」諷諫無小注。

〔序曰〕諷諫作「序曰諷諫」。盧校據嚴本作「是曰諷諫」。序末盧校謂嚴本别行多出「唐元和壬辰冬長至日左拾遺兼翰林學士白居易序」二十一字，岑仲勉論白氏長慶集源流并評東洋本白集一文（以下簡稱岑校）校云：「按唐世翰學結銜，放在官前或官後，雖無一定，惟中唐已還，兼字率就兼兩官者用之。左拾遺，官也；翰林學士，差遣也。於義不爲兼。況翰學固極貴重之差遣，寧肯著一兼字以自歧視乎。（行制俱云充，不曰兼。）今且不必他徵，即就居易謝官狀『新授將仕郎、守左拾遺、翰林學士臣白居易，新授朝議郎、守尚書庫部員外郎、翰林學士、雲騎尉臣崔羣』，洎初授拾遺獻書之『翰林學士、將仕郎、守左拾遺臣白居易』，已見兼字之可疑；況苟有此行，前文又何須自注『元和四年爲左拾遺時作』耶。」城按：岑氏之説是也。且以時間考之，元和壬辰爲元和七年，是時居易以母憂退居渭上。陳寅恪云：「樂天於前二年即元和五年已除京兆府户曹參軍。其所署官銜左拾遺，自有可議。且兼翰林學士之言，似更與唐人題銜慣例不類。（見歷史語言研究所集刊第玖本肆伍捌頁岑仲勉先生論白氏長慶集源流并評東洋本白集。）但據白氏長慶集伍叁詩解五律云：『舊句時時改，無妨悦性情。』可知樂天亦時改其舊作。或者此新樂府雖創作於元和四年，至於七年猶有改定之處，其『元和壬辰冬長至日』數字，乃改定後隨筆所記之時日耶？否則後人傳寫，亦無無端增入此數字之理也。姑識於此，以待詳考。」竊以「元和壬辰冬長至日」數字或係白氏隨筆所記，而「左拾遺兼翰林學士」之署銜則仍疑爲後人所增，陳氏所考亦未可置信。

〔首句標其目〕此下盧校據嚴本多「古十九首之例也」七字，諷諫多「古十有九首之例也」八字，殆衍「有」字。參見前箋。

〔卒章顯其志〕盧校「卒章」作「是非」。諷諫「卒章」訛爲「率章」。

〔詩三百之義也〕「詩三百」下盧校、諷諫俱增「篇」字。

〔使采之者傳信也〕汪本「傳信」下注云：「一作『有徵』。」盧校作「使來者之傳有徵」。諷諫作「使來者之傳信也」。

〔順而肆〕「肆」，汪本、盧校、諷諫俱作「律」。

七德舞　美撥亂陳王業也

武德中，天子始作秦王破陣樂，以歌太宗之功業。貞觀初，太宗重制破陣樂舞圖，詔魏徵、虞世南等爲之歌詞，名七德舞。自龍朔已後，詔郊廟享宴皆先奏之。

七德舞，七德歌。傳自武德至元和。元和小臣白居易，觀舞聽歌知樂意。樂終稽首陳其事。太宗十八舉義兵，白旄黄鉞定兩京。擒充戮竇四海清，二十有四功業成。二十有九即帝位，三十有五致太平。功成理定何神速，速在推心置人腹。亡卒遺骸散帛收，貞觀初，詔天下陣死骸骨，致祭瘞埋之，尋又散帛以求之也。飢人賣子分金贖。貞觀二年大飢，人有鬻男女者，詔出御府金帛盡贖之，還其父母。魏徵夢見天子泣，魏徵疾亟，太宗夢與徵别，既寤流涕，是夕徵卒。故御親製碑云：昔殷宗得良弼於夢中，今朕失賢臣於覺後。張謹哀聞辰日哭。張公謹卒，太宗爲之舉哀，有司奏：日在辰，陰陽所忌，不可哭。上曰：君臣義重，父子之情也。情發於中，安知辰日？遂哭之。怨女三千放出宫，太宗常謂侍臣曰：婦人幽閉深宫，情實可愍，今將出之，任求伉儷。於是令左丞戴胄、給事中杜正倫於掖庭宫西門揀出數千人，盡放歸。死囚四百來歸獄。貞觀六年，親録囚徒死罪者，三百九十，放出歸家，令明年秋來就刑。應期畢至，詔悉原之。剪鬚燒藥賜功臣，李勣嗚咽思殺身。李勣常疾，醫云得龍鬚灰方可療之，太宗自剪鬚燒灰賜之，服訖而愈。勣叩頭泣涕而謝。含血吮瘡撫戰士，思摩奮呼乞効死。李思摩嘗中矢，太宗親爲吮血。則知不獨善戰善乘時，以心感人人心歸。爾來一百九十載，天下至今歌舞之。歌七德，舞七德。聖人有作垂無極。豈徒耀神武，豈徒誇聖文。太宗意在陳王業，王業艱難示子孫！

【箋】

〔題〕元集卷二四樂府新題法曲云：「秦王破陣非無作，作之宗廟見艱難。」又立部伎云：「太宗廟樂傳子孫，取類羣凶陣初破。」居易則取意別爲一篇，即此篇是也。元白詩箋證稿第五章：「此篇專陳祖宗王業之艱難以示其子孫。易言之，即鋪陳太宗創業之功績，以獻諫於當日之憲宗，所謂『採詩』、『諷諫』、『爲君』諸義，實在於是。斯樂天所以取此篇，爲其新樂府五十首之冠也。」城按：七德舞原爲破陣樂，貞觀七年改爲七德舞。樂府詩集卷九七：「唐書樂志：太宗爲秦王時征伐四方，民間作秦王破陣樂之曲，及即位，享宴奏之。貞觀七年，太宗製破陣樂舞圖，詔魏徵、虞世南、褚亮、李百藥爲之歌辭，更名七德之舞。」白居易傳曰：「自龍朔以後，詔郊廟享宴皆先奏之。」任半塘教坊記箋訂大曲名「新題之七德舞，曲名之美唐風及破陣樂也」。秦王破陣樂當時曾傳至印度諸國，見大唐西域記及大唐大慈恩寺三藏法師傳。教坊記箋訂大曲名又云：「法曲首推霓裳羽衣曲爲冠冕，堪稱唐代千萬樂舞中之典型作，地位極高。再則堪認爲有唐一代之國歌、國樂、國舞者，乃赫赫三百年久之破陣樂是。當時不但國内推尊，即在國際，亦稱典重。東迄日本，西抵天竺，俱有演奏。而白居易新樂府中指爲法曲，郭茂倩樂府詩集亦舉以冠『法曲之尤妙者』，唐會要並列之於天寶間法曲十二章内。後有反白、郭諸人之説者，謂破陣樂乃胡樂、胡舞，甚至一推之屬突厥，再推之屬希臘，愈推愈渺茫，舉不足信，蓋於知彼知己之間，猶有未至耳。」

〔太宗十八舉義兵六句〕元白詩箋證稿：「『太宗十八舉義兵』句蓋據（戈直注本貞觀政要）論慎終篇中之語改寫而成。『擒充戮竇四海清，二十有四功業成，二十有九即帝位』三句敘寫次序，全與論災祥篇中之語相同。『三十有五致太平』者，……太宗以武德九年即位，其年二十有九。次年改元貞觀，至貞觀六年適爲三十五歲。故樂天此句殆即由此章（論災祥篇第一章）暗示而來。」

〔亡卒遺骸散帛收十句〕元白詩箋證稿：「寅恪案：『怨女三千放出宫』，此今戈本政要第貳拾篇論仁惻篇第壹章事也。『饑人賣子分金贖』，此論仁惻篇第貳章事也。『張謹哀聞辰日哭』，此論仁惻篇第叁章事也。『亡卒遺骸散帛收』及『含血吮創撫戰士，思摩奮呼乞効死』，此論仁惻篇第肆章事也。今戈本政要論仁惻篇唯此四章，而俱爲樂天此篇所採用。」

【校】

〔美撥亂陳王業也〕宋本、那波本小序總列於前。何校：「宋刻總列五十篇小序於前。」盧校「錢本，凡小序彙置本卷首，小注乃在當篇之下。」諷諫此爲小注。

〔武德中以下小注〕盧校：「嚴本注，『歌』下有『舞』字，『初』作『中』，『制』作『製』，『舞圖』二字作『曲』，無『歌』字，『名』上有『因』字。」宋本「名」上有「因」字。那波本五十篇俱删去小注。諷諫「武德中」下作「天下始作秦王破樂曲以歌舞太宗之功業貞觀初太宗重製破陣樂圖詔魏徵虞世南等爲之詞因名七德舞自龍朔以後詔郊廟享宴皆先奏之」。

〔聽歌〕「聽」，英華訛作「德」。

〔樂終稽首〕「樂」，諷諫作「曲」。

〔功業成〕「功」下英華、全詩俱注云：「一作『王』。」

〔散帛收〕此下小注諷諫作「貞觀初詔收天下陣亡者致祭而保全之又散金帛而葬埋之」二十四字。又「陣死」汪本作「陳死」。「祭」下汪本、全詩俱有「而」字。

〔分金贖〕此下小注「貞觀二年」，馬本、汪本俱誤作「貞觀五年」。陳寅恪云：「『饑人賣子分金贖』句，白氏注文與政要同，惟坊間汪本作『貞觀五年』誤，應依全唐詩本作『貞觀二年』。以政要、新舊紀、通鑑均繫其事於二年（三月）故也。」城按：陳氏所校是，宋本、英華、諷諫俱作「貞觀二年」，當即全詩之所本，陳氏蓋未校宋本及英華。兹據宋本、英華改正。又諷諫此注作「貞觀二年大饑有賣男女者詔出内府金帛盡贖之以還父母」，文字亦小異。

〔魏徵夢見天子泣〕「徵」，盧校云：「嚴作『證』，尚避宋諱，下同。」「天子」，樂府、全詩、盧校俱作「子夜」。汪本注云：「一作『子夜』。」何校：「魏華文跋山谷所書此詩云：『舊本子夜作天子以對辰日，則今本爲是。』」又此下小注盧校云：「注『故御』下嚴作『製碑文云』。」城按：諷諫「故御親製碑云」作「故御書製碑文」，「良弼」作「良相」。「今朕」作「朕」。又汪本「碑云」作「碑文云」三字。

〔張謹〕諷諫作「張瑾」。又此下小注「張公謹」諷諫作「張公瑾」。

〔辰日哭〕此下小注，盧校：「注『有司』下嚴作『奏曰陰陽所忌辰日不哭太宗曰君臣義重猶父子也云云』。又『遂』作『乃』。」諷諫同盧校。又「遂哭之」，汪本、全詩俱作「遂哭之慟」。

〔放出宮〕此下小注，盧校：「注『常』作『嘗』，又下至末作『於禁掖庭西門録放出三千人』。」諷諫「左丞戴胄」下作「於掖庭揀放出三千人也」。全詩「常」作「嘗」。城按：「常」與「嘗」通，漢書高帝紀：「高祖常繇咸陽。」

〔來歸獄〕此下小注「貞觀六年」下英華有「上字」，「放出」宋本作「放令」，「三百九十」英華作「三百九十四人」。盧校：「注『三百九十人放歸於家』，又『畢至』作『而至』。」諷諫同盧校。

〔李勣嗚咽思殺身〕「咽」，樂府作「呼」。此下小注盧校作「李勣疾亟醫云鬚爲可療太宗自剪賜之勣服而愈」，諷諫作「李勣疾亟醫云鬚灰可理太宗自剪鬚賜之勣服而愈」。

〔思摩奮呼乞効死〕「思摩」，宋本誤作「勣」。「呼」下英華、全詩俱注云：「一作『身』。」此下小注「矢」字宋本、汪本、諷諫、盧校俱作「弩」，何校：「黄本『矢』上有『弩』字。」

〔則知不獨〕馬本、汪本俱無「則知」二字。汪本注云：「一作『則知不獨』。」據宋本、英華、樂府、全詩，盧校增。全詩注云：「一本無『則知』二字。」

〔爾來〕樂府、諷諫俱作「今來」。

〔聖人有作〕「作」，樂府、諷諫俱作「祚」。全詩注云：「一作『祚』。」

法曲歌　美列聖正華聲也

法曲法曲歌大定，積德重熙有餘慶。永徽之人舞而詠。永徽之思，有貞觀之遺風，故高宗製一戎大定樂曲也。法曲法曲舞霓裳，政和世理音洋洋。開元之人樂且康。霓裳羽衣曲起於開元，盛於天寶也。法曲法曲歌堂堂，堂堂之慶垂無疆。中宗肅宗復鴻業，唐祚中興萬萬葉。永隆元年，太常丞李嗣真善審音律，能知興衰，云近者樂府有堂堂之音，唐祚再興之兆。法曲法曲合夷歌，夷聲邪亂華聲和。以亂干和天寶末，明年胡塵犯宮闕。法曲雖似失雅音，蓋諸夏之聲也，故歷朝行焉。玄宗雖雅好度曲，然未嘗使蕃、漢雜奏；天寶十三載，始詔諸道調法曲與胡部新聲合作，識者深異之。明年冬而安禄山反也。乃知法曲本華風，苟能審音與政通。一從胡曲相參錯，不辨興衰與哀樂。願求牙曠正華音，不令夷夏相交侵。

【箋】

元集卷二四有法曲。元白詩箋證稿第五章法曲：「樂天以此篇次於七德舞之後者，蓋七德舞所以明太宗創業之艱難，此篇則繼述高宗以下祖宗之製定諸樂舞，條理次序極爲明晰，較之微之之遠從黃帝說起者，實有浮泛親切之別，此白作勝於元作之又一例證也。」

〔法曲法曲舞霓裳三句〕居易此詩之華夷音聲理論與元稹相同。元白詩箋證稿：「據唐會要三三諸樂條云：『天寶十三載七月十日，太樂署供奉曲名及改諸樂名，婆羅門改爲霓裳羽衣。』則知霓裳羽衣曲，實原本胡樂，又何華聲之可言？開元之世治民康與此無涉，固不待言也。……然則元、白諸公之所謂華夷之分，實不過今古之别，但認輸入較早之舶來品，或以外國材料之改裝品，爲真正之國産土貨耳。」城按：陳氏之説亦非無可訾議者，任半塘教坊記箋訂弁言云：「陳寅恪不信盛唐法曲爲清胡合滲、融鑄入妙之樂，均足使國人於此之意識流於偏頗。甚至不提唐代音樂則已，若經提及，即認爲無非胡樂之天下而已，胡樂之外，更不必考慮。陳氏且認琵琶所到之處莫非胡樂，指白居易新樂府内，以霓裳爲法曲，乃白氏之誤，則未免自信太過，而信唐人之識唐樂者太輕。白氏有家樂，調習霓裳甚精，於此事豈得爲門外漢！在新樂府内，白氏之説明法曲，頗爲具體，其可信程度，顧猶不及今人之對法曲視聽已毫無所及，但憑一種偏向之臆想而已者乎？」

【校】

〔題〕汪本、全詩、諷諫俱作「法曲」，全詩注云：「一本此下有『歌』字。」陳寅恪云：「考樂天新樂府諸篇篇題例皆不用歌吟等字，而此篇乃和李元之作，今微之此篇篇題，諸本既皆作法曲，則自以無歌字者爲是也。」城按：陳氏説是，此題以無「歌」字爲長。又題下小注盧校據嚴本增「玄宗雜夷歌不能無所刺焉」十一字，汪本同盧校而「夷」作「彝」。諷諫無此十一字小注。

〔舞而詠〕此下小注盧校作「永徽之時有貞觀之遺風製一戎衣大定樂曲」。諷諫作「永徽之理有貞觀之遺風製一戎衣大定樂曲」。「思」，汪本、全詩亦俱作「時」。又汪本「貞觀之遺風」中無「之」字，「大定樂曲」下無「也」字。

〔樂且康〕此下小注「霓裳羽衣曲」諷諫作「霓裳羽衣」。

〔萬萬葉〕「葉」，諷諫作「業」。此下小注「音」，宋本、汪本、全詩、諷諫俱作「曲」。又「曲」下宋本、汪本、諷諫俱有「再言之者」四字，全詩有「再言者」三字。又「兆」下汪本、諷諫俱有「也」字。盧校：「注有『堂堂之音』。宋本『音』作『曲』，有『再言之者』四字。」

〔合夷歌〕「合」，汪本、諷諫俱作「雜」。汪本注云：「一作『合』。」

〔夷聲邪亂華聲和二句〕諷諫作「夷聲雜雅亂聲和，以和干亂天寶末。」

〔犯宫闕〕此下小注宋本亦無「諸」字。盧校云：「注『始詔』下嚴無『諸』字，『新聲』作『雜聲』，末句作『及明年安禄山反也』。」諷諫小注作「法曲雖似失雅聲蓋諸夏之音也故歷朝行焉玄宗雖雅好度曲然未嘗使番漢雜奏之天寶十三年始詔道調法曲與胡部雜聲合作識者深異之明年安禄山反也」。「明年冬而安禄山反也」，全詩作「明年冬安禄山反」。

〔牙曠〕「牙」，諷諫作「雅」，非。

二王後　明祖宗之意也

二王後，彼何人？介公酅公爲國賓。周武隋文之子孫。古人有言天下者，非是一人之天下。周亡天下傳于隋，隋人失之唐得之。唐興十葉歲二百，介公酅公世爲客。明堂太廟朝享時，引居賓位備威儀。備威儀，助郊祭。高祖太宗之遺制。不獨興滅國，不獨繼絶世。欲令嗣位守文君，亡國子孫取爲戒！

【箋】

此篇及海漫漫均爲李紳、元稹樂府新題中所無，而爲白氏所增創者。貞觀政要卷二一慎所好篇第三章云：「貞觀四年，太宗曰：隋煬帝性好猜防，專信邪道，大忌胡人，乃至謂胡床爲交床，胡瓜爲黄瓜，築長城以避胡，終被宇文化及使令狐行達殺之。又誅戮李金才及諸李殆盡，卒何所益！」似即爲二王後一篇所本。見元白詩箋證稿第五章。

〔二王後〕樂府詩集卷九七：「隋封後周靖帝爲介國公，唐封隋帝爲酅國公，以爲二王後。」

【校】

〔明祖宗之意也〕盧校此爲小注，「明」上多「刺亡國」三字，諷諫同。

〔酅公〕「酅」下馬本注云：「户圭切。」

〔引居賓位〕諷諫作「列君賓位」。

海漫漫　戒求仙也

海漫漫，直下無底旁無邊。雲濤煙浪最深處，人傳中有三神山。山上多生不死藥，服之羽化爲天仙。秦皇漢武信此語，方士年年采藥去。蓬萊今古但聞名，烟水茫茫無覓處。海漫漫，風浩浩。眼穿不見蓬萊島。不見蓬萊不敢歸，童男丱女舟中老。徐福文成多誑誕，上元太一虛祈禱。君看驪山頂上茂陵頭，畢竟悲風吹蔓草！何況玄元聖祖五千言。不言藥，不言仙。不言白日昇青天。

【箋】

陳寅恪疑此篇作於元和五年以後，引舊唐書憲宗紀元和五年八月乙亥李藩對憲宗事爲證。城按：李語與白詩亦偶合耳，且李語出於白詩亦非絶無可能。似不能僅憑此孤證即斷言海漫漫一篇不作於元和四年也。又貞觀政要卷二一慎所好篇第二章：「貞觀二年太宗謂侍臣曰：神仙事本是虛妄空有其名。秦始皇非分愛好，爲方士所詐，乃遣童男童女數千人隨其入海求神仙，方士避秦苛虐，因留不歸。始皇猶海側踟躕以待之，還至沙丘而死。漢武帝爲求神仙，乃將女嫁道術之士。事既無驗，便行誅戮。據此二事，神仙不煩妄求也。」似即此篇之所本。唐宋詩醇卷二〇云：「神仙之説，世主多爲所惑，而方士因得乘其蔽而中之，史策所垂，足爲炯戒。憲宗不悟，服柳泌金丹致殞，此詩作於元和初，想爾時已有先見耶？唐室崇奉老子，一結借矛攻盾，極其警快。」

〔玄元聖祖〕老子。雍録卷十：「唐家以老子爲祖。……（天寶）二年，加號大聖祖。……十二載，又加帝號。」

【校】

〔直下〕「直」，樂府作「其」。

〔但聞名〕諷諫作「但傳名」。

〔童男丱女〕「童」，諷諫訛作「黄」。

「丱」下馬本注云：「音慣。」

立部伎　刺雅樂之替也

太常選坐部伎，無性識者，退入立部伎，又選立部伎絶無性識者，退入雅樂部，則雅聲可知矣。

立部伎，鼓笛諠。舞雙劍，跳七丸。嫋巨索，掉長竿。太常部伎有等級，堂上者坐堂下立。堂上坐部笙歌清，堂下立部鼓笛鳴。笙歌一曲衆側耳，鼓笛萬曲無人聽。立部賤，坐部貴。坐部退爲立部伎，擊鼓吹笙和雜戲。立部又退何所任？始就樂懸操雅音。雅音替壞一至此，長令爾輩調宫徵。圓丘后土郊祀時，言將此樂感神祇。欲望鳳來百獸舞，何異北轅將適楚。工師愚賤安足云，太常三卿爾何人？

【箋】

元集卷二四有立部伎詩。白氏及元氏此詩題下之注，均爲李紳傳原文（見元集卷二四）。元白詩箋證稿第五章立部伎：「微之此篇以秦王破陣樂、功成慶善樂之今昔比較，寓其感慨。蓋當時之制，享宴之樂分爲坐立二部，而秦王破陣樂屬於立部。……樂天此篇，則雖襲用李元舊題，而其所述内容，實與微之之以立部伎中之破陣樂、慶善樂爲言者不同。蓋白氏新樂府中既專有七德舞一篇以陳王業之艱難，於此自不必重複。斯固樂天新樂府一事唯以一篇詠之之通則，此通則，即不複是也。……樂天則取跳丸、擲劍諸雜戲之摹寫，專成此篇，以刺雅樂之陵替。而西涼伎專述師子戲，以刺彊臣之貪懦。此又樂天一詩詠一事之通則。此通則，即不雜是也。」

〔堂上坐部笙歌清〕元稹立部伎云：「胡部新聲錦筵坐。」城按：此謂坐部伎之奏胡樂，乃坐於堂上。

【校】

〔題〕此下小序盧校作「刺輕雅樂也」。諷諫無小序。又「性識」，陳寅恪云：「今本白詩立部伎小序下注中『性識』二字，雖元稹詩全唐詩本題下注亦相同，然依明嘉靖壬子董氏刊本元氏長慶集貳肆，及嚴氏影宋本白氏諷諫本立部伎作『性靈』。蓋元氏長慶集貳陸琵琶歌有『性靈甚好功猶淺』之句，又樂府雜録（守山閣叢書本）琵琶條云：『武宗初，朱崖李太尉有樂吏（史？）廉郊者，師於曹綱，盡綱之能。綱嘗謂儕流曰：教授人亦多矣，未有此性靈弟子也。』是作『性靈』者，更爲有據也。」按：陳氏之説雖不爲無據，然宋本、馬本、汪本、費本諷諫俱作「性識」，亦難遽下結論也。又「又」下諷諫脱「選立部伎」四字，「雅樂部」脱「樂」字，「雅聲」諷諫、汪本俱作「雅樂之聲」。

〔舞雙劍〕汪本作「雙舞劍」，誤。陳寅恪云：「近四川出土古磚，有繪寫舞劍器渾脱之狀者，可資參證。又坊間汪本此句作『雙舞劍』，今全唐詩本、那波本及諸善本皆作『舞雙劍』，故坊間汪本之爲誤倒可不待辨。」城按：「舞雙劍」與「跳七丸」爲對句，陳氏校汪本之誤良是，然誤「劍器」爲「劍」。其所引明皇雜録云：「上素曉音律，時有公孫大娘者，善舞劍，能爲鄰里曲，裴將軍滿堂勢，西河劍器渾脱，遺（？）妍妙皆冠絶於時也。」其中舞劍與劍器乃兩事，二者間且隔有「鄰里曲」與「滿堂勢」，文意無牽混可能，不能强合爲一。又陳氏所指之磚，乃漢磚，非唐磚，磚上祇有人作舞劍之狀，並無文字，所謂舞劍器渾脱之繪寫，實無依據。詳見任二北敦煌曲初探第四章劍器舞考。

〔跳七丸〕「七」，樂府作「九」，注云：「一作『七』。」城按：陳寅恪云：「關於跳七丸句，寅恪甲申歲客成都，見唐磚一方，刻跳丸之伎，同觀者數其丸曰：六丸耳。寅恪因舉樂天詩此句，謂必七丸。再詳數之，其數果七，殊足爲此詩之證。……以此推之，跳丸之數既爲七，舞劍之數亦必爲雙。樂天作詩，必指當時實狀，非率爾泛用數字。蓋樂天知跳丸伎藝之最精者，凡數止於七，故詩中以爲言也。」據此則樂府作「九」誤。但陳氏所指者乃漢磚，誤爲唐磚，參見前箋。

〔太常部伎〕諷諫作「太常樂伎」。

〔堂上者坐〕諷諫作「堂上坐者」。

〔堂下立部〕諷諫作「堂下立者」。

〔笙歌一曲〕「曲」，宋本、那波本、樂府、全詩、諷諫俱作「聲」。汪本注云：「一作『聲』。」全詩注云：「一作『曲』。」

〔鼓笛萬曲〕何校：「『笛』，郭作『笙』。」
〔擊鼓吹笙〕「吹笙」，汪本、諷諫俱作「吹笛」。
〔爾何人〕「爾」，何校作「是」。

華原磬　刺樂工非其人也

天寶中，始廢泗濱磬，用華原石代之。詢諸磬人，則曰：「故老云：『泗濱磬下調之不能和，得華原石考之乃和。』由是不改。」

華原磬，華原磬。古人不聽今人聽。泗濱石，泗濱石。今人不擊古人擊。今人古人何不同？用之捨之由樂工。樂工雖在耳如壁，不分清濁即爲聾。梨園弟子調律呂，知有新聲不如古。古稱浮磬出泗濱，立辯致死聲感人。宮懸一聽華原石，君心遂忘封疆臣。果然胡寇從燕起，武臣少肯封疆死。始知樂與時政通，豈聽鏗鏘而已矣。磬襄入海去不歸，長安市人爲樂師。華原磬與泗濱石，清濁兩聲誰得知？

【箋】

元集卷二四有華原磬詩。此篇與元稹詩題下小注皆出於李傳。元白詩箋證稿第五章華原磬：「元、白二公此篇意旨，俱崇古樂賤今樂。……樂天詩篇中所云『古稱浮磬出泗濱，立辯致死聲感人』及『宮懸一聽華原石，君心遂忘封疆臣。果然胡寇從燕起，武臣少肯封疆死』，殆有感於當時之邊事而作。」

〔浮磬出泗濱〕書禹貢：「泗濱浮磬。」僞孔傳：「泗水涯水中見石，可以爲磬。」孔穎達疏：「石在水旁，水中見石，似若水中浮然，此石可以爲磬，故謂之浮磬。」劉聲木萇楚齋五筆卷三：「書經言『泗濱浮磬』，後人言即靈璧縣出石，久聞其名，未得其詳，兹閲江陰貢文闇明府震撰靈璧縣志略記載甚詳，因録之於此，以廣見聞。文云：磬石出石磬山，其色青潤，其聲清越，歷代所採以供郊廟之樂者。西有輝山，其石亦可爲磬，質地稍鬆，攻治較易，近來工匠多於此採之，雖形色相似而聲則不如磬山所産多矣。巧石出石磬山北平地舊坑數畝，産石最佳，所謂慶雲萬態奇峯者此也。小者高廣數尺，大者可一二丈，色青潤，備五聲，清越有餘韻。旁所産石，背有紅黄砂紋，品次之，然舊坑之石絶不可復得。」城按：磬石他處亦産之。何義門云：「山海經云：小華之山，其陰多磬石。郭氏傳：可以爲樂石。取材於華原，其亦本之古人矣。禹貢梁州之貢亦有砮磬，不專尚泗濱也。泗濱尤以其浮見異耳。」

【校】

〔題〕此下小注，敦煌本無。諷諫「故老」作「長老」，「和」下無「由是不改」四字。盧校云：「注嚴無『始』字，『故老』作『長老』，又『調之』無『之』字，又無『考之由是不改』六字。」「則曰故」三字英華作「具言其故一長」六字。又何校云：「『下』字疑有誤。」

〔華原磬〕盧校：「嚴不重，下『泗濱石』同。」敦煌本、諷諫同。

〔今人古人〕敦煌本、英華、盧校俱作「古人今人」。
〔樂工雖在〕「雖」，敦煌本作「豈」。
〔知有新聲〕「聲」，諷諫作「音」。
〔不如古〕「如」，那波本、查校、盧校、諷諫俱作「知」。
〔古稱浮磬〕「古」，敦煌本作「始」。
〔聲感人〕「聲」，敦煌本作「能」。
〔宫懸一聽華原石〕敦煌本作「宫商一聽華原石」。盧校、諷諫俱作「玄宗爲聽華原磬」。
〔君心遂忘〕敦煌本作「君王遂亡」，諷諫作「因兹遂忘」。
〔封疆臣〕「疆」，諷諫作「武」，非。
〔豈聽鏗鏘〕「聽」，盧校、諷諫俱作「獨」。
〔長安市人〕「人」，英華、汪本、全詩俱作「兒」。
〔清濁兩聲〕「聲」，英華、汪本、盧校、諷諫俱作「音」，全詩注云：「一作『音』。」

上陽白髮人　愍怨曠也

天寶五載已後，楊貴妃專寵，後宫人無復進幸矣。六宫有美色者輒置别所，上陽是其一也。貞元中尚存焉。

上陽人，紅顔暗老白髮新。緑衣監使守宫門，一閉上陽多少春！玄宗末歲初選入，入時十六今六十。同時采擇百餘人，零落年深殘此身。憶昔吞悲别親族，扶入車中不教哭。皆云入内便承恩，臉似芙蓉胸似玉。未容君王得見面，已被楊妃遥側目。妬令潛配上陽宫，一生遂向空房宿。秋夜長，夜長無寐天不明。耿耿殘燈背壁影，蕭蕭暗雨打窗聲。春日遲，日遲獨坐天難暮。宫鶯百囀愁厭聞，梁燕雙栖老休妬。鶯歸燕去長悄然，春往秋來不記年。唯向深宫望明月，東西四五百迴圓。今日宫中年最老，大家遥賜尚書號。小頭鞋履窄衣裳，青黛點眉眉細長。外人不見見應笑，天寶末年時世妝。上陽人，苦最多。少亦苦，老亦苦，少苦老苦兩如何！君不見昔時吕向美人賦，天寶末，有密采豔色者，當時號花鳥使。吕向獻美人賦以諷之。又不見今日上陽白髮歌。

【箋】元集卷二四有上陽白髮人詩。此題爲李紳原唱，元、白繼而和之，蓋憫宫人之怨曠也。白氏奏請加德音中節目有請揀放後宫内人一則（卷五八）云：「右伏見大曆已來四十餘載，宫中人數稍久漸多。伏慮驅使之餘，其數猶廣。上則虚給衣食，有供億糜費之煩。下則離隔親族，有幽閉怨曠之苦。事宜省費，物貴遂情。……臣伏見自太宗、玄宗已來，每遇災旱，多有揀放。……伏望聖慈，再加處分。」可與此篇相參證。

〔上陽〕上陽宮。在東都洛陽。新書地理志：「上陽宮在禁苑之東，東接皇城之西南隅，上元中置。高宗之季，常居此以聽政。」唐六典卷七：「上陽宮南臨洛水，西拒穀水。」舊書地理志：「上陽之西，隔穀水有西上陽宮。」城按：長安亦有上陽宮。雍録卷四：「長安亦有上陽宮，在大明之西。」白氏此詩蓋指洛陽之上陽宮。

〔唯向深宮望明月二句〕元白詩箋證稿：「據詩云：『玄宗末歲初選入，入時十六今六十。』假定上陽宮人選入之時爲天寶十五載（西曆七五六年），其年爲十六。則至貞元十六年（西曆八〇〇年），其年六十。自入宮至此凡歷四十五年，須加十六閏月，共約五百五十六望，除去陰雨暗夕，上陽宮人之獲見月圓次數，亦不過四五百迴。三五之時，月夕生於東，朝没於西，所以言東西者，蓋隱含上陽人自夕至旦通宵不寐之意也。」

〔大家遥賜尚書號〕元白詩箋證稿：「據蔡邕獨斷上云：『親近侍從官稱〔天子〕曰大家。』蓋『大家』乃漢代宮中習稱天子之語也。……直至唐世，猶保存此稱謂。樂天詩詠宮女，故用宮中俗語也。又女尚書之號，古已有之，如三國志魏志叁明帝青龍三年注引魏略，及北史壹伍魏書壹叁后妃傳序等，即是其例。據舊唐書肆肆職官志宮官條（參新唐書肆柒百官志尚宮局條）云：宮官（六尚如六尚書之職掌）。是唐代沿襲前代，宮中亦有女尚書之號也。此老宮女身在洛陽之上陽宮，當時皇帝從長安授以此銜，即所謂『遥賜』也。」

〔小頭鞋履窄衣裳四句〕此言婦女時妝天寶末年尚窄小，與貞元末年尚寬大相反。又言貞元末年時世妝畫眉尚短，與此詩所言天寶末年之時尚「青黛點眉眉細長」亦不相同。詳見元白詩箋證稿第五章。

〔吕向美人賦〕新書卷二〇二吕向傳：「字子回，亡其世貫，或曰涇州人。……玄宗開元十年召入翰林，兼集賢院校理，侍太子及諸王爲文章。時帝歲遣使采擇天下姝好，内之後宫，號花鳥使，向因奏美人賦以諷，帝善之，擢左拾遺。」城按：據新傳則吕向獻美人賦在開元間，非天寶末，白氏原注有誤。新唐吕向傳又云：「再遷中書舍人，改工部侍郎，卒。」未詳卒年。岑仲勉翰林學士壁記注補據寶刻類編卷三著録吕向天寶元、二年所書龍興寺法現禪師碑、長安令韋堅德政頌、壽春太守盧公德政碑，考證「向殆卒天寶初年」，其説蓋可信。檢盧校，「君不見昔時吕向美人賦」句下，嚴震本白氏諷諫無注。費氏覆宋本同。又敦煌本亦無注。元稹上陽白髮人自注云：「天寶中密號採取豔異者爲花鳥使。」亦未言及吕向。疑宋本以降各本此注爲後人所妄加。

〔君不見二句〕何義門云：「不可斥言宫掖，故舉别都言之，却以吕向美人賦一語暗包西都。」

【校】

〔題〕全詩注云：「一無『白髮』字。」敦煌本、汪本俱作「上陽人」。汪本注云：「一本有『白髮』二字。」陳寅恪云：「考此篇乃樂天和微之之作者，微之詩題諸本既均作『上陽白髮人』，則似有『白髮』字者爲是。」城按：陳氏之説是也。題下小注盧校作「天寶五年楊貴妃得選入於後宫上陽無復進幸六宫有華色者潛配别所上陽是其一也貞元中尚有存焉」。諷諫作「天寶五年楊貴妃者寵於後宮上陽無復進幸六宮有華色者潛配别所上陽是其一也貞元中尚有存焉」。敦煌本無小注。

〔上陽人〕汪本、盧校、諷諫俱重。

〔緑衣監使〕盧校、諷諫俱作「六宮監使」。岑校云：「上陽白髮人之『緑衣監使守宮門』，盧校『緑衣』爲『六宮』（徐刻同），既云『宮門』，似不必贅用『六宮』字，閹人服亦有紫、緋、緑之别，且正與前句紅顔白髮相映帶也。」城按：岑氏説是，自以作「緑衣」爲長。敦煌本作「緑宮」，「緑」當是「六」之訛。

〔一閉上陽多少春〕敦煌本、盧校、諷諫俱作「一閉上陽來幾春」。

〔同時采擇〕「擇」，敦煌本、盧校、諷諫俱作「摘」。

〔零落年深〕「深」，盧校、諷諫俱作「多」。

〔憶昔吞悲别親族二句〕敦煌本「不教」作「不敢」。盧校「吞悲」作「含悲」，「不教」作「不敢」。諷諫「吞悲」作「含悲」。岑校：「含之意淺，吞之義深，一也。且『扶入』者親族扶入，下接『皆云入内便承恩』者，『親族皆云』，此着『教』字，恰前後關聯。若改『不敢』，則屬小女子自身，（若不以不敢屬親族言，小女子别家不哭，又背人情。）夫哭者其情，不教哭者其理，盧氏此校無乃類於佛頭著糞耶。」城按：岑説是也。何校據樂府謂「扶」字作「持」有力，其説非是。

〔便承恩〕敦煌作「並承恩」。

〔臉似芙蓉〕敦煌本作「臉似破蓮」，非。

〔未容君王得見面〕盧校作「未容得見君王面」。

〔已被楊妃遥側目〕「已」，盧校、諷諫俱作「早」。城按：「已」字較長。

〔空房宿〕「房」，敦煌本作「床」，又此下汪本、全詩、盧校、諷諫俱增「宿空房」三字。「房」下汪本注云：「舊本皆作『床』。」全詩注云：「一作『床』。」

〔背壁影〕馬本作「照背影」，據敦煌本、宋本、那波本、汪本、盧校、樂府、諷諫改。全詩注云：「一作『照背』。」

〔瀟瀟暗雨打窗聲〕「瀟瀟」，各本俱訛作「蕭蕭」，據盧校改。「打窗聲」，敦煌本、盧校、諷諫俱作「灑窗聲」。

〔梁燕雙栖〕「栖」，盧校、諷諫俱作「飛」。

〔春往秋來〕「往」，盧校、諷諫俱作「去」。岑校：「按『歸去』、『往來』自相對，以謂重『去』字爲兩句連鎖，究不如自相對之較穩矣。」

〔大家遥賜尚書號〕「遥」，盧校作「齊」。岑校：「按蔡邕獨斷，親近侍從官稱天子曰大家。舊唐書：宴吐蕃使臣於麟德殿，拜謝曰：惟願大家萬歲。如謂天子齊賜尚書號，將何以説？白髮宫人堂簾遠隔，故曰遥。其用之至費斟酌矣。」城按：岑氏説是。并參見前箋。又「大家」，敦煌本作「天家」，非。

〔小頭鞋履〕「履」，汪本作「鞵」。

〔青黛點眉〕「點」，敦煌本、盧校、諷諫俱作「畫」。城按：視文意似以「畫」字爲長。

〔天寶末年時世妝〕「天寶末年」，敦煌本、盧校俱作「天寶年中」。陳寅恪云：「馬元調本天寶末年作天寶年中，雖與姚、歐之書不相衝突，但詩中明言『玄宗末歲初選入』，似作天寶末作者更爲確切也。」城按：陳氏之説甚是，惟馬本亦作「天寶末年」，陳氏蓋誤書也。又「世」下汪本注云：「一作『樣』。」

〔少亦苦老亦苦〕諷諫作「老亦苦少亦苦」。

〔少苦老苦〕諷諫作「老苦少苦」。

〔吕向美人賦〕「向」，馬本、汪本俱誤作「尚」。岑校：「盧亦校『吕尚』爲『吕向』，按向新書二〇二有傳，『尚』字顯誤。」陳寅恪云：「『君不見昔時吕尚美人賦』句及此句小注中之吕尚，俱應依傳世善本作『吕向』。今文苑英華玖陸有吕向美人賦（參新唐書貳佰貳文藝傳吕向傳及全唐文叁佰壹），即樂天所言者也。其作『吕尚』者，蓋因太公望之故而誤書耳。」城按：岑、陳兩氏説是，宋本、那波本、全詩、諷諫俱作「向」，據改。又敦煌本「吕」下脱「向」字。全詩「向」下注云：「一作『尚』。」亦非。又此下諷諫無小注。

〔上陽白髮歌〕汪本、盧校、諷諫「上陽」下俱增「宮人」二字。

胡旋女　戒近習也　天寶末，康居國獻之。

胡旋女，胡旋女。心應絃，手應鼓。絃鼓一聲雙袖舉，迴雪飄颻轉蓬舞。左旋右轉不知疲，千匝萬周無已時。人間物類無可比，奔車輪緩旋風遲。曲終再拜謝天子，天子爲之微啓齒。胡旋女，出康居。徒勞東來萬里餘。中原自有胡旋者，鬭妙争能爾不如。天寶季年時欲變，臣妾人人學圓轉。中有太真外禄山，二人最道能胡旋。梨花園中册作妃，金雞障下養爲兒。禄山胡旋迷君眼，兵過黄河疑未反。貴妃胡旋惑君心，死棄馬嵬念更深。從兹地軸天維轉，五十年來制不禁。胡旋女，莫空舞。數唱此歌悟明主。

【箋】

元集卷二四有胡旋女詩。胡旋舞係健舞之一種。樂府雜録舞工：「舞者，樂之容也。有大垂手、小垂手：或如驚鴻，或如飛燕。婆娑舞態，蔓延舞綴也。古之能者不可勝記。即有健舞、軟舞、字舞、花舞、馬舞。健舞曲有稜大、阿連、柘枝、劍器、胡旋、胡騰。軟舞曲有涼州、緑腰、蘇和香、屈柘、團圓旋、甘州等。」胡旋舞舞時立毯上，旋轉如風。樂府雜録又云：「舞有骨鹿舞、胡旋舞，俱於一小圓毬子上舞，縱横騰踏，兩足終不離於毬子上，其妙如此也。」白氏自注謂胡旋舞天寶末獻自康居，日本石田幹之助胡旋舞小考謂其説謬誤。向達唐代長安與西域文明：「胡旋舞，日本石田幹之助氏有胡旋舞小考一文，考證綦詳，余愧無新材料以相印證，兹唯略述其概而已。案胡旋舞出自康國，唐玄宗開元、天寶時，西域康、米、史、俱密諸國屢獻胡旋女子，胡旋舞之入中國，當始於斯時。玄宗深好此舞，太真、安禄山皆能爲之。關於胡旋舞，紀者雖多，而舞服舞容，反不若胡騰、柘枝之易於鈎稽。白居易新樂府有胡旋女，註謂天寶末康居國獻之。其辭有云：……元稹胡旋女云：……兩詩極贊胡旋舞旋轉之疾，而於舞人裝飾了未道及；蓋其旨固在諷刺時習，初無意於紀事也。至白氏謂胡旋舞出康居，石田氏已指其謬，兹不贅。」

〔康居國〕古國名。漢書西域傳：「康居去長安萬二千里。」城按：康居與大月氏同種，漢初頗盛，晉時嘗遣使入朝，唐時猶稱康國，其後遂亡。

〔人間物類無可比〕何義門云：「人間物類，無可比擬，後『中原亦有胡旋者』，張本佳且有中節奏也。」

〔梨花園〕梨園。有二處：一在光化門北，一在蓬萊宫側。元白詩箋證稿第五章胡旋女：「唐長安有二梨園，一在光化門北，一在蓬萊宫側。其光化門之北者，遠在宫城以外。其蓬萊宫側者，乃教坊之所在（詳徐松兩京城坊考）。準以地望與情事，似俱無作爲册妃處所之可能。樂天之言未知所據。……樂史以册楊氏爲貴妃之地爲鳳凰園。……準以時間，亦殊不合。故於此册妃之處所，惟有闕疑，以俟更考。」按：陳氏梨園之説甚是，但仍易使人混淆不清。程大昌雍録卷九云：「光化門者，禁苑南面西頭第一門，在芳林、景曜門之西也。中宗令學士自芳林門入，集於梨園，分朋拔河，則梨園在太極宫西禁苑之内矣。開元二年置教坊於蓬萊宫上，自教法曲，謂之梨園弟子。至天寶中，即東宫置宜春北苑，命宫女數百人爲梨園弟子，即是梨園者按樂之地而預教者名爲弟子耳。凡蓬萊宫、宜春院，皆不在梨園之内也。」徐松兩京城坊考説與程氏略同，而程氏所記之時間地點概念不清，易滋誤會，任半塘教坊記箋訂附録一：「梨園在禁苑，偏西；内外教坊在大明宫内外，偏東。其間相去甚遠，一也。宜春苑在蓬萊宫側，置於開元二年。宜春北苑確址未詳，必在宜春苑之北，置於天寶間，時間較後三十餘年，二也。——於此二點，如概念不清，便滋誤會。……即於梨園與教坊間，於梨園女弟子與教坊内人間，均有所牽混。程氏『開元二年』以下數語亦有牽混之嫌，應改稱『開元二年，置教坊於蓬萊宫。天寶中，即東宫置宜春北苑，命宫女數百人，上自教法曲，謂之梨園弟子』即是。蓋梨園弟子必不在蓬萊宫側之内教坊也。」又其唐戲弄八雜考：「光化門北確有其園，是實；蓬萊宫側所有乃樂工之機構，但用其名，並無其園，是虚。惟肯定梨園有二，近人見解中，以陳氏此説最爲明著，已超出一般之認識矣。」據此，則知唐人詩中所詠之梨園，蓋均指宜春北苑之女梨園。

〔金雞障〕柳氏舊聞：「天寶中，安禄山每來朝，上特異待之，每爲致殊禮，殿西偏張金雞障，其來輒賜坐。肅宗曰：『天子殿無人臣坐禮，陛下寵之已甚，必將驕也。』上呼太子前曰：『此胡有奇相，吾以此厭弭之爾。』」新書安禄山傳：「帝登勤政樓，幄坐之左，張金雞大障，前置特榻，詔禄山坐，褰其幄以示尊寵。」舊書安禄山傳及安禄山事迹上所記並同。元白詩箋證稿謂「金雞障與養爲兒本是兩事，樂天以之牽合爲一，作爲『梨花園中册作妃』之對文耳」。

【校】

〔題〕那波本此首題下有小注，諷諫無。敦煌本小注作「天寶年中外國進來」。

〔胡旋女〕盧校：「詩中嚴不重。」城按：敦煌本、諷諫俱不重。

〔雙袖舉〕樂府作「兩袖舉」，何校同。全詩「雙」下注云：「一作『雨』。」

〔迴雪飄颻〕盧校、諷諫俱作「迴風飄飄」。又「雪飄颻」下，汪本注云：「一作『風飄飄』。」

〔人間物類無可比〕敦煌本、盧校、諷諫俱作「絃催鼓促曲欲遍」。

〔出康居〕諷諫作「外國居」。

〔天寶季年〕英華、盧校、諷諫俱作「天寶末年」。

〔圓轉〕全詩作「圜轉」。

〔梨花園中〕盧校、諷諫俱作「梨園宮中」。

〔疑未反〕「反」，諷諫作「返」。

〔惑君心〕「惑」，諷諫作「感」。

〔從茲地軸天維轉〕敦煌本作「從此地輪天維轉」。盧校、諷諫俱作「從茲地軸天關轉」。

〔莫空舞〕「空」，諷諫作「虛」。

〔數唱〕敦煌本、諷諫俱作「故唱」。

新豐折臂翁　戒邊功也

新豐老翁八十八，頭鬢眉鬚皆似雪。玄孫扶向店前行，左臂憑肩右臂折。問翁臂折來幾年？兼問致折何因緣？翁云貫屬新豐縣，生逢聖代無征戰。慣聽梨園歌管聲，不識旗槍與弓箭。無何天寶大徵兵，户有三丁點一丁。點得驅將何處去？五月萬里雲南行。聞道雲南有瀘水，椒花落時瘴烟起。大軍徒涉水如湯，未過十人二三死。村南村北哭聲哀，兒別爺娘夫別妻。皆云前後征蠻者，千萬人行無一迴。是時翁年二十四，兵部牒中有名字。夜深不敢使人知，偷將大石鎚折臂。張弓簸旗俱不堪，從兹始免征雲南。骨碎筋傷非不苦，且圖揀退歸鄉土。臂折來來六十年，一肢雖廢一身全。至今風雨陰寒夜，直到天明痛不眠。痛不眠，終不悔，且喜老身今獨在。不然當時瀘水頭，身死魂飛骨不收。應作雲南望鄉鬼，萬人塚上哭呦呦。雲南有萬人冢，即鮮于仲通、李宓曾覆軍之所。老人言，君聽取。君不聞，開元宰相宋開府，不賞邊功防黷武！開元初，突厥數寇邊，時天武軍牙將郝雲岑出使，因引特勒、迴鶻部落斬突厥默啜，獻首于闕下，自謂有不世之功。時宋璟爲相，以天子年少好武，恐徼功者生心，痛抑其黨，逾年始授郎將。雲岑遂慟哭嘔血而死也。又不聞，天寶宰相楊國忠，欲求恩幸立邊功！邊功未立生人怨，請問新豐折臂翁。天寶末，楊國忠爲相，重結閤羅鳳之役，募人討之，前後發二十餘萬衆，去無返者。又捉人連枷赴役，天下怨哭，人不聊生。故禄山得乘人心而盜天下。元和初而折臂翁猶存，因備歌之。

【箋】

元白詩箋證稿第五章新豐折臂翁：「此篇爲樂天極工之作。其篇末『老人言，君聽取』以下，固新樂府大序所謂『卒章顯其志』者，然其氣勢若常山之蛇，首尾迴環救應，則尤非他篇所可及也。後來微之作連昌宫詞，恐亦依約摹仿此篇，蓋連昌宫詞假宫邊老人之言，以抒寫開元、天寶之治亂繫於宰相之賢不肖及深戒用兵之意，實與此篇無不相同也。」唐宋詩醇卷二〇：「大意亦本之杜甫兵車、前、後出塞等篇，借老翁口中説出，便不傷於直遂，促促剌剌，如聞其聲，而窮兵黷武之禍，不待言矣。末又以宋璟、楊國忠比勘，開元、天寶治亂之機，具分於此，前事不忘，後事之師也，可謂詩史。」

〔新豐〕新豐縣。舊書卷三八地理志：「隋新豐縣治古新豐城北。垂拱二年改爲慶山縣。神龍元年復爲新豐。天寶二年分新豐、萬年置會昌縣。七載省新豐縣，改會昌爲昭應。」雍録卷七：「唐新豐縣在（京兆）府東五十里，凡自長安東出而趨潼關，路必由此。」

〔梨園〕見本卷胡旋女詩箋。

【校】

〔題〕全詩注云：「一無『新豐』字。」敦煌本、汪本、盧校俱作「折臂翁」。汪本注云：「一作『新豐折臂翁』。」陳寅恪云：「此題『新豐折臂翁』，一作『折臂翁』，似作『新豐折臂翁』者爲是。蓋樂天新樂府大序明言『首句標其目』，則新豐折臂翁之目，與此篇首句『新豐老翁八十八』更適合故也。」

〔八十八〕敦煌本作「年八十」，係舉成數而言，亦可通。

〔頭鬢眉鬚〕敦煌本、盧校俱作「頭鬢鬚眉」。

〔玄孫〕諷諫作「兒孫」。

〔左臂憑肩〕「左」，敦煌本、諷諫、英華俱作「右」。汪本、全詩俱注云：「一作『右』。」

〔右臂折〕「右」，敦煌本、諷諫、英華俱作「左」。汪本、全詩俱注云：「一作『左』。」

〔問翁臂折來幾年〕敦煌本、諷諫俱作「問翁折臂來幾年」。

〔致折〕諷諫作「臂折」。

〔生逢聖代〕「聖」，何校據英華作「世」。

〔慣聽梨園歌管聲〕敦煌本作「唯聽驪宮歌吹聲」。英華、盧校、諷諫俱作「慣聽驪宮歌吹聲」。汪本、全詩俱注云：「一作『唯聽驪宮歌吹聲』。」

〔不識旗槍〕「旗槍」，英華、盧校、諷諫俱作「槍旗」。

〔點得驅將〕英華作「里胥驅向」。盧校、諷諫俱作「點得驅向」。全詩注云：「一作『里胥驅向』。」

〔聞道雲南〕「聞道」，英華作「傳道」。又「聞」下全詩注云：「一作『傳』。」

〔瀘水〕諷諫作「蘆水」，誤。

〔未過十人二三死〕「過」，諷諫、英華俱作「戰」。敦煌本作「未戰十人五人死」。汪本、全詩俱注云：「一作『戰』。」

〔哭聲哀〕「哀」，諷諫、英華俱作「悲」。又敦煌本無「村南村北哭聲哀」以下四句。汪本、全詩俱注云：「一作『悲』。」

〔偷將大石鎚折臂〕敦煌本、英華作「自把大石搥折臂」。盧校作「遂把大石搥折臂」。諷諫作「遂將大石搥折臂」。汪本、全詩「偷將」下注云：「一作『自把』。」

〔從茲〕「茲」，盧校作「此」。

〔骨碎筋傷非不苦二句〕敦煌本、盧校此二句俱倒轉。

〔臂折來來六十年〕馬本、汪本、全詩俱作「此臂折來六十年」，全詩「折來」下注云：「一作『臂折』。」陳寅恪云：「詩中『此臂折來六十年』句，全唐詩本『折來』下注云：『一作臂折。』此『一作』語不可通，蓋不可讀爲『此臂臂折六十年』也。今敦煌本及那波本俱作『臂折來來六十年』，初視之，似亦甚不可通，然考全唐詩第貳貳函段成式戲高侍御七首之壹云：『百媚城中一個人，紫羅垂手見精神。青琴仙子常教示，自小來來號阿真。』則『來來』連文亦唐人常語，全唐詩小注殆校寫者有所誤會耳。至今之翻刻那波本者，亦改唐世舊語之『臂折來來六十年』爲令人易解之『此臂折來六十年』，則大可不必矣。」城按：陳氏說是。白氏如夢令（全詩卷八九〇）亦云：「頻日雅歡幽會，打得來來越噭。」據敦煌本、宋本、那波本、英華、樂府、諷諫、盧校改正。

〔風雨陰寒〕敦煌本作「陰雨風寒」。「陰寒」，盧校作「淒寒」。

〔直到天明〕「直」，敦煌本、英華俱作「猶」。

〔痛不眠終不悔〕陳寅恪云：「敦煌本作『痛不眠兮終不悔』，併兩句爲一句。考樂天新樂府五十篇中多有重疊三言之句，此『兮』字似可不用，敦煌本不必盡從也。」

〔且喜老身今獨在〕敦煌本作「所喜老身今猶在」。又「且」，英華作「所」。

〔身死魂飛〕「魂飛」，敦煌本作「魂歸」，汪本、全詩、盧校、諷諫俱作「魂孤」。

〔哭呦呦〕此下小注，宋本、汪本、全詩「李宓」俱作「李密」，誤。陳寅恪云：「注文中『即鮮于仲通、李密覆軍之所也』之『李密』應作『李宓』。」城按：陳氏説是，當以馬本爲正。盧校：「嚴注止有首六字，宋本無末四字，有『也』字。」諷諫亦作「雲南有萬人塚」六字。又全詩「今塚猶存」四字爲「也」字。

〔老人言君聽取〕敦煌本無此六字。

〔君不聞〕敦煌本、盧校俱作「君不見」。汪本、全詩「君」下俱注云：「一作『何』。」

〔防黷武〕此下小注各本頗有異文，汪本作「開元初突厥數犯邊時天武軍才將郝靈筌出使因引特勒回鶻部落斬突厥默啜獻首于闕下自謂有不世之功時宋璟爲相以天子年少好武恐徼功者生心痛抑其黨逾年始授郎將靈筌遂慟哭嘔血而死」，諷諫作「開元初突厥寇邊時大武軍于將郝靈佺出使回紇部落斬突厥默啜獻首于闕下自謂有不世之功時宋璟爲相以天子年少好武恐徼功者生心痛相其黨逾年始受郎將靈佺遂慟哭歐血而死」，盧校作「開元初突厥數犯邊郝靈荃出使迴紇部落遂斬默啜獻首于闕下自謂不世之功宋璟爲相以天子年少好武恐儌功生事痛抑之逾年始授官止與郝靈荃郎將遂慟哭嘔血而死」。城按：諷諫「大」當作「天」，「于」當作「牙」，「相」當作「抑」。宋本與馬本同作「郝雲岑」，汪本、英華、全詩俱作「郝靈筌」，諷諫作「郝靈佺」，陳寅恪據舊唐書杜佑傳、新唐書玄宗紀、宋璟傳、杜佑傳、突厥傳上，謂「佺」字乃取義於堯時「仙人偓佺」之義，與「靈」字有關，故應作「郝靈佺」，其説是也。陳氏又謂「特勒」當作「鐵勒」，蓋「鐵勒」乃種族名，「特勒」即「特勤」之誤，乃王子之稱，不可混淆也。

〔又不聞〕敦煌本作「又不見」。

〔立邊功〕「立」，諷諫誤作「一」。

〔未立〕敦煌本作「不立」。

〔請問新豐折臂翁〕「請問」，敦煌本作「君不見」。又此下小注「結」，汪本、英華、全詩俱作「構」。「二十餘萬」，英華作「三十餘萬」，盧校作「三十萬衆」。諷諫小注全文作「天寶十一年楊國忠爲相重構閤羅鳳之役募人討之無功前後三十萬餘衆去無返者後又征人連□赴役天下□□□□聊生故禄山亂天下元□初唯折臂翁獨存也」。按：「天寶末」，陳寅恪謂當作「天寶十三載」，其説是也。又陳氏所云「宋本作『天寶十一載』」，此宋本未知何指？如指紹興本則誤，疑陳氏亦未必得見宋本諷諫也。

太行路　借夫婦以諷君臣之不終也

太行之路能摧車，若比人心是坦途。巫峽之水能覆舟，若比人心是安流。人心好惡苦不常，好生毛羽惡生瘡。與君結髮未五載，豈期牛女爲參商。古稱色衰相棄背，當時美人猶怨悔。何况如今鸞鏡中，妾顔未改君心改。爲君薰衣裳，君聞蘭麝不馨香。爲君盛容飾，君看金翠無顔色。行路難，難重陳。人生莫作婦人身，百年苦樂由他人。行路難，難於山，險於水。不獨人間夫與妻，近代君臣亦如此。君不見，左納言，右内史。朝承恩，暮賜死。行路難，不在水，不在山，只在人情反覆間。

【箋】

或疑此篇與憲宗怒白居易不遜，欲逐之出翰林事有關。惟此時居易雖居禁近，實爲小臣，似與詩中「左納言，右内史」之身份不符。故又謂係致概於德宗朝楊炎、竇參罷相後不旋踵間賜死事。又云與韋執誼貶崖州事有關。見元白詩箋證稿第五章太行路。

【校】

〔題〕盧校、諷諫題下小序均無「之不終」三字。

〔若比人心是坦途〕「人心」，馬本、汪本、文粹俱作「君心」，據宋本、那波本、全詩、盧校、英華、樂府、諷諫改。下兩「人心」同。全詩「人」下俱注云：「一作『君』。」

〔毛羽〕英華作「毛髮」。

〔惡生〕「生」，樂府作「成」。全詩注云：「一作『成』。」

〔豈期〕英華注云：「集作『忽從』。」樂府作「忽從」。

〔爲君盛容飾〕「盛」，英華、樂府、諷諫俱作「事」。

〔金翠〕「金」，馬本、汪本、英華、文粹俱作「珠」，據宋本、那波本、樂府、諷諫、全詩改。英華注云：「集作『金』。」全詩注云：「一作『珠』。」

〔人間〕汪本作「人家」。「間」下全詩注云：「一作『家』。」

〔右内史〕各本俱誤作「右納史」。按：唐光宅二年改中書省爲鳳閣，令爲内史，陳寅恪謂「右納史」當作「右内史」，其説是也。樂府作「右内史」，未承各本之誤。何校：「郭作『内史』，是。」今據以改正。

〔行路難不在水〕「行路難」三字，盧校、諷諫、文粹俱疊。

〔人情〕「情」，何校、盧校、諷諫俱作「心」。全詩注云：「一作『心』。」

〔反覆〕「反」，諷諫誤作「返」。

司天臺　引古以儆今也

司天臺，仰觀俯察天人際。羲和死來職事廢，官不求賢空取藝。昔聞西漢元成間，上陵下替謫見天。北辰微暗少光色，四星煌煌如火赤。耀芒動角射三台，上台半滅中台坼。是時非無太史官，眼見心知不敢言，明朝趨入明光殿，唯奏慶雲壽星見。天文時變兩如斯，九重天子不得知。不得知，安用臺高百尺爲？

【箋】

元白詩箋證稿云：「古有中台星坼，三公須避位之説，是此篇所刺者，豈即當時之執政耶？……又漢家故事，凡遇陰陽災變，則三公縱不握實權者，亦往往爲言者所指斥，而實際柄政之臣，則時或不任其咎。樂天作詩時，裴垍爲中書侍郎、同平章事。鄭絪、李藩相代爲門下侍郎、同平章事。雖爲宰相，並非三公。揆以樂天引古儆今之語，則樂天所指言者，殆屬之當時司徒杜佑、司空于頔二人之一矣。」城按：白氏季冬薦獻太清宫詞文（卷五七）與此篇亦可互相參證。

〔唯奏慶雲壽星見〕壽星即老人星。白氏季冬薦獻太清宫詞文云：「司天臺奏：六月十三日夜，老人星見。河南府申芝草兩莖。司天臺奏：冬至日，佳氣充塞，瑞雪祁寒者。……今時惟玄律，節及季冬，仰薦明誠，敬率恒典。謹遣攝太尉、司徒、平章事杜佑，薦獻以聞。」

【校】

〔題〕此下小序盧校云：「嚴本『儆』作『證』。」

〔空取藝〕敦煌本作「唯取藝」。

〔上陵下替〕汪本、英華俱作「下陵上替」。

〔北辰〕敦煌作「五神」。

〔耀芒動角〕「耀芒」，盧校、諷諫俱作「光芒」。「動角」，敦煌本作「振角」。

〔上台半滅〕「上台」，英華、全詩俱作「半見」。「滅」，敦煌本作「裂」。

〔壽星見〕「見」，盧校作「現」。

〔兩如斯〕敦煌本、諷諫俱作「兩若斯」。盧校作「固若斯」。

〔安用臺高百尺爲〕敦煌本作「焉用司天百尺圍」。「臺高」，盧校、諷諫俱作「高臺」。

捕蝗　刺長吏也

捕蝗捕蝗誰家子？天熱日長飢欲死。興元兵後傷陰陽，和氣蠱蠹化爲蝗。始自兩河及三輔，荐食如蠶飛似雨。雨飛蠶食千里間，不見青苗空赤土。河南長吏言憂農，課人晝夜捕蝗蟲。是時斗粟錢三百，蝗蟲之價與粟同。捕蝗捕蝗竟何利？徒使飢人重勞費。一蟲雖死百蟲來，豈將人力定天災。我聞古之良吏有善政，以政驅蝗蝗出境。又聞貞觀之初道欲昌，文皇仰天吞一蝗。一人有慶兆民賴，是歲雖蝗不爲害。貞觀二年太宗吞蝗蟲事，見貞觀實録。

【箋】舊書卷十二德宗紀上：「（興元元年），……是秋螟蝗蔽野，草木無遺。（貞元元年四月），關東大饑，賦調不入，由是國用益窘，關中饑民蒸蝗蟲而食之。……五月癸卯，分命朝臣禱羣神以祈雨。蝗自海而至，飛蔽天，每下則草木及畜毛無復孑遺，穀價騰踊。……七月，關中蝗食草木都盡。……甲子，詔：……蟲蝗繼臻，彌亘千里，菽粟翔貴，稼穡枯瘁，嗷嗷蒸人，聚泣田畝。……朕自今視朝不御正殿，有司供膳，並宜減省，不急之務，一切停罷。」元白詩箋證稿第五章：「考貞元元年樂天年十四，時在江南，求其所以骨肉離散之故，殆由於朱泚之亂。而興元、貞元之饑饉，則又家園殘廢之因。……夫兵亂歲饑，乃貞元當時人民最怵目驚心之事。樂天於此，既餘悸尚存，故追述時，下筆猶有隱痛。……舊唐書姚崇傳所記捕蝗之事，多可與此篇詞語相參證。」

【校】〔興元兵後傷陰陽〕「後」，宋本、那波本、汪本、樂府俱作「久」。盧校、諷諫俱作「革」。汪本注云：「一作『革』。」全詩注云：「一作『久』，一作『革』。」

〔雨飛蠶食〕諷諫作「飛蝗蠶食」。

〔言憂農〕「言」，盧校作「苦」，諷諫訛作「古」。

〔斗粟〕宋本、馬本、那波本、汪本、全詩俱倒作「粟斗」，據盧校、諷諫乙轉。

〔竟何利〕「竟」，諷諫誤作「境」。

〔一蟲雖死百蟲來〕「蟲」，汪本、盧校、諷諫俱作「蝗」。

〔定天災〕「定」，宋本、那波本、汪本俱作「競」。全詩注云：「一作『競』。」

〔古之良吏〕諷諫作「古之長吏」。

〔不爲害〕此下小注「見」，宋本、汪本俱作「具」。盧校：「嚴無『蟲』字，又『見』作『出』，宋本作『具』。」諷諫作「貞觀三年太宗吞蝗事出貞觀實録也」。城按：盧校所引嚴本「二年」亦作「三年」。

昆明春水滿　思王澤之廣被也　貞元中始漲之。

昆明春，昆明春，春池岸古春流新。影浸南山青滉瀁，波沉西日紅奫淪。往年因旱靈池竭，龜尾曳塗魚呴沫。詔開八水注恩波，千介萬鱗同日活。今來浄渌水照天，游魚鱍鱍蓮田田。洲香杜若抽心短，沙暖鴛鴦鋪翅眠。動植飛沉皆遂性，皇澤如春無不被。漁者仍豐網罟資，貧人又獲菰蒲利。詔以昆明近帝城，官家不得收其征。菰蒲無租魚無稅，近水之人感君惠。感君惠，獨何人？吾聞率土皆王民，遠民何疎近何親？願推此惠及天下，無遠無近同欣欣。吴興山中罷榷茗，鄱陽坑裏休封銀。天涯地角無禁利，熙熙同似昆明春。

【箋】舊書卷十三德宗紀下：「（貞元十三年）八月丁巳，詔京兆尹韓臯修昆明池。」册府元龜卷十四帝王部都邑門：「（貞元十三年）八月，詔曰：昆明池俯近都城，古之舊制，蒲魚所産，實利於人。宜令京兆尹韓皐充使即勾當修堰漲池。」城按：文苑英華卷三五（全文卷六四四）有張仲素漲昆明池賦，同書同卷又有宋傪漲昆明池賦（全文卷九五七），元白詩箋證稿謂白氏此詩或受張賦之啓發，以放昆明池魚蒲税租之仁施，映對榷茗税銀之弊政，寄慨至深也。

〔昆明〕昆明池。長安志卷六：「昆明池，漢武帝置以習水軍，欲征昆明國，故就此名。至秦姚興時竭。唐德宗貞元十三年，命京兆尹韓皐充使浚之，追尋漢制，引交河、澧水合流入池。」

〔八水〕三輔黄圖卷六：「關中八水皆出上林苑。霸水出藍田谷，西北入渭。滻水亦出藍田谷，北至霸陵入霸。涇水出安定涇陽幵頭山，東至陽陵入渭。渭水出隴西首陽縣鳥鼠同穴山，東北至華陰入河。豐水出鄠南山豐谷，北入渭。鎬水在昆明池北。牢水出鄠縣西南，入潦谷，北流入渭。潏水在杜陵，從皇子陂西北流，經昆明池入渭。」

〔吴興山中罷榷茗〕唐時湖州顧渚盛産名茶。國史補卷下：「風俗貴茶，茶之名品益衆。……湖州有顧渚之紫笋，……」南部新書戊：「唐制，湖州造茶最多，謂之顧渚貢焙。歲造一萬八千四百八斤。焙在長城縣西北。大曆以後，始有進奉。……」新書卷四一地理志湖州吴興郡：「土貢，……紫筍茶。……（長城）顧山有茶以供貢。」城按：唐時茶之有税，始於貞元九年正月，見舊書卷十三德宗紀下、卷四九食貨志。

〔鄱陽坑裏休封銀〕鄱陽坑指饒州之銀鑛。唐時饒州銀鑛與宣州齊名。新書卷四一地理志陰把酒入銀坑。」

饒州鄱陽郡：「土貢麩金銀。」全詩卷五〇六章孝標送張使君赴饒州詩云：「日暖提筐依茗樹，天

【校】

〔題〕汪本作「昆明春」。「水」，那波本訛作「冰」。盧校：「題無『水滿』二字，『貞元中始弛之』與上文連。」岑校：「按：作『弛之』是也，東本、全詩均誤；唯此句是注，與題連則非。」陳寅恪云：「岑説『此句是注，與題連則非』，是也。惟詩中雖有『詔以昆明近帝城，官家不得收其征。菰蒲無租魚無税，近水之人感君惠』諸句，即弛禁之意。但亦別有『詔開八水注恩波，千介萬鱗同日活』之言，可與『漲之』語意相應。若再以張、宋之題作『漲昆明池賦』證之，則那波本、汪本注作『漲之』，全唐詩注作『漲泛』者，當亦非無據也。」城按：陳説是，「漲」與「弛」均可通，未可遽定。宋本作「漲之」，諷諫作「弛之」，陳氏蓋未校及。馬本亦作「漲泛」，據宋本改。又敦煌本題作「昆明春」，無題注。

〔昆明春三句〕敦煌本、諷諫、盧校「昆明春」三字均不重。「春池岸古春流新」，盧校、諷諫俱作「昆明岸古春流新」，敦煌本作「岸古春流新」。

〔青滉瀁〕「青」，盧校、諷諫俱作「清」。

〔因旱〕諷諫誤作「因是」。

〔靈池竭〕全詩作「池枯竭」，注云：「一作『靈池竭』。」

〔龜尾曳塗魚呴沫〕「塗」，敦煌本、盧校、諷諫俱作「泥」。「呴」，各本俱誤作「煦」。城按：莊子天運篇：「泉涸，魚相與處於陸，相呴以濕，相濡以沫，不若相忘於江湖。」盧校作「呴」，據改。

〔八水〕「八」，馬本訛作「分」，據敦煌本、宋本、那波本、汪本、全詩、諷諫改正。城按：全詩「八」下注云：「一作『分』。」亦誤。

〔千介萬鱗〕敦煌本作「千介萬蟲」。諷諫作「千類萬鱗」。

〔今來浄渌水照天〕敦煌本作「今來浄渌水鏡天」。盧校、諷諫俱作「今來渌水波照天」。

〔潑潑〕盧校作「潑潑」。敦煌本、諷諫俱作「撥撥」。

〔抽心短〕「短」，敦煌本、盧校、諷諫俱作「長」。

〔動植飛沉皆遂性〕「沉」，盧校作「潛」。「皆遂性」，敦煌本、汪本、諷諫俱作「性皆遂」。全詩作「皆遂性」，「性」下注云：「一作『性遂』。」

〔皇澤〕「澤」，敦煌本作「化」。

〔貧人又獲〕「貧人」，盧校、諷諫俱作「樵人」。「又」，馬本、全詩俱作「久」。據宋本、那波本、汪本改。又全詩注云：「一作『又』。」

〔官家不得〕「官家」，馬本作「宦家」，非。據敦煌本、宋本、那波本、汪本、全詩、諷諫改正。「不得」，敦煌本作「不用」，諷諫作「不問」。

〔無租〕諷諫作「無征」。

〔王民〕敦煌本作「王人」，諷諫作「王土」。

〔遠民〕敦煌本作「遠人」。

〔同欣欣〕「同」，敦煌本、盧校、諷諫俱作「皆」。汪本、全詩俱注云：「一作『皆』。」又「欣欣」，諷諫作「忻忻」。

〔鄱陽坑裹休封銀〕汪本、諷諫、盧校俱作「鄱陽坑頭休税銀」。

〔無禁利〕敦煌本、盧校、諷諫俱作「盡蒙利」。

城鹽州　美聖謨而誚邊將也

貞元壬申歲特詔城之。

城鹽州，城鹽州，城在五原原上頭。蕃東節度鉢闡布，忽見新城當要路。金烏飛傳贊普聞，建牙傳箭集羣臣。君臣赭面有憂色，皆言勿謂唐無人。自築鹽州十餘載，左衽氊裘不犯塞。晝牧牛羊夜捉生，長去新城百里外。諸邊急警勞戍人，唯此一道無煙塵。靈夏潛安誰復辨？秦原暗通何處見？鄜州驛路好馬來，長安藥肆黄耆賤。城鹽州，鹽州未城天子憂。德宗按圖自定計，非關將略與廟謀。吾聞高宗中宗世，北虜猖狂最難制。韓公創築受降城，三城鼎峙屯漢兵。東西亘絶數千里，耳冷不聞胡馬聲。如今邊將非無策，心笑韓公築城壁。相看養寇爲身謀，各握强兵固恩澤。願分今日邊將恩，褒贈韓公封子孫。誰能將此鹽州曲，翻作歌詞聞至尊。

【箋】元白詩箋證稿：「此篇小序下注云：『貞元壬申歲，特詔城之。』寅恪案：壬申歲：貞元八年也。考舊唐書壹叁德宗紀下云：『貞元九年二月辛酉，詔復築鹽州城。貞元三年，城爲吐蕃所毀，自是塞外無堡障，犬戎入寇。既城之後，邊患息焉。』同書壹肆肆杜希全傳、楊朝晟傳及壹玖陸下吐蕃傳下亦均繫是役於貞元九年，獨通鑑貳叁肆唐紀德宗紀貞元九年二月辛酉條考異略云：『邠志，八年詔追張公（獻甫）議築鹽、夏二城云云。白居易樂府鹽州注亦云，貞元壬申歲特詔城之。而實録在九年二月，蓋去歲詔使城之。今年因命杜彦光等而言之。』君實作史，采及此注，足徵雖細不遺。通鑑之爲傑作，於此可見矣。」城按：新書卷二一六吐蕃傳下亦云築城始於八年，九年訖功，與白氏詩注合。唐宋詩醇卷二〇：「按新唐書吐蕃傳，自虜得鹽州，塞防無以障遏，靈武單露，鄜、坊侵迫，寇日以驕，數入爲邊患。貞元八年，帝詔城之，九年訖功，而虜兵不出。嗣後韋臯等屢破其兵，取新城，拔末恭、顛二城，擒其將乞悉蓖，獻京師。迨憲宗初，遣使修好，朝貢歲入。鉢闡布者，虜浮屠豫國事者也。金鳥飛傳者，虜曰飛鳥，猶傳騎也。詩中叙事，源委井然。末又插入張仁愿築受降城事，爲當時邊將擁兵玩寇者警也。」

〔鹽州〕唐屬關内道。貞元二年置。天寶元年改爲五原郡。乾元元年復爲鹽州。見元和郡縣志卷四。

〔城在五原原上頭〕元和郡縣志卷四：「漢武元朔二年，置五原郡。地有原五所，故號五原。」

又云：「五原謂龍游原、乞地干原、青領原、可嵐貞原、橫槽原也。」

〔鉢闡布〕新書卷二一六吐蕃傳下：「（元和）五年，以祠部郎中徐復往使，並賜鉢闡布書。鉢闡布者，虜浮屠豫國事者也，亦曰鉢掣逋。」城按：白氏與吐蕃宰相鉢闡布敕書（卷五六）云：「敕吐蕃宰相沙門鉢闡布：論與勃藏至，省表及進奉，具悉卿器識通明，藻行精潔，……昨者方進表函，旋令召對，今便發遣，更不遲迴。仍令與祠部郎中兼御史中丞徐復及中使劉文璨等同往。」當即此次出使所攜之敕書，爲居易元和四年冬在翰林時所草。蓋城鹽州時，鉢闡布猶爲蕃東節度也。又王忠新唐書吐蕃傳箋證引鉢闡布紀功碑，鉢闡布有擁立棄獵松贊之功，當時位在宰相之上。

〔秦原暗通何處見四句〕元白詩箋證稿：「本草綱目壹壹引唐蘇恭本草云：『黄蓍今出原州者最良。』蓋秦、原闇通，故黄蓍價賤也。」城按：黄蓍當作黄耆。

〔韓公創築受降城〕指張仁愿築三受降城事。城按：仁愿本名仁亶，以音類睿宗諱改。神龍三年，突厥入寇，仁愿於河北築三受降城，首尾相應，以絶其南寇之路。自是突厥不得度山放牧，朔方無復寇掠。景龍二年，拜左衛大將軍、同中書門下三品，累封韓國公。見舊書卷九三、新書卷一一一張仁愿傳。

【校】

〔題〕此下小注，盧校、諷諫無「特」字。

〔鉢闌布〕諷諫作「本闌布」。

〔金烏〕「烏」，盧校、何校、諷諫俱作「烏」，非。舊書卷一九六下吐蕃傳下：「適有飛鳥使至，飛鳥猶中國驛騎也。」趙璘因話録卷四角部之次：「蕃法刻木爲印，每有急事，則使人馳馬赴贊府牙帳。日行數百里，使者上馬如飛，號爲鳥使。」可知「鳥使」爲吐蕃制度，不應改「鳥」爲「烏」。

〔君臣〕諷諫作「羣臣」。

〔赭面〕「赭」，馬本、全詩俱作「赬」，誤。城按：吐蕃有赭面之俗，舊書卷一九六上吐蕃傳上：「（文成）公主惡其人赭面，（棄宗）弄贊令國中權且罷之。」據宋本、那波本、汪本、盧校、諷諫改正。

〔自築鹽州〕「鹽州」，盧校、諷諫俱作「鹽城」。

〔諸邊急警〕「急警」，盧校、諷諫俱作「警急」。

〔誰復辨〕「辨」，汪本、諷諫俱作「辯」。

〔鄜州〕馬本「鄜」下注云：「音夫。」

〔黄耆〕「耆」，馬本、汪本、全詩均作「著」，誤。據宋本、那波本、樂府、諷諫改正。

〔鹽州未城天子憂〕諷諫作「城鹽州未成天子憂」。

〔耳冷〕「冷」，馬本作「聆」，諷諫作「令」，俱誤。據宋本、那波本、汪本、全詩、樂府、盧校改正。

〔歌詞〕「詞」，盧校作「聲」。

道州民　美臣遇明主也

道州民，多侏儒，長者不過三尺餘。市作矮奴年進送，號爲道州任土貢。任土貢，寧若斯？不聞使人生别離，老翁哭孫母哭兒。一自陽城來守郡，不進矮奴頻詔問。城云臣按六典書，任土貢有不貢無。道州水土所生者，只有矮民無矮奴。吾君感悟璽書下，歲貢矮奴宜悉罷。道州民，老者幼者何欣欣！父兄子弟始相保，從此得作良人身。道州民，民到于今受其賜，欲説使君先下淚。仍恐兒孫忘使君，生男多以陽爲字。

【箋】

陽城抗疏論免道州貢矮奴事，參見卷一贈樊著作及卷二和陽城驛詩箋。唐宋詩醇卷二〇：「詔書何可違也，正言之不可，遜辭以謝之，而民被其澤矣。入情入理，解人不當如是耶？宋鮮于侁不散青苗錢，亦同此意。」

〔道州〕舊爲營州。貞觀八年改爲道州。爲江南道湖南觀察使所管州。見元和郡縣志卷二九。

〔城云臣按六典書二句〕唐六典卷三户部郎中員外郎條云：「郎中、員外郎，掌領天下州縣户口之事，凡天下十道，任土所出而爲貢賦之差。」即此兩句詩所本。城按：關於唐六典一書之施行問題，四庫全書總目提要卷七九史部職官類已有正確論斷，陳寅恪隋唐制度淵源略論稿職官章亦詳論之，均可參閲。考程大昌考古編卷九：「韋述集賢記注：『開元十年，陸堅爲起居舍人，奉詔修六典，張燕公以委堅，余後繼。張始興、李右相開元二十六年奏草上，遂廢。詔下有司百僚表賀，至今在院，亦不曾行用。』據述此言，即六典書成而不以頒用也。然白樂天詩陽城不進矮奴曰：『城云臣案六典書，任土貢有不貢無。道州水土所生者，止有矮民無矮奴。吾君感悟璽書下，歲貢矮奴宜悉罷。』即是陽城嘗援六典爲奏得罷貢矮奴，豈是成而不用耶？桑維翰傳：『晉天福五年詔廢翰林學士。』按唐六典，歸其職於中書舍人，而端明殿與樞密院學士皆廢。則六典之書，五代猶遵用之，不知韋述何以言不用也。元祐諸公議更元豐故事，則痛詆六典，以爲未嘗頒用，殆有激而云耳。」據此則陽氏原奏，程氏似亦未見，其證實六典嘗頒用，亦有賴白氏此詩也。

【校】

〔題〕題下小序「美臣」，盧校、諷諫作「美賢臣」。

〔三尺餘〕敦煌本作「四尺餘」，非。

〔市作矮奴年進送〕「市作」，諷諫作「虜作」。「年進奉」，汪本、盧校、諷諫俱作「來進奉」。

〔寧若斯〕諷諫作「安若斯」。

〔不進〕諷諫作「不貢」。

〔城云臣按六典書〕諷諫作「咸云臣按五典書」，非。

〔水土〕敦煌本、諷諫俱作「土地」。

〔老者幼者〕「幼」，敦煌本、諷諫俱作「少」。

〔欣欣〕諷諫作「忻忻」，字通。

〔父兄子弟〕敦煌本、諷諫俱作「父子兄弟」。似以「父子兄弟」較勝。

〔仍恐〕敦煌本作「猶恐」。

〔生男〕敦煌本作「養兒」。

馴犀　感爲政之難終也

貞元丙戌歲，南海進馴犀，詔納苑中。至十三年冬，大寒，馴犀死矣。

馴犀馴犀通天犀，軀貌駭人角駭雞。海蠻聞有明天子，驅犀乘傳來萬里。一朝得謁大明宫，歡呼拜舞自論功。五年馴養始堪獻，六譯語言方得通。上嘉人獸俱來遠，蠻館四方犀入苑。秣以瑶蒭鎖以金，故鄉迢遞君門深。海鳥不知鍾鼓樂，池魚空結江湖心。馴犀生處南方熱，秋無白露冬無雪。一入上林三四年，又逢今歲苦寒月。飲冰卧霰苦蹉跎，角骨凍傷鱗甲縮。馴犀死，蠻兒啼，向闕再拜顔色低。奏乞生歸本國去，恐身凍死似馴犀。君不見，建中初，馴象生還放林邑！建中元年，詔盡出苑中馴象，放歸南方也。君不見，貞元末，馴犀凍死蠻兒泣！所嗟建中異貞元，象生犀死何足言！

【箋】元集卷二四有馴犀詩。元白詩箋證稿云：「微之是篇，議論稍繁，旨意亦略嫌平常，似不如樂天此篇末數語，俯仰今昔，而特以爲善難終爲感慨之深摯也。」又題下小注「丙戌」二字蓋爲「丙子」之誤。汪立名云：「立名按：李紳傳作『貞元丙子』，且貞元至甲申、乙酉而止，無丙戌年，此注當屬傳寫之誤也。」何義門亦云：「『子』字從英華改正，丙戌乃元和元年。」城按：汪、何兩氏之説均是。元白詩箋證稿亦云：「關於馴犀凍死事，舊唐書壹叁德宗紀下略云：『（貞元九年）十月癸酉，環王國獻犀，上令見於太廟。十二年十二月己未，大雪平地二尺，竹柏多死。環王國所獻犀牛，甚珍愛之，是冬亦死。』寅恪按：貞元九年歲次癸酉，十二年歲次丙子，元氏長慶集貳肆馴犀篇引李傳云：『貞元丙子歲南海來貢。至十三年冬苦寒，死於苑中。』而樂天此篇注中『貞元丙戌』，固應如汪立名之言改爲丙子，但『貞元十三年』亦應依舊唐書德宗紀改爲『貞元十二年』，則汪氏所未及知者也。」又按：全詩、盧校、諷諫此注亦均作「貞元丙子歲，南海獻馴犀。十三年冬大寒，馴犀死」，與何校同，當以作「丙子」爲正。惟詩云「一入上林三四年」，固與陳氏所證舊紀時間相合，然「貞元丙子」亦非貞元九年，或係另一次所貢之犀牛，所考仍有可疑也。

〔蠻館四方〕四方館。唐隸中書省，在長安承天門街之西、宮城之南第二横街之北。見兩京城坊考卷一。

〔建中初二句〕元白詩箋證稿：「舊唐書壹貳德宗紀上略云：『（大曆十四年五月）癸亥，即位於太極殿。閏(五)月丁亥，詔文單國所獻舞象三十二，令放荆山之陽。』寅恪案：德宗即位於大曆十四年五月，放馴象即在是年閏五月，但大曆爲代宗年號，故樂天以德宗初次改元之建中爲言，其實非建中元年也。（參劉文典先生羣書斠補）又舊紀所謂『放於荆山之陽』者，據通鑑貳貳伍唐紀德宗紀大曆十四年閏五月命縱馴象於荆山之陽條胡注云：『此禹貢所謂導汧及岐至於荆山者，唐屬京兆府富平縣界。』然則詩云『馴象生還放林邑』及注云『放歸南方』皆有所誤會也。」

【校】

〔題〕此下小序「感爲政之難終也」，諷諫作「咸爲政之難慁也」，「咸」爲「感」之訛文。

〔乘傳〕盧校、諷諫俱作「繩縛」。岑校：「『海蠻聞有明天子，驅犀乘傳來萬里』，言王寶異物，故許乘傳而來也，盧改『繩縛』（徐刻同），毫無意味。」城按：岑説是也。

〔鍾鼓樂〕「鍾」，全詩作「鐘」，字通。

〔苦寒月〕「月」，盧校、諷諫俱作「天」。盧校云：「與上『年』爲韻。馬作『月』，與『執』、『雪』爲韻，非。」

〔飲冰卧霰〕「霰」，諷諫作「霜」。

〔角骨凍傷鱗甲縮〕盧校作「骨凍皮傷鱗甲縮」。諷諫作「骨凍鱗傷皮甲縮」。「縮」，馬本、全詩俱誤作「蹜」，據宋本、那波本、汪本、盧校、諷諫、英華、樂府改正。又「縮」下盧校、汪本俱有注云：「犀有回紋毛如鱗，身項有肉甲。」

〔鑾兒啼〕「兒」，英華作「童」。全詩「兒」下注云：「一作『童』。」

〔再拜〕「拜」，宋本、馬本、那波本、諷諫俱作「三」，誤。據英華、汪本、全詩改正。

〔放林邑〕「放」，英華、諷諫俱作「故」。全詩「放」下注云：「一作『故』。」又「邑」下小注盧校作「建中元年詔盡出禁中馴象部伎歸本國」，諷諫作「建中元年詔盡出禁中馴象却放歸本國」。

〔鑾兒泣〕「泣」，盧校、諷諫俱作「活」，非。

五絃彈　惡鄭之奪雅也

五絃彈，五絃彈，聽者傾耳心寥寥。趙璧知君入骨愛，五絃一一爲君調。第一第二絃索索，秋風拂松疏韻落。第三第四絃泠泠，夜鶴憶子籠中鳴。第五絃聲最掩抑，隴水凍咽流不得。五絃並奏君試聽，淒淒切切復錚錚。鐵擊珊瑚一兩曲，冰寫玉盤千萬聲。鐵聲殺，冰聲寒。殺聲入耳膚血慘，寒氣中人肌骨酸。曲終聲盡欲半日，四座相對愁無言。座中有一遠方士，唧唧咨咨聲不已。自歎今朝初得聞，始知孤負平生耳。唯憂趙璧白髮生，老死人間無此聲。遠方士，爾聽五絃信爲美，吾聞正始之音不如是。正始之音其若何？朱絃疏越清廟歌。一彈一唱再三歎，曲淡節稀聲不多。融融曳曳召元氣，聽之不覺心平和。人情重今多賤古，古琴有絃人不撫。更從趙璧藝成來，二十五絃不如五。

【箋】

此題創自李紳，元稹和之，元集卷二四有五絃彈詩，白氏此篇乃是酬元、李之作。又卷二秦中吟有五絃一篇，亦可與此詩相參證。

〔趙璧〕見卷二五絃詩箋。

【校】

〔題〕此下小注盧校作「惡鄭聲之奪雅也」。

〔趙璧〕「璧」，樂府誤作「壁」，下同。

〔疏韻落〕「疏」，諷諫作「聲」，非。

〔泠泠〕盧校、諷諫俱作「玲玲」。那波本作「冷冷」，誤。

〔君試聽〕「試」，盧校、諷諫俱作「更」。

〔復錚錚〕「錚錚」，盧校、諷諫俱作「丁丁」。英華注云：「集作『丁丁』。」

〔冰寫玉盤千萬聲〕「冰」，宋本、馬本俱誤作「水」，據英華、那波本、汪本、全詩、諷諫、盧校改正。又此句下宋本、那波本、馬本俱脱「鐵聲殺冰聲寒」六字。汪本注云：「今本遺此六字，不聯貫矣。」其説是也。據英華、汪本、全詩、盧校、諷諫增。

〔慘寒〕此二字宋本、那波本、馬本俱倒，據汪本、盧校、諷諫改正。又英華、全詩俱作「憯寒」。

〔咨咨〕英華作「咨嗟」。

〔孤負〕諷諫作「辜負」。

〔爾聽〕「爾」，汪本作「耳」，注云：「一作『爾』。」全詩注云：「一作『耳』。」

〔清廟〕「廟」，諷諫訛作「妙」。

〔召元氣〕「召」，諷諫作「調」。

〔古琴〕「琴」，英華作「瑟」。全詩注云：「一作『瑟』。」

〔更從〕「更」，英華作「自」。全詩注云：「一作『自』。」

〔藝成〕「藝」，盧校作「教」。

蠻子朝　刺將驕而相備位也

蠻子朝，汎皮船兮渡繩橋，來自嶲州道路遥。入界先經蜀川過，蜀將收功先表賀。臣聞雲南六詔蠻，東連牂牁西連蕃。六詔星居初瑣碎，合爲一詔漸强大。開元皇帝雖聖神，唯蠻倔强不來賓。鮮于仲通六萬卒，征蠻一陣全軍没。至今西洱河岸邊，箭孔刀痕滿枯骨。天寶十三載，鮮于仲通統兵六萬，討雲南王閣羅鳳于西洱河，全軍覆没也。誰知今日慕華風，不勞一人蠻自通。誠由陛下休明德，亦賴微臣誘諭功。德宗省表知如此，笑令中使迎蠻子。蠻子導從者誰何？摩挲俗羽雙隈伽。清平官持赤藤杖，大軍將繫金呿嗟。異牟尋男尋閣勸，特勅召對延英殿。上心貴在懷遠蠻，引臨玉座近天顔。冕旒不垂親勞倈，賜衣賜食移時對。移時對，不可得，大臣相看有羡色。可憐宰相拖紫佩金章，朝日唯聞對一刻。

【箋】

此題爲李紳原作，元、白和之，俱借蠻子朝事以詆韋皋，詳見元白詩箋證稿。元集卷二四有蠻子朝詩。唐宋詩醇卷二〇亦云：「自鮮于仲通、李宓搆兵南詔，喪師匱財，西南無寧歲。韋皋經略十餘年，僅能服之，而中國之力已殫矣。元微之詩云：『自居劇鎮無他績，幸得蠻來固恩寵。』蓋刺皋也。此詩命意略同。『誠由陛下休明德』二句，寫出藩臣驕蹇之狀。宰相備位，尾大不掉，唐室卒以不振矣。」

〔臣聞雲南六詔蠻四句〕新書卷二二二上南詔傳：「南詔，……烏蠻別種也。夷語王爲詔，其先渠帥有六，自號六詔，曰：蒙嶲詔、越析詔、浪穹詔、邆睒詔、施浪詔、蒙舍詔。……蒙舍詔在諸部南，故稱南詔。……開元末，皮邏閣逐河蠻，取大和城。……天子詔賜皮邏閣名歸義。當是時，五詔微，歸義獨彊，乃厚以利啖劍南節度使王昱，求合六詔爲一，制可。歸義已并羣蠻，遂破吐蕃，寖驕大，入朝，天子亦爲加禮。又以破洱蠻功，馳遣中人册爲雲南王。」詩云「合爲一詔漸强大」即指南詔也。城按：新書所載之六詔蓋據樊綽蠻書，而邆賧作邆睒。通鑑卷二一四玄宗紀載六詔爲蒙舍、蒙越、越析、浪穹、樣備、越澹，與新書有異，考異謂出於竇滂雲南別録。向達蠻書校注卷三云：「鈴木俊謂雲南別録之様備詔，當因様濞江得名，從地望言即是遼賧詔之別名。蒙越與蒙巂當即一地。所餘之越澹，疑即施浪詔之別名云云。鈴木所云様備即遼賧，蒙越與蒙巂爲一地異稱，大致可信。惟越澹之爲施浪，尚有可疑。」

〔清平官〕新書卷二二二上南詔傳：「官曰坦綽、曰布燮、曰久贊，謂之清平官。所以決國事輕重，猶唐宰相也。」蠻書卷九：「清平官六人，每日與南詔參議境内大事。其中推量一人爲内算官，凡有文書，便代南詔判押處置，有副兩員同勾當。」白氏有與南詔清平官書（卷五七）。

〔赤藤杖〕見卷十五紅藤杖詩箋。

〔大軍將〕蠻書卷九：「大軍將一十二人，與清平官同列。每日見南詔議事。出則領要害城鎮，稱節度。」新書卷二二二上南詔傳：「曰酋望，曰正酋望，曰員外酋望，曰大軍將。曰員外，猶試官也。幕爽主兵，琮爽主户籍，慈爽主禮，罰爽主刑，勸爽主官人，厥爽主工作，萬爽主財用，引爽主客，禾爽主商賈，皆清平官、酋望、大軍將兼之。」城按：「大軍將」，宋本、那波本、馬本、汪本、全詩、諷諫俱誤作「大將軍」。陳寅恪云：「今白詩諸本、除嚴氏本、嘉承本等善本外，多作『大將軍』者，皆誤也。他書如今本册府元龜玖陸貳外臣部官號門南詔：『酋望有大將軍之號。』等語，是亦譌誤之一例。至阮元撰雲南通志所載南詔向化碑，則或作『大將軍』，或作『大軍將』，蓋有誤有不誤者矣。」陳氏之説良是，考前此唐宋詩醇、盧校均已言之。盧校云：「『軍將』二字舊俱倒。」唐宋詩醇卷二〇：「大軍將十二與清平官等列，曹長以降繫金佉苴。佉苴，韋帶也。按：呿嗟與佉苴同，大將軍恐是大軍將之訛。」茲據盧校、陳校改正。又岑校謂當作「大將軍」，亦失考。〔異牟尋男尋閣勸二句〕蠻書卷三：「鳳伽異先死。大曆（十）四年（據向達校注，「四」上脱「十」字），閣羅鳳卒，伽異長男異牟尋繼立，生尋夢湊，一名閣勸。」又云：「貞元十年，以尚書祠部郎中兼御史中丞袁滋、内給事俱文珍、劉幽巖入雲南，持節册南詔異牟尋爲雲南王，爲西南之藩屏。牟尋男閣勸已後繼爲王。」（此節原在卷四獨錦蠻條末，據向達校注移於卷三。）城按：異牟尋卒於元和三年。舊書卷十四憲宗紀：「元和三年十二月甲子，南詔異牟尋卒。辛未，以諫議大夫段平仲使南詔弔祭，仍立其子驃信苴蒙閣勸等爲王。」考新書南詔傳云：「驃信，夷語君也。」舊書不審其義，遂謂「驃信苴蒙閣勸等爲王」，誤爲多人。參見向達蠻書校注第八九頁。白氏與南詔清平官書，即作於牟尋卒時。

【校】

〔題〕小序下汪本有小注云：「李傳云：貞元末，蜀中始通蠻酋。」

〔嶲州〕「嶲」下馬本注云：「音髓。」

〔入界〕「界」，盧校、諷諫俱作「國」。

〔蜀川〕「川」，盧校作「道」，汪本、全詩「川」下俱注云：「一作『道』。」

〔蜀將收功〕「收功」，盧校作「取收」，諷諫作「攻收」。

〔西連蕃〕「連」，盧校作「接」。全詩注云：「一作『接』。」「蕃」，盧校作「番」，非。城按：岑校云：「唐人稱北方國曰北蕃，西方國曰西蕃，不作『番』字，六詔西連吐蕃，更應作『蕃』爲是，盧氏從番，顯沿明本之省誤。」

〔瑣碎〕「瑣」，馬本誤作「鎖」，據宋本、那波本、汪本、全詩、諷諫改正。盧校作「碎瑣」。

〔西洱河岸邊〕「洱」，諷諫作「濟」，誤。又此下馬本注云：「音二。」

〔箭孔刀痕滿枯骨〕「刀痕」，盧校、諷諫俱作「刀瘡」。又此下小注「雲南」下盧校、諷諫俱作「王師全軍覆没」。又汪本「雲南」下無「王」字。

〔省表〕「省」，樂府作「看」，注云：「一作『省』。」全詩注云：「一作『看』。」

〔蠻子導從〕「導」，馬本、汪本、樂府俱訛作「道」，據宋本、那波本、全詩、盧校、諷諫改正。

〔誰何〕諷諫誤作「誰阿」。

〔摩挲〕諷諫作「摩娑」。

〔呿嗟〕盧校：「蠻書作『呿苴』。」諷諫作「佉嗟」。汪本此下有注云：「皮帶也。」城按：蠻書卷八云：「曹長以下，得繫金佉苴，或有等第戰功褒獎得繫者，不限常例。……謂腰帶曰佉苴。」新書卷二二二上南詔傳：「自曹長以降，繫金佉苴。尚絳紫。有功加錦。又有功加金波羅。」元集卷二四蠻子朝云：「清平官繫金呿嵯。」「呿嵯」、「呿嗟」、「佉嗟」蓋皆「佉苴」之異譯。又「呿嗟」下馬本注云：「丘加切，咨邪切。」

〔異牟尋男尋閣勸〕諷諫誤作「異牟尋勞尋閣券」。

驃國樂　欲王化之先邇後遠也　貞元十七年來獻之。

驃國樂，驃國樂，出自大海西南角。雍羌之子舒難陀，來獻南音奉正朔。德宗立仗御紫庭，黈纊不塞爲爾聽。玉螺一吹椎髻聳，銅鼓千擊文身踊。珠纓炫轉星宿摇，花鬘斗擻龍蛇動。曲終王子啓聖人，臣父願爲唐外臣。左右歡呼何翕習，至尊德廣之所及。須臾百辟詣閤門，俯伏拜表賀至尊。伏見驃人獻新樂，請書國史傳子孫。時有擊壤老農父，暗測君心閑獨語。聞君政化甚聖明，欲感人心致太平。感人在近不在遠，太平由實非由聲。觀身理國國可濟，君如心兮民如體。體生疾苦心慘悽，民得和平君愷悌。貞元之民若未安，驃樂雖聞君不歡。貞元之民苟無病，驃樂不來君亦聖。驃樂驃樂徒喧喧，不如聞此芻蕘言。

【箋】

元白詩箋證稿：「舊唐書壹叁德宗紀下云：『（貞元十八年正月）乙丑，驃國王遣使悉利移來朝貢，並獻其國樂十二曲與樂工三十五人。』而微之此篇題下李傳云：『貞元辛巳歲始來獻。』（樂天此篇小序下之注作十七年。貞元辛巳歲，即貞元十七年也。）蓋實以貞元十七年來獻，而十八年正月陳奏之於闕庭也。」元集卷二四有驃國樂詩。

〔驃國〕舊書卷一九七驃國傳：「驃國在永昌故郡南二千里，去上都一萬四千里。其國境東西二千里，南北三千五百里。東隣真臘國，西接東天竺國，南盡溟海，北通南詔些樂城界，東北拒陽苴咩城六千八百里。」新書卷二二二下驃國傳：「驃，古朱波也。自號突羅朱，闍婆國人曰徒里拙。在永昌南二千里，去京師萬四千里。東陸真臘，西接東天竺，西南墮和羅，南屬海，北南詔。地長三千里，廣五千里，東北袤長，屬羊苴咩城。」

〔雍羌之子舒難陀二句〕白氏與驃國王雍羌書（卷五七）云：「今授卿檢校太常卿，并卿男舒難陀那及元佐摩訶思那等二人亦各授官。」舊書卷一九七驃國傳：「貞元中，其王聞南詔異牟尋歸附，心慕之。（十）八年，乃遣其弟悉利移因南詔重譯來朝。又獻其國樂凡十曲，與樂工三十五人俱。樂曲皆演釋氏經論之詞意。尋以悉利移爲試太僕卿。」新書卷二二二下驃國傳：「貞元中，王雍羌聞南詔歸唐，有内附心。……雍羌亦遣弟悉利移、城主舒難陀獻其國樂。」唐會要卷一〇〇驃國條：「貞元十八年春正月，南詔使來朝，驃國王始遣其弟悉利移來朝。……今聞南詔異牟尋歸附，心慕之，乃因南詔重譯，遣子朝貢。」通鑑卷二三六唐紀德宗貞元十八年：「春正月，驃王摩羅思那遣其子悉利移入貢。驃國在南詔西南六千八百里，聞南詔内附而慕之，因南詔入見，仍獻其樂。」册府元龜卷九七二外臣部朝貢門：「貞元十八年正月，驃國王始遣其弟悉利移來朝，獻其國樂凡十曲，與樂工三十五人來朝。」城按：舊傳、册府元龜均稱悉利移爲雍羌之弟，新傳則稱「雍羌亦遣弟悉利移，城主舒難陀」，唐會要先言「遣其弟悉利移來朝」，後言「遣子入貢」，俱與白氏詩文所記有異，俟考。

【校】

〔題〕此下小注，汪本無「之」字。盧校引嚴本作「刺不恤民也貞元十七年獻欲王化之先近後遠也」。岑校：「『貞元十七年來獻之』下八字顯是注文，今盧作『刺不恤民也貞元十七年獻欲王化之先近後遠也』，則首末兩句均爲序文，然綜觀餘四十九題，序文皆祇一句，何以此獨兩句，且何爲序注參錯，嚴本殊不可從。」城按：「貞元十七年來獻之」下八字，各本均爲小注，無「刺不恤民也」五字，岑説亦未是。

〔驃國樂二句〕盧校云：「嚴不重。」諷諫同，而誤作「驃樂國」。

〔雍羌之子〕諷諫作「驃王之子」。

〔鞋纊〕「纊」，馬本、汪本俱誤作「鞴」，據宋本、那波本、樂府、全詩、盧校、諷諫改正。

〔椎髻聳〕「椎」，諷諫誤作「堆」。

〔千擊〕「千」，馬本、汪本、全詩俱作「一」。全詩註云：「一作『千』。」城按：此詩上句已云「玉螺一吹」，則下句似以「千」字爲長，據宋本、那波本、樂府、盧校、諷諫改。

〔炫轉〕「炫」，盧校、諷諫俱作「宛」。

〔花鬘〕「鬘」下馬本注云：「音慢，髮飾也。」

〔抖擻〕宋本、那波本、汪本、全詩俱作「斗藪」。城按：「抖擻」與「斗藪」通。

〔翕習〕馬本、盧校俱作「拿習」，非。城按：翕習，衆盛之貌。左思蜀都賦：「亦以財雄，翕習邊城。」晉書后妃傳：「飛聲八極，翕習紫庭。」據宋本、那波本、汪本、樂府、全詩、諷諫改正。

〔至尊德廣〕「至尊」，宋本、那波本、馬本俱作「皆尊」，盧校、諷諫作「皆稱」，均非。岑校云：「余按『皆尊』、『皆稱』兩不如全詩作『至尊』之文從義順，盧氏未比勘全詩也。」城按：岑氏說是，汪本、英華、樂府俱亦作「至尊」，據改。何校謂「皆」下當補「稱至」二字。

〔聞君政化〕盧校作「吾聞君王」，諷諫作「吾聞君主」。

〔太平由實非由聲〕諷諫作「太平猶實非猶聲」。城按：「由」、「猶」字通。

〔心慘悽〕「慘」，宋本、那波本、汪本、全詩俱作「憯」。

〔若未安〕那波本、樂府、全詩俱作「苟無病」。諷諫作「若無病」。

縛戎人　達窮民之情也

縛戎人，縛戎人，耳穿面破驅入秦。天子矜憐不忍殺，詔徙東南吳與越。黃衣小使録姓名，領出長安乘遞行。身被金瘡面多瘠，扶病徒行日一驛。朝飡飢渴費盃盤，夜卧腥臊污床席。忽逢江水憶交河，垂手齊聲嗚咽歌。其中一虜語諸虜，爾苦非多我苦多。同伴行人因借問，欲說喉中氣憤憤。自云鄉管本涼原，大曆年中没落蕃。一落蕃中四十載，遣著皮裘繫毛帶。唯許正朝服漢儀，斂衣整巾潛淚垂。誓心密定歸鄉計，不使蕃中妻子知。有李如暹者，蓬子將軍之子也。嘗没蕃中，自云蕃法唯正歲一日許唐人之没蕃者服唐衣冠，由是悲不自勝，遂密定歸計也。暗思幸有殘筋力，更恐年衰歸不得。蕃候嚴兵鳥不飛，脱身冒死奔逃歸。晝伏宵行經大漠，雲陰月黑風沙惡。驚藏青塚寒草疏，偷渡黄河夜冰薄。忽聞漢軍鼙鼓聲，路傍走出再拜迎。游騎不聽能漢語，將軍遂縛作蕃生。配向東南卑濕地，定無存卹空防備。念此吞聲仰訴天，若爲辛苦度殘年。涼原鄉井不得見，胡地妻兒虚棄捐。没蕃被囚思漢土，歸漢被刼爲蕃虜，早知如此悔歸來，兩地寧如一處苦！縛戎人，戎人之中我苦辛。自古此寃應未有，漢心漢語吐蕃身。

【箋】

元集卷二四有縛戎人詩，自注云：「近制西邊每擒蕃囚，例皆傳置南方，不加勦戮。」蓋長慶二年唐、蕃會盟以前，捉縛蕃生，皆流配南方，並不給衣糧放還。元稹憤慨於當時邊將之擁兵不戰，虚奏邀功，故作是篇。居易此詩雖爲和作，而不重複元詩之意。唐宋詩醇卷二〇云：「邊將冒功之狀，無辜被俘之情，曲曲傳出。結語尤令人失笑。」

〔自云鄉管本涼原二句〕涼、原即涼州及原州。按：涼、原之陷於吐蕃，實在大曆以前。新書卷三七地理志云：「原州平涼郡，……廣德元年没吐蕃。」新書卷二一六上吐蕃傳：「明年（廣德二年），還使人李之芳等，……虜圍涼州，河西節度使楊志烈不能守，跳保甘州，而涼州亡。」元白詩箋證稿謂白氏此詩所述不合史實，所考良是。

【校】

〔題〕陳寅恪云：「此篇題目，元、白集諸本均作『縛戎人』。獨白氏新樂府嘉承本作『傳戎人』。證以微之此篇題下注中『例皆傳置南方』之語，知極可通，不必定爲譌字。至樂天『將軍遂縛作蕃生』句中之『縛』字，雖斷不可改易，然未必即是與題意相應者也。」又小序中之「民」，盧校、諷諫俱作「人」。汪本小序中增小注「元云近制西邊每擒蕃酋例皆傳置南方不加勦戮」二十字。

〔耳穿〕「耳」，馬本誤作「口」，據宋本、那波本、汪本、樂府、諷諫、盧校改正。全詩「耳」下注云：「一作『口』。」

〔面破〕「破」，盧校、諷諫俱作「縛」。

〔金瘡〕全詩作「金創」。

〔朝飡〕「飡」，宋本作「食」，疑爲「飡」之壞字。何校、諷諫俱作「餐」。城按：「餐」、「飡」字同。

〔忽逢〕岑校：「盧作『忽聞』，未舉異文『逢』字。余按前文『天子矜憐不忍殺，詔徙東南吴與越。黄衣小使録姓名，領出長安乘遞行。身被金瘡面多瘠，扶病徒行日一驛，朝飡飢渴費盃盤，夜卧腥臊污床席』。把一路遣徙情狀迤邐寫來，逼出『逢』字，詩境甚合。如作『忽聞』，與上不屬，亦盧氏未勘全詩之過也。」城按：岑氏説是，宋本、那波本、汪本、諷諫、全詩俱作「逢」。

〔交河〕馬本誤作「交流」。城按：漢書卷九六下西域傳下：「車師前國，王治交河城。河水分流繞城下，故號交河。」唐之安西大都護府初治西州，即交河郡，後徙龜茲。據宋本、那波本、汪本、樂府、全詩、查校、盧校、諷諫改正。

〔齊聲〕「聲」，盧校、諷諫俱作「唱」。汪本、全詩此下俱注云：「一作『唱』。」

〔嗚咽〕諷諫作「嗚呼」。

〔鄉管〕「管」，樂府、盧校、諷諫俱作「貫」，樂府注云：「一作『管』。」汪本、全詩俱注云：「一作『貫』。」

〔大曆〕「大」，馬本誤作「太」，據宋本、那波本、汪本、全詩、諷諫改正。

〔遺著〕「遺」，馬本、汪本、諷諫俱作「身」。汪本注云：「一作『遺』。」據宋本、那波本、樂府、全詩、盧校改。全詩注云：「一作『身』。」又「著」，諷諫作「着」。

〔正朝〕「朝」，盧校作「朔」。汪本、全詩「朝」下俱注云：「一作『朔』。」

〔斂衣整巾〕盧校、諷諫俱作「整巾斂袂」。

〔潛淚垂〕「潛」，盧校、諷諫俱作「雙」。汪本、全詩俱注云：「一作『雙』。」

〔妻子知〕盧校：「下注『之子也』，無『也』字。『正歲』作『正月』。末作『遂密定歸朝之計』。」城按：諷諫同盧校，「遂」作「蓬」，「歸朝」作「歸鄉」。

〔暗思幸有殘筋力〕馬本作「暗思自有殘筋骨」，據宋本、那波本、全詩、盧校、諷諫改。汪本作「暗思幸有殘筋骨」，「骨」下注云：「一作『力』。」「力」下全詩注云：「一作『骨』。」

〔更恐〕「更」，盧校、諷諫俱作「又」。

〔不聽能漢語〕盧校、諷諫俱作「不能聽漢語」，非。

〔東南〕宋本、那波本、汪本、諷諫俱作「江南」。全詩「東」下注云：「一作『江』。」

〔定無〕「定」，樂府作「豈」，那波本作「略」。全詩「定」下注云：「一作『豈』。」

〔涼原〕「涼」，諷諫誤作「粱」。參見前箋。

〔歸漢被劫爲蕃虜〕盧校作「還漢被縛爲蕃虜」。諷諫「劫」作「縛」。

白居易集箋校卷第四

諷諭四　新樂府　三十首

驪宫高　美天子重惜人之財力也

高高驪山上有宫，朱樓紫殿三四重。遲遲兮春日，玉甃暖兮温泉溢。嫋嫋兮秋風，山蟬鳴兮宫樹紅。翠華不來歲月久，牆有衣兮瓦有松。吾君在位已五載，何不一幸乎其中？西去都門幾多地，吾君不遊有深意。一人出兮不容易，六宫從兮百司備。八十一車千萬騎，朝有宴飫暮有賜。中人之産數百家，未足充君一日費。吾君修己人不知，不自逸兮不自嬉。吾君愛人人不識，不傷財兮不傷力。驪宫高兮高入雲，君之來兮爲一身，君之不來兮爲萬人。

【箋】

〔驪宮〕驪山華清宫。元和郡縣志卷一：「華清宫在驪山上。開元十一年，初置温泉宫。天寶六年（城按：當作六載），改爲華清宫。又造長生殿，名爲集靈臺，以祀神也。」白氏長恨歌（卷十二）云：「驪宫高處入青雲」，蓋爲此詩題之所本。唐宋詩醇卷二〇：「格調搴騷，詞氣特婉約。」

〔驪山〕長安志卷十五臨潼：「驪山在縣東南二里，驪戎來居此山，故以名。」

〔温泉〕鄭嵎津陽門詩注云：「宫内除供奉兩湯池，内外更有湯十六所。長湯每賜諸嬪御，其修廣與諸湯不侔，甃以文瑶寶石，中央有玉蓮捧湯泉，噴以成池。又縫綴綺繡爲凫雁於水中，上時於其間泛鈒鏤小舟以嬉遊焉。」長安志卷十五臨潼：「十道志曰：今案泉有三所，其一處即皇堂石井，周武帝天和四年大冢宰宇文護所造。隋文帝開皇三年又修屋宇，列樹松柏千餘株。貞觀十八年詔左屯衛大將軍姜行本、將作少匠閻立德營造宫殿，御賜名温泉宫。太宗因幸製碑。咸亨二年，名温泉宫。（唐年小録曰：開元十年置温泉宫。實録與元和郡縣圖志曰：開元十一年初置温泉宫。）天寶六載，改爲華清宫。驪山上下益治湯井爲池，臺殿環列山谷，明皇歲幸焉。」城按：咸亨二年，雍録作「三年」。

【校】

〔紫殿〕盧校作「翠樓」。

〔甃暖〕盧校作「蝶翻」。

〔一幸乎其中〕「乎」，馬本、汪本俱作「於」。汪本注云：「一作『乎』。」據宋本、那波本、英華、樂府、全詩、盧校、諷諫改。全詩注云：「一作『於』。」

〔西去〕「去」，盧校、諷諫俱作「出」。

〔都門〕「門」，英華、何校、盧校俱作「城」。全詩注云：「一作『城』。」

〔不遊有深意〕馬本作「不遊深有意」，據宋本、那波本、汪本、全詩、諷諫、樂府改。英華作「不來有深意」。全詩「遊有深」三字下注云：「一作『來深有』。」

〔宴飫〕「飫」，馬本誤作「飲」，據宋本、那波本、汪本、英華、樂府、諷諫、全詩、盧校改正。

〔不傷力〕「傷」，英華、諷諫、盧校俱作「奪」，汪本、全詩「傷」下俱注云：「一作『奪』。」

〔爲萬人〕「萬」上馬本有「千」字，據宋本、那波本、汪本、樂府、全詩、何校删。汪本、全詩「爲」下俱注云：「一本有『千』字。」全詩「人」下注云：「一作『民』。」盧校、諷諫俱無「兮」字及「千」字，「人」作「民」。岑校：「『民』字唐人不定諱，然可免亦不用，即如縛戎人序『逢窮民之情也』，盧亦云『民本作人』，大約唐文中有許多本用人字代諱而後世爲改正者，盧之校亦類是。」

百鍊鏡　辨皇王鑒也

百鍊鏡，鎔範非常規。日辰處所靈且祇。江心波上舟中鑄，五月五日日午時。瓊粉金膏磨瑩已，化爲一片秋潭水。鏡成將獻蓬萊宫，揚州長史手自封。人間臣妾不合照，背有九五飛天龍。人人呼爲天子鏡，我有一言聞太宗。太宗常以人爲鏡，鑑古鑒今不鑒容。四海安危居掌内，百王治亂懸心中。乃知天子别有鏡，不是揚州百鍊銅。

【箋】

元白詩箋證稿：「此篇疑亦是樂天繙檢貞觀政要及太宗實録以作七德舞時，採摭其餘義而成者也。」城按：唐代揚州銅鏡製造手工業極負盛名，歷來有關記載頗多，其較早者如國史補卷下云：「揚州舊貢江心鏡，五月五日揚子江中所鑄也。或言無有百鍊者，或至六七十鍊則已，易破難成。……」太平廣記卷二三一李守泰條引異聞録云：「唐天寶三載五月十五日，揚州進水心鏡一面，縱横九寸，青瑩耀日，背有盤龍，長三尺四寸五分，勢如生動。」舊書卷十二德宗紀上：「（大曆十四年六月）己未，揚州每年貢端午日江心所鑄鏡，幽州貢麝香，皆罷之。」

〔蓬萊宫〕長安東内大明宫。長安志卷六：「東内大明宫在禁苑之東南，……貞觀八年置爲永安宫。明年改曰大明宫，以備太上皇清暑，百官獻貲財以助役。龍朔三年大加興造，號曰蓬萊宫。咸亨元年改曰含元宫。尋復大明宫。」

【校】

〔題〕此下小序「辨」，馬本作「美」，非。據宋本、汪本、全詩、盧校、諷諫改正。盧校、諷諫俱作

「辨皇鑒也」。

〔百鍊鏡〕英華、全詩此下俱注云：「一本疊此三字。」

〔處所靈且祇〕「處所」，英華、汪本俱作「置處」。全詩注云：「一作『置處』。」「祇」，敦煌本、英華、汪本、盧校、諷諫俱作「奇」。全詩注云：「一作『奇』。」

〔揚州長史手自封〕敦煌本、盧校、諷諫俱作「鈿函金匣鎖幾重」。汪本、全詩俱注云：「一作『鈿函金匣鎖幾重』。」「揚」，宋本、那波本俱作「楊」，下同。又「史」，馬本、汪本、盧校俱作「吏」，全詩亦注云：「一作『吏』。」均非。城按：岑校云：「揚州長史即淮南節度使之本職，用『長史』字則意更緊湊，不如『長吏』之虛泛。」其説是也。據宋本、那波本、樂府、岑校改正。

〔不合照〕「合」，英華作「敢」。「照」，盧校作「用」，汪本、全詩俱注云：「一作『用』。」

〔九五飛天龍〕盧校作「五爪飛天龍」。諷諫作「五色飛天龍」。

〔常以〕「常」，諷諫作「嘗」，字通。

〔治亂懸心中〕「治」，盧校、諷諫俱作「理」。岑校：「『百王治亂懸心中』，『治』，盧校『理』；又官牛『但能濟人治國調陰陽』，『人治』，盧校『民理』；（徐刻皆同）按太宗爲不祧之祖，德宗升祔，高宗已遷，（見會要一五）此韓愈諱辨所由云『不聞又諱治天下之治』也，（文元和時作）。盧昧於諱例，復應諱之『民』，改不諱之『治』，大誤。」城按：岑説是。「心」，馬本作「其」，非。據敦煌本、宋本、那波本、汪本、全詩、盧校、諷諫改正。又「治亂」，敦煌本作「理化」。

〔天子别〕「子」，諷諫誤作「孝」。

青石　激忠烈也

青石出自藍田山，兼車運載來長安。工人磨琢欲何用？石不能言我代言。不願作人家墓前神道碣，墳土未乾名已滅。不願作官家道旁德政碑，不鐫實録鐫虚辭。願爲顔氏段氏碑，雕鏤太尉與太師。刻此兩片堅貞質，狀彼二人忠烈姿。義心若石屹不轉，死節名流確不移。如觀奮擊朱泚日，似見叱呵希烈時。各於其上題名謚，一置高山一沉水。陵谷雖遷碑獨存，骨化爲塵名不死。長使不忠不烈臣，觀碑改節慕爲人。慕爲人，勸事君。

【箋】

此篇係譏刺時人濫立石碣與文士之虚爲諛詞而作，卷二秦中吟立碑一首可與此詩相參證。唐宋詩醇卷二〇云：「『石不能言我代言』，發端奇特，後半表出二人，寫得凛凛有生氣。不忠不烈者讀之，故應汗下。」

〔顔氏〕顔真卿。見卷一寄唐生詩箋。

〔段氏〕段秀實。見卷一寄唐生詩箋。

〔長使不忠不烈臣二句〕元白詩箋證稿云：「所謂不忠不烈之臣，乃指驕蹇之藩鎮，當無可疑。……頗疑樂天此篇或即因盧虔立碑之事而作也。」

【校】

〔兼車〕「車」，盧校、諷諫俱作「功」。

〔磨琢〕盧校、諷諫俱作「琢磨」。

〔顔氏段氏〕汪本、盧校、諷諫俱作「段氏顔氏」。盧校「段氏」下注云：「秀實。」「顔氏」下注云：「真卿。」全詩注云：「一作『段氏顔氏』。」

〔刻此〕「此」，英華作「用」。全詩注云：「一作『用』。」

〔狀彼〕「彼」，盧校作「此」，諷諫誤作「比」。

〔義心若石〕「若」，盧校、全詩俱作「如」。

〔名流〕汪本、全詩俱作「如石」。全詩注云：「一作『名流』。」英華、盧校俱作「若石」。

〔叱呵〕「呵」，汪本作「訶」，字同。

〔名諡〕「諡」，英華作「字」。全詩注云：「一作『字』。」

〔碑獨〕英華作「碣猶」。全詩注云：「一作『碣猶』。」

〔名不死〕「名」，諷諫誤作「石」。

兩朱閣　刺佛寺寖多也

兩朱閣，南北相對起。借問何人家？貞元雙帝子。帝子吹簫雙得仙，五雲飄飖飛上天。第宅亭臺不將去，化爲佛寺在人間。粧閣妓樓何寂静，柳似舞腰池似鏡。花落黄昏悄悄時，不聞歌吹聞鐘磬。寺門勑牓金字書，尼院佛庭寬有餘。青苔明月多閑地，比屋疲人無處居。憶昨平陽宅初置，吞併平人幾家地？仙去雙雙作梵宫，漸恐人間盡爲寺。

【箋】

此篇言德宗女兩公主薨後其第改爲佛寺事。兩公主未知確指，元白詩箋證稿謂「貞元雙帝子」或指德宗女義陽、義章二公主而言，論據亦不足，俟考。

【校】

〔題〕此下小序「寖」，盧校、諷諫俱作「寖」。

〔相對〕敦煌本作「相竝」。

〔五雲飄飖飛上天〕「飄飖」，汪本、盧校、諷諫俱作「飄飄」。「飛」，英華作「迎」。全詩注云：「一作『迎』。」

〔妓樓〕敦煌本作「妓臺」。

〔歌吹〕英華作「鼓吹」。全詩「歌」下注云：「一作『鼓』。」

〔鐘磬〕「鐘」，宋本、汪本、諷諫俱作「鍾」，古字通。

〔勑牓〕「牓」，諷諫誤作「碑」。

〔比屋疲人無處居〕「疲人」，敦煌本、英華、汪本俱作「齊人」，盧校、諷諫俱作「齊民」。全詩「疲」下注云：「一作『齊』。」岑校云：「按：齊民無居，包孕太廣，不如疲人之近實，且民字應諱。」城按：岑校是也。「無處」，敦煌本作「何處」。「無」下英華注云：「一作『何』。」

〔憶昨〕「昨」，盧校、諷諫俱作「昔」。

〔仙去雙雙〕盧校、諷諫俱作「帝子昇仙」。

〔人間〕敦煌本、汪本、英華、盧校、何校、諷諫俱作「人家」。英華注云：「集作『間』。」全詩注云：「一作『家』。」

西涼伎　刺封疆之臣也

西涼伎，假面胡人假獅子。刻木爲頭絲作尾，金鍍眼睛銀帖齒。奮迅毛衣擺雙耳，如從流沙來萬里。紫髯深目兩胡兒，鼓舞跳粱前致辭。應似涼州未陷日，安西都護進來時。須臾云得新消息，安西路絶歸不得。泣向獅子涕雙垂，涼州陷没知不知？獅子迴頭向西望，哀吼一聲觀者悲。貞元邊將愛此曲，醉坐笑看看不足。享賓犒士宴三軍，獅子胡兒長在目。有一征夫年七十，見弄涼州低面泣。泣罷斂手白將軍：主憂臣辱昔所聞。自從天寶兵戈起，犬戎日夜吞西鄙。涼州陷來四十年，河隴侵將七千里。平時安西萬里疆，今日邊防在鳳翔。平時開遠門外立堠云：去安西九千九百里。以示戍人不爲萬里行，其實就盈數也。今蕃、漢使往來，悉在隴州交易也。緣邊空屯十萬卒，飽食温衣閑過日。遺民腸斷在涼州，將卒相看無意收。天子每思常痛惜，將軍欲説合慚羞。奈何仍看西涼伎，取笑資歡無所愧？縱無智力未能收，忍取西涼弄爲戲！

【箋】

元集卷二四有西涼伎詩。元白詩箋證稿：「自安、史亂後，吐蕃盜據河、湟以來，迄於憲宗元和之世，長安君臣雖有收復失地之計圖，而邊鎮將領終無經略舊疆之志意。此詩人之所以同深憤慨，而元、白二公此篇所共具之歷史背景也。」唐宋詩醇卷二〇：「前半敘事，却插入『應似涼州未陷日』二句，所謂『横空盤硬語』也。『涼州陷來四十年』四句與前相映，筆力排奡，彷彿似杜，結處仍是香山本色。」

〔假面胡人假獅子四句〕樂府雜録龜茲部：「戲有五方獅子，高丈餘，各衣五色。每一獅子有十二人，戴紅抹額，衣畫衣，執紅拂子，謂之獅子郎，舞太平樂曲。」舊書卷二九音樂志二：「太平樂亦謂之五方師子舞，師子鷙獸，出於西南夷天竺、師子等國，綴毛爲之，人居其中，像其俛仰馴狎之容，二人持繩秉拂，爲習弄之狀。五師子各立其方色，百四十人歌太平樂，舞以足，持繩者服飾作崑崙象。」唐語林卷五補遺：「王維爲大樂丞，被人嗾令舞黄獅子，坐是出官。黄獅子者，非天子不舞也，後輩慎之。」以上各條均足以與白詩參證。

〔應似涼州未陷日〕見卷三縛戎人詩箋。白氏縛戎人詩云：「自云鄉管本涼原，大曆年中没落蕃。一落蕃中四十載，遣著皮裘繫毛帶。」此詩云：「自從天寶兵戈起，犬戎日夜吞西鄙。涼州陷來四十年，河隴侵將七千里。」可互相參證。城按，涼州武威郡，唐屬隴右道。武德二年置，置河西節度使。廣德二年陷於西蕃。見元和郡縣志卷四〇。

〔忍取西涼弄爲戲〕元白詩箋證稿：「涼州陷蕃，安西路絶，西胡之來中國者，不能歸國，必有流落散處於邊鎮者，故當地時人取以爲戲，此後邊將遂徇俗用爲享賓客犒士卒之資也。」城按：白詩稱西涼爲「弄」，與元詩稱「曲」者有異。任半塘唐戲弄三劇録詳考之云：「同一伎也，白氏謂之『弄爲戲』，元氏謂之『此曲』。使無白詩賡和流傳今日者，後人但據元詩以求，孰不目之爲涼州曲而已，又何從認識其爲戲弄歟？足見從唐代文獻，同時間，同事題之直接資料中，求唐人伎藝之真象，其出入之大，尚且如此，其餘存在之參差程度將如何，應不難想像。惟其中有一重要之關鍵在，不可忽略者：元詩前半所叙之西涼伎，乃天寶年間哥舒翰府中所賞，確係百戲之獅舞，結合『夷樂』之胡騰舞而已，此時固無從有路斷、問獅等情節。後半於伎藝本身無説明，並未曾及致辭、垂涕、哀吼等等表演。——在此種情形下，元氏僅謂之『此曲』，亦頗近似。同一貞元末年之西涼伎，何以白氏所寫如彼熱鬧，而元氏所寫如此簡單？按諸人事，李、元、白三君同時同調，同就一件事題，先後倡和，所依據者原不應有過分參差。但元、白兩詩俱在，所據所寫，分明參差，並非誤解，則亦不能强爲牽合耳。蓋西涼伎者，最初原僅在音樂，繼而結合獅舞、胡騰舞，乃開、天之舊伎，早經邊將激賞。此層有其相當重要之意義，苟非元氏有誤者，得因元詩而肯定之。」

【校】

〔西涼伎〕樂府重此三字。全詩注云：「一本下疊『西涼伎』三字。」何校：「從英華疊三字。」

〔胡人〕諷諫作「胡兒」。

〔獅子〕「獅」，宋本、那波本、樂府俱作「師」。下同。

〔眼睛〕「睛」，諷諫作「精」。

〔兩胡兒〕「兩」，英華作「羌」，下注云：「集作『兩』。」全詩注云：「一作『羌』。」

〔鼓舞跳梁〕「梁」，盧校作「踉」，諷諫訛作「跟」。

〔應似〕英華、何校、盧校、諷諫俱作「道是」。全詩注云：「一作『道是』。」

〔新消息〕「新」，盧校、諷諫俱作「真」。

〔涕雙垂〕英華作「雙涕垂」。諷諫作「雙淚垂」。

〔看不足〕英華作「不足娱」。

〔享賓犒士宴三軍〕汪本作「享賓犒士宴監軍」，「享」下注云：「一作『娱』。」全詩、盧校、諷諫俱作「娱賓犒士宴監軍」。全詩「娱」下注云：「一作『享』。」「監」下注云：「一作『三』。」

〔征夫〕盧校、諷諫俱作「征人」。

〔七千里〕「七」，何校從英華作「九」。全詩注云：「一作『九』。」

〔今日邊防在鳳翔〕此下小注馬本、汪本俱無「也」字，據宋本、全詩增。盧校云：「今日句下注，嚴本多訛，且從俗本。」諷諫作「平時問遠門立堠云西去安西九千九百里云示戎人不爲萬里行萬乃盈數矣今番漢往來涼州可交馬矣」。又「也」字英華作「矣」。

〔温衣〕「温」下全詩注云：「一作『厚』。」

〔每思〕「每」下全詩注云：「一作『長』。」

〔合慚羞〕「合」，英華作「含」。

〔仍看西涼伎〕「西涼」，英華作「涼州」。全詩注云：「一作『涼州』。」

〔資歡〕「資」，盧校作「貪」。

八駿圖　戒奇物懲佚遊也

穆王八駿天馬駒，後人愛之寫爲圖。背如龍兮頸如象，骨竦筋高肌肉壯。日行萬里速如飛，穆王獨乘何所之？四荒八極踏欲遍，三十二蹄無歇時。屬車軸折趁不及，黃屋草生棄若遺。瑶池西赴王母宴，七廟經年不親薦。璧臺南與盛姬遊，明堂不復朝諸侯。白雲黃竹歌聲動，一人荒樂萬人愁。周從后稷至文武，積德累功世勤苦。豈知纔及四代孫，心輕王業如灰土。由來尤物不在大，能蕩君心則爲害。文帝却之不肯乘，千里馬去漢道興。穆王得之不爲戒，八駿駒來周室壞。至今此物世稱珍，不知房星之精下爲怪。八駿圖，君莫愛。

【箋】

元集卷三有五言古詩八駿圖，作於此詩之後，雖非新樂府中之一篇，然亦不無關係也。元白詩箋證稿云：「微之有『德宗以八馬幸蜀』之言，李肇記時人多圖寫望雲騅之事，而柳河東集壹陸亦有觀八駿圖説一文，蓋此乃當時之風氣也。至此種風氣特盛於貞元、元和之故，殆由以德宗幸蜀之史事，比附於周穆王以八駿西巡之物語歟？」

【校】

〔頸如象〕「象」，英華、何校、盧校俱作「烏」，諷諫訛作「烏」。汪本、全詩「象」下俱注云：「一作『烏』。」

〔骨竦筋高肌肉壯〕英華作「骨聳筋高脂肉少」。汪本作「骨竦筋高脂肉壯」，「壯」下注云：「一作『少』。」全詩作「骨聳筋高脂肉壯」，「脂」下注云：「一作『肌』。」「壯」下注云：「一作『少』。」盧校、諷諫俱作「骨疏筋高脂肉少」。「肌」，樂府、宋本、那波本俱作「脂」。

〔速如飛〕英華注云：「一作『疾如飛』。」汪本、全詩「速」俱作「疾」。全詩注云：「一作『速』。」

〔踏欲遍〕「踏」，全詩、諷諫俱作「蹋」。

〔屬車〕「屬」，諷諫誤作「蜀」。

〔西赴〕「赴」，英華、諷諫、盧校俱作「追」。

〔璧臺南與〕「璧」，英華、諷諫俱訛作「壁」。城按：穆天子傳卷六：「天子乃爲之臺，是曰重璧之臺。」又「南」，盧校作「高」。

〔白雲黄竹〕「雲」，英華誤作「雪」。城按：穆天子傳卷三：「西王母爲天子謡曰：『白雲在天，山陖自出。……』」汪本此下注云：「王母瑶池宴穆天子所歌之曲也。」又諷諫「黄」誤作「絲」。

〔四代〕「四」，英華、汪本、盧校、諷諫俱作「五」。全詩注云：「一作『五』。」城按：周武王至成王、康王、昭王、穆王，本身計算在内爲五代，不計算在内爲四代，似以四代爲長。

〔尤物〕諷諫誤作「大物」。

〔則爲害〕「則」，英華、盧校、諷諫、汪本俱作「即」。

〔漢道興〕「興」，盧校、諷諫俱作「平」。

〔八駿駒來〕「八駿駒」，英華作「千里馬」。全詩注云：「一作『千里馬』。」「駒」，諷諫訛作「俱」。

〔世稱珍〕「世」，英華、全詩俱作「尚」。全詩注云：「一作『世』。」

〔下爲怪〕「怪」，馬本、諷諫俱作「害」，據宋本、那波本、汪本、樂府、全詩、盧校改。

澗底松　念寒儁也

有松百尺大十圍，生在澗底寒且卑。澗深山險人路絶，老死不逢工度之。天子明堂欠梁木，此求彼有兩不知。誰諭蒼蒼造物意，但與之材不與地？金張世禄原憲貧，牛衣寒賤貂蟬貴。貂蟬與牛衣，高下雖有殊。高者未必賢，下者未必愚。君不見，沉沉海底生珊瑚，歷歷天上種白榆！

【箋】

唐宋詩醇卷二〇：「松是喻意。金、張、原憲是正意，一結仍用喻意，比擬恰合。」元白詩箋證稿：「樂天作此詩時，李吉甫雖已出鎮淮南，猶邀恩眷。牛僧孺則仍被斥關外，未蒙擢用。故此篇必於『金、張世禄』之吉甫，『牛衣寒賤』之僧孺，有所憤慨感惜。非徒泛泛爲『念寒儁』而作也。」

〔金張世禄〕金日磾及張安世，俱爲昭帝、宣帝時之名宦。見漢書卷六八金日磾傳、卷二九張湯傳。

〔原憲〕見後校文。

【校】

〔題〕此下小序「寒儁」，諷諫作「寒俊」。

〔有松〕「有」，英華作「青」。全詩注云：「一作『青』。」

〔梁木〕「木」，盧校、諷諫俱作「楝」。英華注云：「集作『楝』。」全詩注云：「一作『楝』。」

〔此求彼有兩不知〕英華作「彼求此棄俱不知」。盧校、諷諫俱作「彼求此棄兩不知」。全詩注云：「一作『彼求此棄兩不知』。」

〔原憲貧〕英華、汪本、盧校、諷諫俱作「黄憲賢」。全詩注云：「一作『黄憲賢』。」城按：此句下之「牛衣」，英華注云：「黄憲本牛醫兒，諸本作『衣』恐誤。」盧校亦作「牛醫」，并注云：「舊俱作『衣』，誤。」汪本亦注云：「按英華辨證：白居易澗底松『金張世禄黄憲賢』，黄憲本牛醫兒，而集本作『原憲貧』，詳上下句，『黄憲賢』是。」汪、盧兩氏蓋均本之英華。考後漢書黄憲傳，其父爲牛醫，家貧賤，似與「牛衣」無關。又據「牛衣與貂蟬」詩句，「牛衣」與「貂蟬」係兩相對稱之物，亦不能易作「牛醫」。故唐宋詩醇卷二〇云：「『原憲貧』，或作『黄憲賢』者，誤。黄憲爲牛醫兒，與牛衣無涉。」其説甚是。又考史記卷七仲尼弟子列傳云：「孔子卒，原憲遂亡在草澤中。子貢相衛，而結駟連騎，排藜藿，入窮閻，過謝原憲。憲攝敝衣冠見子貢。子貢恥之，曰：『夫子豈病乎？』原憲曰：『吾聞之，無財者謂之貧，學道而不能行者謂之病。若憲，貧也，非病也。』子貢慚，不懌而去，終身恥其言之過也。」其中「攝敝衣冠」一語，適與「牛衣」意相近，當爲白氏詩所本。又白氏効陶潛體詩十六首之九云：「原生衣百結，顔子食一簞。」亦可參證，原憲蓋唐人詠貧士之習用典。故英華及汪、盧之校俱不可信，似仍以作「原憲貧」爲是。

〔貂蟬與牛衣〕諷諫作「貂蟬貴與牛衣」。

〔海底〕「海」，英華作「水」。

牡丹芳　美天子憂農也

牡丹芳，牡丹芳，黄金蕊綻紅玉房。千片赤英霞爛爛，百枝絳點燈煌煌。照地初開錦繡段，當風不結蘭麝囊。仙人琪樹白無色，王母桃花小不香。宿露輕盈汎紫豔，朝陽照耀生紅光。紅紫二色間深淺，向背萬態隨低昂。映葉多情隱羞面，卧叢無力含醉粧。低嬌笑容疑掩口，凝思怨人如斷腸。穠姿貴彩信奇絶，雜卉亂花無比方。石竹金錢何細碎，芙蓉芍藥苦尋常。遂使王公與卿士，遊花冠蓋日相望。庳車軟轝貴公主，香衫細馬豪家郎。衛公宅静閉東院，西明寺深開北廊。戲蝶雙舞看人久，殘鶯一聲春日長。共愁日照芳難駐，仍張帷幕垂陰涼。花開花落二十日，一城之人皆若狂。三代以還文勝質，人心重華不重實。重華直至牡丹芳，其來有漸非今日。元和天子憂農桑，卹下動天天降祥。去歲嘉禾生九穗，田中寂寞無人至。今年瑞麥分兩岐，君心獨喜無人知。無人知，可嘆息。我願暫求造化力，減却牡丹妖豔色。少迴卿士愛花心，同似吾君憂稼穡。

【箋】唐人重玩賞牡丹，尤盛於貞元、元和之際，其見於較早之記載者，如國史補卷中云：「京城貴遊尚牡丹三十餘年矣。每春暮，車馬若狂，以不躭玩爲恥。執金吾鋪官圍外寺觀種以求利，一本有直數萬者。元和末韓令始至長安，居第有之，遽命斸去曰：『吾豈效兒女子耶？』」酉陽雜俎續集九支植篇上云：「（李衛公）又言，貞元中牡丹已貴。柳渾善言：『近來無奈牡丹何，數十千錢買一窠。今朝始得分明見，也共戎葵校幾多。』」南部新書丁云：「長安三月十五日，兩街看牡丹，奔走車馬。慈恩寺元果院牡丹先於諸牡丹半月開。太真院牡丹後諸牡丹半月開。」劇談録卷下云：「京國花卉之晨，尤以牡丹爲上，至於佛宇道觀，遊覽者罕不經歷。慈恩浴堂院有花兩叢，每開及五六百朵，繁豔芬馥，近少倫比。」（城按：此條亦見唐語林卷七）均足見當時之社會風尚，可與白氏此詩互相參證。又容齋隨筆卷二唐重牡丹條云：「歐陽公牡丹釋名云：牡丹初不載文字，唐人如沈、宋、元、白之流，皆善詠花，當時有一花之異者，彼必形於篇什，而寂無傳焉。唯劉夢得有詠魚朝恩宅牡丹詩，但云『一叢千朵』而已，亦不云其美且異也。予按白公集有白牡丹一篇十四韻，又秦中吟内買花一章，凡百言云：『共道牡丹時，相隨買花去。一叢深色花，十户中人賦。』而諷諭樂府有牡丹芳一篇，三百四十七字，絶道花之妖豔，至有『遂使王公與卿士，游花冠蓋日相望。花開花落二十日，一城之人皆若狂』之語。又寄微之百韻詩云：『唐昌玉蘂會，崇敬牡丹期。』注：『崇敬寺牡丹花，多與微之有期。』又惜牡丹詩云：『明朝風起應吹盡，夜惜衰紅把火看。』醉歸盩厔詩云：『數日非關王事繫，牡丹花盡始歸來。』元微之有入永壽寺看牡丹詩八韻、和樂天秋題牡丹叢三韻、酬胡三詠牡丹一絶，又有五言二絶句。許渾亦有詩云：『近來無奈牡丹何，數十千錢買一窠。』徐凝云：『三條九陌花時節，萬馬千車看牡丹。』又云：『何人不愛牡丹花，占斷城中好物華。』然則元、白未嘗無詩，唐人未嘗不重此花也。」

〔衛公宅〕衛公指李靖，坊里未詳。城按：李德裕會昌四年封衛國公，必非此詩所指。

〔西明寺〕在長安朱雀門街西第三街延康坊西南隅，乃唐人賞玩牡丹之地。長安志卷十：「西明寺，顯慶元年高宗爲孝敬太子病愈所立，大中六年改爲福壽寺。」唐語林卷八：「西明寺、慈恩寺多古畫。」兩京城坊考卷四：「陳玄奘曾居此寺，寺有牡丹，見白氏長慶集。」

【校】

〔千片赤英〕「片」，盧校、諷諫俱作「葉」。

〔百枝絳點〕「點」，英華、汪本、盧校、諷諫俱作「焰」，樂府、那波本俱作「豔」。全詩注云：「一作『燄』。」

〔照地〕「地」，汪本作「他」，非。

〔蘭麝囊〕「囊」，馬本作「裳」。全詩注云：「一作『裳』。」據宋本、那波本、英華、汪本、樂府、盧校、諷諫改。

〔宿露〕「宿」，馬本作「曉」，全詩注云：「一作『曉』。」據宋本、英華、樂府、那波本、汪本、盧校、諷諫改。
〔汎紫豔〕「汎」，英華、全詩、盧校、諷諫俱作「泛」。
〔卿士〕「士」，汪本、盧校、諷諫俱作「相」。
〔庳車軟轝貴公主〕「庳車」，樂府作「輕車」，諷諫訛作「庫車」。「軟轝貴公主」，汪本、盧校、諷諫俱作「輕轝貴公子」，英華作「軟轝貴公子」。「主」下全詩注云：「一作『子』。」陳寅恪云：「詩中『庳車輭轝貴公主，香衫細馬豪家郎』兩句，乃以『貴公主』、『豪家郎』男女對映爲文。據全唐詩第壹壹函王建宫詞云：『御前新賜紫羅襦，步步金堦上軟輿。』可知『輭轝』爲女子所乘。此詩『公主』二字，傳世白集或有作『公子』者，殆後人囿於習俗，不明此義，因而妄改耶？」城按：陳氏説是，當以「公主」爲正。
〔寺深〕「深」，汪本作「裏」，非。
〔北廊〕盧校作「曲廊」。諷諫作「西廊」。
〔看人久〕「人」，英華作「花」，全詩注云：「一作『花』。」
〔春日〕「春」，盧校作「嬌」。汪本、全詩「春」下俱注云：「一作『嬌』。」
〔帷幕〕「帷」，宋本作「帳」，英華「帷」下注云：「集作『羅』。」全詩注云：「一作『羅』。」
〔直至〕盧校、諷諫俱作「直指」。
〔少迴卿士愛〕「卿士」，盧校、諷諫俱作「士女」，此下英華注云：「一作『士女』。」「愛」，英華作

「看」。全詩「卿士愛」下注云：「一作『士女看』。」〔同似吾君憂〕「似」，英華作「助」，全詩注云：「一作『助』。」「憂」，英華、盧校作「愛」，全詩注云：「一作『愛』。」

紅線毯　憂蠶桑之費也

紅線毯，擇繭繰絲清水煮，揀絲練線紅藍染。染爲紅線紅於藍，織作披香殿上毯。披香殿廣十丈餘，紅線織成可殿鋪。綵絲茸茸香拂拂，線軟花虚不勝物。美人踏上歌舞來，羅襪繡鞋隨步没。太原毯澀毳縷硬，蜀都褥薄錦花冷。不如此毯温且柔，年年十月來宣州。宣城太守加樣織，自謂爲臣能竭力。百夫同擔進宫中，線厚絲多卷不得。宣城太守知不知？一丈毯，千兩絲。地不知寒人要暖，少奪人衣作地衣！貞元中，宣州進開樣加絲毯。

【箋】

唐代自貞元以後，始貢絲織線毯。元和郡縣志卷二八宣州：「開元貢白紵布。自貞元後，常貢之外，别進五色線毯及綾綺等珍物，與淮南、兩浙相比。」新書卷四一地理志宣州宣城郡土貢有「絲頭紅毯」，方輿勝覽卷十五寧國府土産有紅線毯，即白詩中所指「年年十月來宣州」之「紅線毯」也。唐宋詩醇卷二〇：「通首直叙到底，出以徑遂，所謂長於激也。」

〔披香殿〕漢未央宫有披香殿。見三輔黄圖卷三及長安志卷三。

〔太原毯澀毳縷硬二句〕元白詩箋證稿：「蓋毯本以毛織成，而紅線毯乃以絲爲之，是兼太原毳縷毯與成都錦花褥之長，而無其短，殆同於今之所謂絲絨者。其工藝之精進可知矣。」

【校】

〔題〕「線」，宋本作「繡」。小序中「桑」，盧校、諷諫俱作「絲」。

〔紅線毯〕「毯」下馬本注云：「土敢切。」

〔揀絲〕全詩「揀」下注云：「一作『練』。」

〔紅於藍〕「藍」，汪本、盧校、諷諫俱作「花」。全詩注云：「一作『花』。」

〔披香殿上〕「上」，盧校、諷諫俱作「中」。

〔綵絲〕盧校、諷諫俱作「彩線」。

〔線軟〕宋本作「練軟」。盧校、諷諫俱作「線厚」。

〔踏上〕汪本、全詩、諷諫俱作「蹋」。城按：「蹋」爲「踏」之本字。

〔歌舞來〕「來」，盧校、諷諫俱作「時」。

〔繡鞋〕「鞋」，汪本作「鞵」，乃「鞋」之本字。

〔太原毯澀毳縷硬〕「毳」，盧校作「翠」，非。岑校云：「按毯是用羊毛線績成，故曰『毳縷』，盧乃易『翠』，似欠格物功夫，當日未必能紐翠羽爲縷也。」

〔不如〕「如」，諷諫誤作「知」。
〔宣城太守〕「宣城」，盧校、汪本、諷諫俱作「宣州」，下同。
〔爲臣〕諷諫作「忠臣」。
〔一丈毯〕「毯」下汪本有「用」字，注云：「一本無『用』字。」全詩注云：「一本此下有『用』字。」
〔地衣〕此下諷諫無小注。

杜陵叟　傷農夫之困也

杜陵叟，杜陵居，歲種薄田一頃餘。三月無雨旱風起，麥苗不秀多黄死。九月降霜秋早寒，禾穗未熟皆青乾。長吏明知不申破，急斂暴徵求考課。典桑賣地納官租，明年衣食將何如？剥我身上帛，奪我口中粟。虐人害物即豺狼，何必鈎爪鋸牙食人肉？不知何人奏皇帝，帝心惻隱知人弊。白麻紙上書德音，京畿盡放今年税。昨日里胥方到門，手持勑牒牓鄉村。十家租税九家畢，虚受吾君蠲免恩！

【箋】

此篇蓋有感於元和四年暮春長安苦旱而作。新書卷七憲宗紀：「(元和四年)閏(三)月己酉，以旱降京師死罪非殺人者。禁刺史境内榷率，諸道旨條外進獻，嶺南、黔中、福建掠良民爲奴婢者。省飛龍厩馬。」通鑑卷二三七唐紀憲宗元和四年：「上以久旱，欲降德音，翰林學士李絳、白居易上言，以爲『欲令實惠及人，無如減其租稅』。」白氏賀雨詩（卷一）云：「皇帝嗣寶曆，元和三年冬。自冬至春暮，不雨旱熢熢。」均可與此詩互相參證。唐宋詩醇卷二〇：「從古及今，善政不能及民者多矣。一結慨然思深，可爲太息。」

〔杜陵〕元和郡縣志卷一：「杜陵在（萬年）縣東二十里，漢宣帝陵也。」程大昌雍録卷七：「秦武公滅杜，以杜國爲杜縣。縣之東有原，名爲東原，宣帝以爲己陵，故東原之地遂爲杜陵縣也。」

【校】

〔題〕此下小序盧校、諷諫俱無「之」字。

〔秋早寒〕「早」，樂府、諷諫俱作「草」。

〔暴徵〕「徵」，盧校、諷諫俱作「征」。

〔鈎爪鋸牙〕盧校作「鋸牙鈎爪」。

〔人弊〕「人」，馬本訛作「八」，據宋本、那波本、汪本、全詩、樂府、盧校、諷諫改正。全詩注云：「一作『八』。」亦非。

〔今年〕盧校作「今秋」。

〔里胥〕諷諫作「吏胥」。

〔勑牒〕「勑」，馬本作「尺」，非。據宋本、那波本、汪本、全詩、何校、盧校、諷諫改正。

〔九家畢〕「畢」，盧校、諷諫俱作「足」，非。

〔吾君〕諷諫作「吾皇」。

繚綾　念女工之勞也

繚綾繚綾何所似？不似羅綃與紈綺。應似天台山上明月前，四十五尺瀑布泉。中有文章又奇絶，地鋪白烟花簇雪。織者何人衣者誰？越溪寒女漢宫姬。去年中使宣口敕，天上取様人間織。織爲雲外秋雁行，染作江南春水色。廣裁衫袖長製裙，金斗熨波刀剪紋。異彩奇文相隱映，轉側看花花不定。昭陽舞人恩正深，春衣一對直千金。汗沾粉汙不再著，曳土踏泥無惜心。繚綾織成費功績，莫比尋常繒與帛。絲細繰多女手疼，扎扎千聲不盈尺。昭陽殿裏歌舞人，若見織時應也惜！

【箋】

元集卷二三織婦詞云：「繰絲織帛猶努力，變緝撩機苦難織。東家頭白雙女兒，爲解挑紋嫁不得。」元白詩箋證稿：「繚綾爲當時絲織品之最新最佳者，故費工耗力遠過其他絲織品，觀微之古題樂府此詩，知當時繚綾貢户之苦至此，則詩人作詩諷諫，自無足異也。」

【校】

〔題〕敦煌本作「撩綾歌」。陳寅恪云：「多一『歌』字，非是。蓋新樂府之題目例皆不用歌吟等字也。」城按：陳氏説是，各本均無「歌」字。元稹陰山道云：「越縠撩綾織一端，十疋素縑工未到。」「撩」與「繚」通。此下小序中之「念」，諷諫作「志」。

〔繚綾〕「繚」下馬本注云：「連條切。」

〔明月〕宋本、那波本、全詩俱作「月明」。汪本注云：「一作『月明』。」全詩注云：「一作『明月』。」

〔四十五尺瀑布泉〕何校：「容齋三筆載周顯德三年勑云：『其納官紬絹，依舊長四十二尺。』『五』字疑作『二』。」

〔又奇絶〕「又」，盧校、諷諫俱作「甚」。

〔花簇雪〕「花」，諷諫作「光」。

〔漢宫姬〕「姬」，敦煌本、盧校俱作「妃」。

〔江南〕敦煌本、盧校、諷諫俱作「池中」。

〔花不定〕「花」，馬本訛作「看」，據敦煌本、宋本、那波本、汪本、樂府、盧校、諷諫改正。

〔舞人〕盧校、諷諫俱作「美人」。

〔踏泥〕「踏」，汪本、全詩、諷諫俱作「蹋」。

〔織成〕「成」，敦煌本、盧校、諷諫俱作「時」。

〔繒與帛〕諷諫作「綾與帛」。

〔繰多〕「繰」，盧校作「繚」，敦煌本、諷諫俱作「撩」。

〔扎扎千聲〕盧校、諷諫俱作「軋軋千梭」。樂府「扎扎」作「札札」。

〔歌舞人〕此下盧校、諷諫多「不見織」三字。

〔也惜〕敦煌本作「不惜」。「也」，盧校、諷諫俱作「合」，汪本、全詩俱注云：「一作『合』。」

賣炭翁　苦宮市也

賣炭翁，伐薪燒炭南山中。滿面塵灰烟火色，兩鬢蒼蒼十指黑。賣炭得錢何所營？身上衣裳口中食。可憐身上衣正單，心憂炭賤願天寒。夜來城外一尺雪，曉駕炭車輾冰轍。牛困人飢日已高，市南門外泥中歇。翩翩兩騎來是誰？黄衣使者白衫兒。手把文書口稱勑，迴車叱牛牽向北。一車炭重千餘斤，宮使驅將惜不得。半疋紅紗一丈綾，繫向牛頭充炭直。

【箋】

此篇小序云：「苦宮市也。」城按：宮市爲唐代病民之弊政，起於天寶，甚於貞元末年。史籍所載頗多，如韓愈順宗實録卷二云：「舊事：宮中有要，市外物，令官吏主之，與人爲市，隨給其直。貞元末，以宦者爲使，抑買人物，稍不如本估。末年不復行文書，置『白望』數百人于兩市并要鬧坊，閲人所賣物，但稱宮市，即斂手付與，真僞不復可辨，無敢問所從來，其論（馬通伯云：其論疑當作與論）價之高下者，率用百錢物買人直數千錢物，仍索進奉『門户』并『脚價』錢。將物詣市，至有空手而歸者。名爲宮市，而實奪之。嘗有農夫以驢負柴至城賣，遇宦者稱宮市，取之，才與絹數尺。又就索『門户』，仍邀以驢送至内。農夫涕泣，以所得絹付之，不肯受。曰：『須汝驢送柴至内。』農夫曰：『我有父母妻子，待此然後食。今以柴與汝，不取直而歸，汝尚不肯，我有死而已。』遂毆宦者。街吏擒以聞，詔黜此宦者而賜農夫絹十匹。然宮市亦不爲之改易。諫官御史數奏疏諫，不聽。」退之此文可爲白詩注脚。唐宋詩醇卷二〇：「直書其事，而其意自見，更不用著一斷語。」

〔南山〕終南山。長安志卷十一萬年：「終南山在縣南五十里。」城按：唐人通稱終南山爲南山。

〔迴車叱牛牽向北〕唐代長安城市之建置，市在南而宮在北，故曰「牽向北」。

【校】

〔題〕此下小序「宮」字，宋本、馬本、諷諫、全詩俱訛作「官」，據汪本、盧校改正。

〔塵灰〕敦煌本作「塵埃」。

〔所營〕敦煌本作「所爲」。

〔城外〕全詩作「城上」。

〔輾冰轍〕「輾」，各本俱同，盧校作「碾」，非。按：岑校云：「按：輾，轉也。『轉』、『轍』義通。廣韻無『碾』字，正字通『碾』俗『碾』字，字彙同『輾』，非。何盧氏竟信俗字不略檢小學耶？」

〔翩翩兩騎〕坎曼爾詩簽、諷諫俱作「兩騎翩翩」。全詩注云：「一作『兩騎翩翩』。」

〔來是誰〕敦煌本作「問是誰」。

〔白衫兒〕「衫」，敦煌本、盧校、諷諫俱作「衣」。

〔文書〕「書」，馬本訛作「章」，據各本改正。

〔牽向北〕敦煌本作「令向北」。諷諫作「驅向北」。「牽」，馬本訛作「率」，據宋本、那波本、汪本、樂府、全詩改正。

〔一車炭重千餘斤〕敦煌本、宋本、那波本、全詩俱無「重」字。汪本注云：「一本無『重』字。」全詩「炭」下注云：「一本此下有『重』字。」諷諫作「一車炭重千斤」。

〔宮使〕「宮」，馬本、全詩俱訛作「官」，據宋本、那波本、汪本、諷諫、樂府改正。此句敦煌本作「驅入宮中惜不得」。

〔一丈綾〕「綾」，諷諫作「零」。

〔繫向〕敦煌本作「繫在」。

〔炭直〕諷諫作「價直」。

母別子　刺新間舊也

母別子，子別母，白日無光哭聲苦。關西驃騎大將軍，去年破虜新策勳。勑賜金錢二百萬，洛陽迎得如花人。新人迎來舊人棄，掌上蓮花眼中刺。迎新棄舊未足悲，悲在君家留兩兒。一始扶行一初坐，坐啼行哭牽人衣。以汝夫婦新嬿婉，使我母子生別離！不如林中烏與鵲，母不失雛雄伴雌。應似園中桃李樹，花落隨風子在枝。新人新人聽我語，洛陽無限紅樓女。但願將軍重立功，更有新人勝於汝。

【箋】

元白詩箋證稿據舊唐書卷一四四楊朝晟傳謂此篇係刺楊朝晟而作，然居易作詩時，朝晟已卒（卒於貞元十七年五月），陳氏所考不能置信。

【校】

〔題〕盧校云：「嚴本第三十五。」城按：諷諫同盧校，此篇在時世妝後。敦煌本作「別母子」，非。又諷諫小序無「刺」字。

〔新人迎來舊人棄〕樂府作「新人來舊人棄」。

〔掌上〕「掌」，全詩注云：「一作『堂』。」

〔迎新棄舊〕「迎」，諷諫作「寵」。何校云：「『寵』字從黄校。」

〔兩兒〕敦煌本、諷諫俱作「二兒」。

〔一始扶行一初坐〕「初」，馬本作「始」，據敦煌本、宋本、那波本、汪本、樂府、諷諫、全詩改。

盧校此句作「一始扶牀一初坐」。

〔坐啼行哭〕「哭」，盧校、諷諫俱作「泣」。

〔以汝〕「汝」，敦煌本、盧校俱作「爾」。諷諫「以汝」作「與爾」。

〔應似園中桃李樹〕「應似」，那波本、文粹俱作「又似」。盧校、諷諫此句俱作「又不如園中桃與李」。按：盧校、諷諫俱非。岑校云：「按此詩詠母子生别，故上句言不如林中烏鵲之母雛同處，雌雄共伴，而有類乎花隨風，子在枝，若作『又不如』，則隨風在枝者究何以愈於母子生别乎？即謂追深一層，覺義難通喻也。」又「園中」，樂府作「後園」。「桃李樹」，敦煌本作「桃與李」。

〔花落隨風子在枝〕「在枝」，汪本作「住枝」，注云：「一作『在』。」全詩注云：「一作『住』。」盧校作「住枳」云：「按廣雅釋木：枳，枝股也。是『枳』亦可通作『枝』。」岑校云：「余按『枝』與上『悲』、『兒』、『衣』、『離』、『雌』爲韻，（支、脂、微通押。）白詩老嫗都解，未必用『住枳』之僻詞，特盧既校『桃李樹』爲『桃與李』（徐刻同），故又改『住枳』而强爲之説耳。」城按：諷諫亦作「枝」，岑説是也。

〔立功〕諷諫作「立勳」。

陰山道　疾貪虜也

陰山道，陰山道，紇邏敦肥水泉好。每至戎人送馬時，道傍千里無纖草。草盡泉枯馬病羸，飛龍但印骨與皮。五十疋縑易一匹，縑去馬來無了日。養無所用去非宜，每歲死傷十六七。縑絲不足女工苦，疏織短截充匹數。藕絲蛛網三丈餘，迴鶻訴稱無用處。咸安公主號可敦，遠爲可汗頻奏論。元和二年下新勑，内出金帛酬馬直。仍詔江淮馬價縑，從此不令疏短織。合羅將軍呼萬歲，捧授金銀與縑綵。誰知黠虜啓貪心，明年馬多來一倍。縑漸好，馬漸多。陰山虜，奈爾何！

【箋】

元集卷二四有陰山道詩。舊書卷一九五迴紇傳云：「迴紇恃功，自乾元之後，屢遣使以馬和市繒帛，仍歲來市，以馬一匹易絹四十匹。動至數萬馬。其使候遣，繼留於鴻臚寺者非一。蕃得帛無厭，我得馬無用，朝廷甚苦之。是時特詔厚賜遣之，示以廣恩，且俾知愧也。是月（大曆八年十一月），回紇使使赤心領馬一萬匹來求市，代宗以馬價出於租賦，不欲重困民，命有司量入計，許市六千匹。……（貞元）八年七月，以迴紇藥羅葛靈檢校右僕射。……仍給市馬絹七萬匹。……回鶻請和親，憲宗使有司計之，禮費約五百萬貫，方内有誅討，未任其親。」新書卷二一七上回鶻傳略同。白氏此篇蓋寫當時實狀，亦可補唐史之不足。唐宋詩醇卷二〇云：「按元微之詩自注：『李傳云：元和二年有詔，悉以金銀酬回鶻馬價。』新、舊唐書俱不載此詔。是詩叙事極詳，可以補史傳之所不及。」城按：唐與迴紇在平時之關係中，馬價爲國家財政之一大關係，迴紇請和親，李絳曾奏言許婚之利，憲宗終不聽，實以中國財力有所不及，故寧可吝惜婚費，而僥倖其不來侵邊境也。

〔紇邏敦肥水泉好〕元白詩箋證稿：「紇邏敦一詞不易解，疑『紇邏』爲Kara之譯音，即玄黑或青色之義。（見Radloff突厥方言字典貳册壹叁貳頁）『敦』爲Tunā之對音簡譯，即草地之意。（見同書叁册壹肆肆拾頁）豈『紇邏敦』者，青草之義耶？若取『草盡泉枯馬病羸』句之以草水並舉者，與此句相較，似可證成此説也。」

〔五十疋縑易一匹〕唐宋詩醇卷二〇云：「按詩中『五十疋縑易一匹』，新、舊唐書俱作四十疋，亦與此異，未知孰是？」城按：詩醇所疑甚是。元白詩箋證稿云：「舊唐書迴紇傳書馬價之絲織品爲絹。樂天所草與迴鶻可汗書亦作絹。但新唐書回鶻傳及此詩則俱作縑。白氏長慶集與迴鶻可汗書乃當時之公文，而此亦直述當時之實事，何以有絹縑之不同，似甚不可解。考縑之爲絲織品，其質不及絹之精美，即古詩上山採蘼蕪篇所謂『新人工織縑』，故人工織素（素即絹）。將縑來比素，新人不如故』者。或者馬一匹直絹四十匹，直縑遂五十匹歟？至新傳之改易舊文，以絹爲縑則未詳其故。又樂天所草與迴鶻可汗書中尤有可論者，據舊傳言，馬一匹易絹四十匹，若依唐朝以二十五萬匹絹充六千五百匹馬價計之，則約爲四十匹絹易一馬，與舊傳言者頗合。若依迴鶻即納馬二萬匹而索價絹五十萬匹計之，則每匹馬唯易二十五匹絹，與舊傳所言者相差甚遠。此種數值之差異，若以索價付值之不同釋之，既決爲不可能。若以時代之先後釋之，則實物之交易，似亦不應前後相差如此。頗疑迴鶻每以多馬賤價傾售，唐室則減其馬數而依定值付價，然亦未敢確言也。」

〔縑絲不足女工苦四句〕元白詩箋證稿：「唐制絲織品之法定標準爲闊一尺八寸，長四丈，而付迴鶻馬價者，僅長三丈餘，此即所謂『短截』也。其品質之好惡，應以官頒之樣爲式，而付迴鶻馬價者，則如藕絲蛛網，此即所謂『踈織』也。其惡濫至此，宜迴鶻之訴稱無用處矣。觀於唐、迴馬價問題，彼此均以貪詐行之，既無益，復可笑。樂天此篇誠足爲後世言國交者之鑑戒也。」

〔咸安公主〕德宗女燕國襄穆公主，始封咸安，下嫁迴紇武義成功可汗。見新書卷八三諸公主傳、卷二一七上回鶻傳上。

【校】

〔題〕此下汪本注云：「按：李傳云：元和二年有詔，悉以金銀酬回鶻馬價。」盧校：「嚴本第三十三。又序下有小注云：『胡從陰山來貢馬。』」

〔送馬〕「送」，英華作「進」，全詩注云：「一作『進』。」

〔飛龍但印〕「但印」，盧校、諷諫俱作「促節」。盧校云：「馬本作『但印』，不知孰是。」城按：唐會要卷七二諸監馬條云：「至二歲起脊量强弱，漸以飛字印印右髆。細馬次馬，俱以龍形印印項左。送尚乘者，於尾側依左右閑印以三花。其餘雜馬，齒上乘者，以風字印左髆，以飛字印左髀。經印之後，簡習別所者，各以新入處監名印印左頰。」據此則似以作「但印」爲是。

〔五十疋縑易一匹〕盧校、諷諫俱作「官家税縑五十疋」。盧校云：「嚴有注云：『每馬一匹，價縑三匹。』」

〔去非宜〕「去」，那波本、英華、盧校、諷諫俱作「土」。

〔三丈〕「丈」，馬本訛作「尺」，據宋本、那波本、汪本、全詩、英華、樂府、盧校、諷諫改正。參見前箋。

〔迴鶻〕全詩作「迴紇」，注云：「一作『回鶻』。」

〔咸安〕諷諫誤作「藏安」。見前箋。

〔可敦〕「可」下汪本注云：「胡買反。」

〔遠爲可汗〕諷諫作「遠與可寒」。又「可」下汪本注云：「音克。」

〔頻奏論〕此下盧校云：「嚴本注云：『上可，胡買切；下可，音克。』」諷諫作「時奏論」。

〔江淮〕盧校、諷諫俱作「江南」。

〔合羅〕諷諫作「闔闕」。

〔呼萬歲〕「呼」，英華作「稱」。

〔縑綵〕盧校、諷諫俱作「繒綵」。

〔黠虜〕諷諫作「胡虜」。

〔啓貪心〕「啓」，盧校作「起」。

〔馬多來〕「多來」，英華、諷諫、何校、盧校俱作「來多」，是。

時世妝　儆戒也

時世妝，時世妝，出自城中傳四方。時世流行無遠近，顋不施朱面無粉。烏膏注脣脣似泥，雙眉畫作八字低。妍媸黑白失本態，妝成盡似含悲啼。圓鬟無鬢椎髻樣，斜紅不暈赭面狀。昔聞被髮伊川中，辛有見之知有戎。元和妝梳君記取，髻椎面赭非華風。

【箋】白氏此篇所詠之「時世妝」，多出於當時外來之影響，故詩云：「元和妝梳君記取，髻椎面赭非華風。」考此詩所云「時世妝」約起於貞元末年，故白氏代書詩一百韻（卷十三）「風流誇墮髻，時世鬭啼眉」句自注云：「貞元末，城中復爲墮馬髻、啼眉妝。」又據新唐書卷三四五行志云：「元和末，婦人爲圜鬟椎髻，不設鬢飾，不施朱粉，惟以烏膏注脣，狀似悲啼者。圜鬟者，上不自樹也。悲啼者，憂恤象也。」則知此風元和末年猶未改易。參見元白詩箋證稿。又「時世妝」亦作「時勢妝」。胡震亨唐音癸籤卷十九時世妝條云：「唐婦人妝名時世頭。因話録：『西平王治家整肅，不許時世妝梳。』白樂天時世妝歌：『圓鬟無鬢堆（椎）髻様，斜紅不暈赬面狀。』然亦有作時勢者。權德輿詩：『叢鬢愁眉時勢新。』元微之教閨人妝束詩：『人人總解争時勢，都大須看各自宜。』豈時人避廟諱改『世』爲『勢』乎？抑以鬆髻危髻，取勢頗高，改『勢』字貌之乎？正不如作時世爲雅切耳。」城按：白氏上陽白髮人云「天寶末年時世妝」，則「時世妝」乃一般之通稱也。何義門云：「自此成紀爲沙陀矣。朱邪之來，始自元和，孰謂詩人不能見微也。」

【校】

〔題〕題下小序，宋本作「警戒也」。汪本作「警將變也」。全詩作「儆戒也」，注云：「一作『警將變也』。」盧校：「嚴本第三十四，又序作『儆時將變也』。」諷諫作「警戒女也」。

〔流行〕敦煌本作「流傳」。

〔遠近〕諷諫倒作「近遠」。

〔題〕此下馬本注云：「思哉切。」

〔施朱〕「朱」，諷諫作「紅」。

〔烏膏注脣脣似泥〕敦煌本作「烏膏膏脣脣似泥」。諷諫作「烏膏烏膏脣如泥。」

〔雙眉畫作〕「畫」，馬本、諷諫俱訛作「盡」，據敦煌本、宋本、那波本、汪本、全詩、盧校改正。

〔圓鬟無鬢椎髻様〕「無鬢」，盧校、諷諫俱作「垂鬢」。全詩「無」下注云：「一作『垂』。」「椎」，宋本、那波本、馬本、諷諫俱訛作「堆」。城按：漢書卷九五西南夷傳云：「此皆椎結。」顏師古注：「結讀曰髻，爲髻如椎之形也。」則當作「椎」，據敦煌本、樂府、汪本、盧校改正。又全詩作「堆」，注云：「一作『椎』。」亦非。下同。

〔被髮〕「被」，馬本作「披」，據敦煌本、宋本、那波本、汪本、盧校、諷諫改。

〔辛有〕諷諫誤作「新有」。城按：辛有爲周大夫。

〔妝梳〕敦煌本作「梳妝」。

李夫人　鑒嬖惑也

漢武帝初喪李夫人，夫人病時不肯別，死後留得生前恩。君恩不盡念未已，甘泉殿裏令寫真。丹青寫出竟何益，不言不笑愁殺人。又令方士合靈藥，玉釜煎鍊金爐焚。九華帳深夜悄悄，反魂香降夫人魂。夫人之魂在何許？香烟引到焚香處。既來何苦不須臾，縹緲悠揚還滅去。去何速兮來何遲？是耶非耶兩不知！翠蛾髣髴平生貌，不似昭陽寢疾時。魂之不來君心苦，魂之來兮君亦悲。背燈隔帳不得語，安用暫來還見違？傷心不獨漢武帝，自古及今皆若斯。君不見，穆王三日哭，重璧臺前傷盛姬。又不見，泰陵一掬淚，馬嵬坡下念楊妃。縱令妍姿豔質化爲土，此恨長在無銷期。生亦惑，死亦惑，尤物惑人忘不得。人非木石皆有情，不如不遇傾城色！

【箋】此篇可與白氏長恨歌相參證。元白詩箋證稿云：「樂天之長恨歌以『漢皇重色思傾國』爲開宗明義之句，其新樂府此篇，則以『不如不遇傾城色』爲卒章顯志之言。其旨意實相符同，此亦甚可注意者也。故讀長恨歌必須取此篇參讀之，然後始能全解。蓋此篇實可以長恨歌著者自撰之箋注視之也。……則不獨所舉之例，悉爲帝王與妃嬪間之物語故實，且又借明皇、楊妃之事標出一真實之『今』字。自是陳諫戒於君上之詞，而非泛泛刺時諷俗之作也。」

〔甘泉殿〕漢殿名，在甘泉宮。長安志卷四：「漢官儀注曰：武帝於甘泉宮更置前殿，始廣諸宮室，有芝生甘泉殿邊房中。」

〔重璧臺〕見本卷八駿圖詩箋。

〔泰陵〕唐玄宗陵。長安志圖卷中：「其諸帝之陵在蒲城者，睿宗橋陵也，玄宗泰陵也。」

【校】

〔初喪〕那波本、諷諫俱作「初哭」。樂府注云：「一作『哭』。」

〔君恩不盡〕盧校作「君王之恩」。

〔寫出〕「寫」，宋本、那波本、諷諫、樂府、全詩俱作「畫」，全詩注云：「一作『寫』。」

〔又令〕諷諫作「遂命」。

〔帳深〕「深」，那波本、樂府俱作「中」。

〔重璧臺〕「璧」，汪本、諷諫俱誤作「壁」。參見本卷八駿圖校。

〔泰陵〕馬本、汪本俱訛作「太陵」。岑校：「盧云『泰』本作『太』。按：作『太』者誤，玄宗之陵不作『太』字。」城按：岑説是，宋本、那波本、全詩、樂府俱作「泰陵」，據改。又諷諫作「秦陵」，亦訛。

〔坡下〕樂府、諷諫俱作「路上」。何校云：「黄校同。」

〔尤物〕諷諫作「凡物」，非。

陵園妾　憐幽閉也

陵園妾，顔色如花命如葉。命如葉薄將奈何，一奉寢宫年月多。年月多，時光換，春愁秋思知何限？青絲髮落叢鬢疎，紅玉膚銷繫裙慢。憶昔宫中被妬猜，因讒得罪配陵來。老母啼呼趁車别，中官監送鎖門迴。山宫一閉無開日，未死此身不令出。松門到曉月徘徊，柏城盡日風蕭瑟。松門柏城幽閉深，聞蟬聽燕感光陰。眼看菊蕊重陽淚，手把梨花寒食心。把花掩淚無人見，緑蕪牆遶青苔院。四季徒支妝粉錢，三朝不識君王面。遥想六宫奉至尊，宣徽雪夜浴堂春。雨露之恩不及者，猶聞不啻三千人！我爾君恩何厚薄，願令輪轉直陵園，三歲一來均苦樂。

【箋】元白詩箋證稿云：「據此篇小序云：『託幽閉喻被讒遭黜也。』則知此篇實以幽閉之宫女喻竄逐之朝臣。取與上陽白髮人一篇比較，其詞語雖或相同，其旨意則全有別。蓋樂天新樂府以一吟悲一事爲通則，宜此篇專指遭黜之臣，而不與上陽白髮人憫怨曠之旨重複也。」城按：陳氏所據乃汪本小序，宋本、馬本、那波本俱作「憐幽閉也」，亦未能遽定。奉陵始自漢武茂陵，詳見漢書貢禹傳。當時近臣亦隨陵爲園郎也。

〔柏城〕猗覺寮雜記卷上：「陵寢爲柏城，見唐韋彤傳，寢宮所占在柏城中，距陵不遠。白公陵園妾詩：『松門到曉月徘徊，柏城盡日風蕭瑟。』」

〔宣徽〕宣徽殿。在大明宮。兩京城坊考卷一：「宣徽殿在浴堂殿東，見大典閣本圖。」

〔浴堂〕浴堂殿。在大明宮。雍録卷四：「館本唐圖則有浴堂殿，而殿之位置乃在綾綺殿南也。綾綺，長安志曰：在蓬萊殿東也。」（城按：今本長安志謂「在蓬萊殿之西」。）兩京城坊考卷一：「由紫宸而東，經綾綺殿、浴堂殿、宣徽殿、温室殿、明德寺，以達左銀臺門。」白氏和春深詩（卷二六）云：「慣看温室樹，飽識浴堂花。」城按：浴堂常爲召見翰林學士之所。

〔願令輪轉直陵園二句〕元白詩箋證稿：「通鑑貳肆玖唐紀宣宗紀大中十二年二月甲子條胡注略云：『宋白曰：凡諸帝升遐，宮人無子者悉遣詣山陵供奉朝夕，具盥櫛，治衾枕，事死如事生。』夫遣詣山陵之嬪妾，本爲經事前朝之宮人，而樂天此篇乃言『願令輪轉直陵園，三歲一來均苦樂。』頗嫌失體。然則此篇實與陵園妾並無干涉，又可見也。」

【校】

〔題〕此下小序，汪本、盧校俱作「託幽閉喻被讒遭黜也」。全詩小序下注云：「一作『託幽閉喻被讒遭黜也』。」

〔陵園妾〕盧校、諷諫俱重。

〔時光换〕宋本、那波本俱無此三字。何校：「蘭雪同，郭亦無，抄本同。」

〔叢鬢疎〕諷諫作「拔鬢梳」。

〔繫裙慢〕「慢」，宋本、那波本、馬本、汪本俱作「縵」，盧校、諷諫俱作「幔」，俱非。岑校云：「盧校『縵』爲『幔』（徐刻同），全詩作『慢』。余按集韻，『慢』一音麵，慢訑弛縱意，上句『青絲髮落叢鬢疎』，『疎』字與髮落相針對，『慢』字亦與『膚銷』相針對；『幔』通常爲名詞，『膚銷繫裙幔』，毫無意味，當以全詩爲可從。『縵』一釋緩縵，亦比『幔』字好。」城按：岑説是也。樂府亦作「慢」，蓋爲全詩所本。何校云：「『縵』郭作『慢』，是。」據樂府、何校、全詩、岑校改正。又全詩注云：「一作『縵』。」亦非。

〔憶昔〕「昔」，盧校、諷諫俱作「在」。

〔配陵來〕諷諫作「配令來」。

〔趁車別〕「趁」下馬本注云：「丑忍切。」

〔未死此身〕馬本作「此身未死」，據宋本、那波本、樂府、汪本、全詩、諷諫、盧校改。全詩注云：「一作『此身未死』。」

〔徘徊〕全詩作「裴回」。城按：裴回同徘徊。

〔蕭瑟〕諷諫作「蕭颼」。

〔聽燕〕「燕」，何校作「鶯」。

〔三朝〕「三」，樂府、何校作「一」。全詩注云：「一作『一』。」

〔三千人〕宋本、那波本、樂府、全詩、盧校、諷諫俱重此三字。全詩注云：「一無三字。」

〔我爾君恩何厚薄〕諷諫作「何□君恩何厚薄」。

〔願令〕諷諫作「願垂」。

鹽商婦　惡幸人也

鹽商婦，多金帛，不事田農與蠶績。南北東西不失家，風水爲鄉船作宅。本是揚州小家女，嫁得西江大商客。緑鬟富去金釵多，皓腕肥來銀釧窄。前呼蒼頭後叱婢，問爾因何得如此？壻作鹽商十五年，不屬州縣屬天子。每年鹽利入官時，少入官家多入私。官家利薄私家厚，鹽鐵尚書遠不知。何況江頭魚米賤，紅鱠黄橙香稻飯。飽食濃妝倚柂樓，兩朵紅顋花欲綻。鹽商婦，有幸嫁鹽商。終朝美飯食，終歲好衣裳。好衣美食來何處，亦須慚愧桑弘羊。桑弘羊，死已久，不獨漢時今亦有！

【箋】

唐代淮南沿海所産之食鹽，多先集中於揚州，然後再分配至各地。當時鹽鐵使常駐於揚州，鹽商亦以揚州爲根據地。容齋隨筆卷九唐揚州之盛條云：「唐世鹽鐵轉運使在揚州，盡斡利權，判官多至數十人，商賈如織。故諺稱『揚一益二』，謂天下之盛，揚爲一而蜀次之也。」洪氏所云之「商賈」亦多指鹽商，白詩所云之「西江大商客」即販鹽至江西銷售之鹽商。白集卷六三策林第二三議鹽法之弊亦痛斥鹽商之幸而作。元白詩箋證稿：「樂天此篇之意旨，與其前數年所擬策林之言殊無差異。此篇小序所謂『幸人』者，即策林所謂『僥倖之人』，篇中『壻作鹽商十五年，不屬州縣屬天子。每年鹽利入官時，少入官家多入私。官家利薄私家厚，鹽鐵尚書遠不知』諸句，即策林所謂『自關以東，上農大賈，易其資財，入爲鹽商。少出官利，唯求隸名。居無征徭，行無榷税。身則庇於鹽籍，利盡入於私室』也。」

〔桑弘羊三句〕元白詩箋證稿：「樂天賦此篇時，鹽鐵尚書爲李巽。巽爲唐代主計賢臣，其名僅亞於劉晏。李巽之後，繼以李鄘，鄘以當官嚴重知名。似此二人者，俱不應招致譏刺。樂天此篇結語至以『桑弘羊，死已久，不獨漢世今亦有』爲言，毋乃過刻乎？意者其或别有所指耶？始從闕疑以俟更考。」

【校】

〔題〕此下小序盧校作「化淳人也」。

〔田農〕「農」，盧校作「園」。

〔緑鬟富去金釵多二句〕「富」，汪本、盧校、諷諫俱作「溜」，全詩注云：「一作『溜』。」「皓」，盧校、諷諫俱作「玉」。岑校云：「盧校富爲溜，皓爲玉；（徐刻同）余按富猶豐也，富、肥對稱，正楚辭盛鬋之意，且見其享奉素厚而心廣體胖也。緑鬟、皓腕，金釵、銀釧，亦均燕、雀匀稱，盧校絶不見佳。」

〔兩朵〕「朵」，盧校、諷諫俱作「片」。

〔有幸〕「有」，盧校、諷諫俱作「何」。

〔飯食〕「飯」，盧校作「飲」。

〔來何〕宋本、那波本、樂府、盧校、諷諫俱作「有來」。汪本、全詩俱注云：「一作『有來』。」

〔亦須〕「亦」，盧校、諷諫俱作「汝」。

杏爲梁　刺居處奢也

杏爲梁，桂爲柱，何人堂室李開府。碧砌紅軒色未乾，去年身没今移主。高其牆，大其門，誰家宅第盧將軍。素泥朱板光未滅，今歲官收别賜人。開府之堂將軍宅，造未成時頭已白。逆旅重居逆旅中，心是主人身是客。更有愚夫念身後，心雖甚長計非久。窮奢極麗越規模，付子傳孫令保守。莫教門外過客聞，撫掌迴頭笑殺君。君不見，馬家宅，尚猶存，宅門題作奉誠園。君不見，魏家宅，屬他人，詔贖賜還五代孫。元和四年，詔特以官錢贖魏徵勝業坊中舊宅，以還其後孫，用奬忠儉。儉存奢失今在目，安用高牆圍大屋！

【箋】

唐代自天寶以降，長安朝貴，均好興土木，居處奢僭，最爲弊俗。此篇及秦中吟傷宅一首，俱爲刺奢侈而作。唐宋詩醇卷二〇：「此詩與前傷宅一首，大意相似，後只引出魏徵宅一層，勸戒俱備。」

〔李開府〕李錡。舊書卷十四憲宗紀上：「（元和二年）十一月甲申，斬李錡於獨柳樹下。」何義門亦云指李錡。元白詩箋證稿云：「李錡爲鎮海軍節度使，是合於開府之稱也。」

〔盧將軍〕盧從史。舊書卷十四憲宗紀上：「（元和五年四月）甲申，鎮州行營招討使吐突承璀執昭義節度使盧從史，載從史送京師。……戊戌，貶前昭義節度使盧從史爲驩州司馬。」何義門亦謂指盧從史。元白詩箋證稿云：「盧從史得稱將軍，亦無疑問也。」城按：陳氏據此謂杏爲梁詠及從史之敗，故定此篇至少作於元和五年四月以後。

〔馬家宅〕馬燧宅第。見卷二傷宅詩箋。

〔魏家宅〕魏徵舊宅。見卷五八論魏徵舊宅狀箋。

【校】

〔堂室〕「室」，盧校作「宇」。諷諫作「宇」，當爲「宇」之訛文。

〔身没〕全詩、諷諫俱作「身歿」。

〔宅第〕宋本、那波本、汪本、全詩、盧校、諷諫俱作「第宅」。
〔未滅〕「滅」，諷諫作「減」。
〔別賜人〕汪本作「賜別人」。
〔莫教〕「教」，諷諫作「交」。城按：「莫教」亦作「莫交」，字通。
〔馬家宅尚猶存〕諷諫無「尚」字。
〔奉誠園〕宋本作「奉成園」，樂府作「奉宸園」，諷諫作「鳳城園」，俱非。按：白氏傷宅詩云：「不見馬家宅，今作奉誠園。」舊新書馬燧傳、國史補俱作「奉誠園」，竇牟有奉誠園聞笛詩，元集有奉誠園七絶，則當以「奉誠園」爲正。
〔君不見魏家宅三句〕「君」，盧校作「又」。諷諫此三句作「又不見魏家宅猶存」。
〔詔贖賜還五代孫〕諷諫作「元和詔還五代孫」。此下小注，馬本、汪本俱無「後」字，據宋本、全詩增。盧校作「元和四年詔特以官錢贖魏徵宅還其子孫用獎忠儉」。諷諫作「元和四年詔時以官錢贖魏徵宅還其子孫以資其儉」。

井底引銀瓶　止淫奔也

井底引銀瓶，銀瓶欲上絲繩絶。石上磨玉簪，玉簪欲成中央折。瓶沉簪折知奈何，似妾今朝與君別。憶昔在家爲女時，人言舉動有殊姿。嬋娟兩鬢秋蟬翼，宛轉雙蛾遠山色。笑隨戲伴後園中，此時與君未相識。妾弄青梅憑短牆，君騎白馬傍垂楊。牆頭馬上遥相顧，一見知君即斷腸。知君斷腸共君語，君指南山松柏樹。感君松柏化爲心，暗合雙鬟逐君去。到君家舍五六年，君家大人頻有言。聘則爲妻奔是妾，不堪主祀奉蘋蘩。終知君家不可住，其奈出門無去處。豈無父母在高堂？亦有親情滿故鄉。潛來更不通消息，今日悲羞歸不得。爲君一日恩，誤妾百年身。寄言癡小人家女，慎勿將身輕許人！

【箋】

元白詩箋證稿云：「此篇以『止淫奔』爲主旨，篇末以告誡癡小女子爲言，則其時社會風俗男女關係與之相涉可知。此不須博考旁求，元微之鶯鶯傳即足爲最佳之例證。蓋其所述者爲貞元間事，與此篇所諷刺者時間至近也。」城按：白詩對後世之戲曲亦有一定之影響，元白仁甫之牆頭馬上即據「牆頭馬上」詩句增飾而成。曲海總目提要卷一牆頭馬上云：「元白仁甫撰，全係北曲。明時有人改作南曲，增飾成劇，情節亦稍添，而名不改。按此劇蓋因白居易樂府有『牆頭馬上』句而作。居易雖作此詩，未必果有實事，即有實事，亦未指出姓名。仁甫以居易爲中唐人，則所詠之事當在其前，故以裴行儉子當之，非其真也。彼時有拜住于馬上見鞦韆會事，當已流傳，疑暗指此，然拜住以正合，非少俊比也。稗史又有青梅歌，言室女金英，閑步後園，因戲青梅，窺見牆外俊士，騎馬經過，彼此相顧，女背其親相從。及後相棄，悔恨無及，乃作青梅歌以自解，此與仁甫所撰恰合。仁甫所撰女詩亦有『手撚青梅』句，但金英之説未知確否，其青梅歌即居易樂府，或此女誦居易之作，而人誤以爲女詩，未可知也。」又青木正兒元人雜劇概説（隋樹森譯）謂南宋官本雜劇有裴少俊伊州，金院本中有牆頭馬，或爲仁甫之所本。又白氏六帖事類集卷第三井第十二金瓶素綆：「古詩：『後園鑿井銀作牀，金瓶素綆汲寒漿。』」亦可與此詩相參證。

【校】

〔有殊〕盧校：「嚴作『足嬌』。」諷諫同。

〔戲伴〕汪本、盧校、諷諫俱作「女伴」。

〔與君未相識〕盧校、諷諫俱作「未與君相識」。

〔憑短牆〕「憑」，汪本、盧校、諷諫俱作「倚」。全詩注云：「一作『倚』。」

〔相顧〕盧校、諷諫作「相見」。

〔暗合〕「暗」，全詩作「闇」。城按：「暗」、「闇」，字通。

〔聘則爲妻〕諷諫作「娉即是妻」。

〔親情〕那波本作「情親」。

〔更不〕盧校、諷諫作「既不」。

官牛　諷執政也

官牛官牛駕官車，滻水岸邊般載沙。一石沙，幾斤重？朝載暮載將何用？載向五門官道西，緑槐陰下鋪沙堤。昨來新拜右丞相，恐怕泥塗污馬蹄。右丞相，馬蹄踏沙雖浄潔，牛領牽車欲流血。右丞相，但能濟人治國調陰陽，官牛領穿亦無妨！

【箋】

元白詩箋證稿：「元和四年時，三公及宰相凡五人。其中鄭絪、裴垍、李藩三人皆不應爲樂天所譏誚，而新樂府司天臺一篇則專指杜佑，是則此篇之所指言者，其唯于頔乎？」城按：于頔拜相事見舊書卷一五六、新書卷一七二于頔傳、卷六二宰相表中。翁方綱石洲詩話：「白公官牛樂府從丙吉問喘事翻出。」

〔載向五門官道西二句〕此爲唐代拜相之儀制。國史補卷下：「凡拜相，禮絶班行，府縣載沙填路，自私第至于城東街，名曰沙隄。」

【校】

〔般載沙〕「般」，汪本、英華、盧校、諷諫俱作「驅」。全詩注云：「一作『驅』。」

〔一石沙幾斤重〕「斤」，盧校作「石」。諷諫此兩句作「石砂幾石重」。岑校：「『一石沙，幾斤重』，此處用『幾斤』字，殊不限於十已下之數，盧校『幾石』，似是寫實，而不知失諸著蹟，鄰於魔道矣。（徐刻作「石砂幾石重」，更奪「一」字。）」城按：岑校是。

〔朝載〕「載」，英華、諷諫俱作「駕」。全詩注云：「一作『駕』。」

〔五門〕「五」，盧校作「午」。

〔鋪沙堤〕「鋪」，英華、諷諫俱作「填」。全詩注云：「一作『填』。」

〔恐怕泥塗〕「怕」，英華作「畏」。「塗」，英華、盧校、諷諫俱作「深」。全詩注云：「一作『深』。」

〔踏沙〕「踏」，汪本、全詩、諷諫俱作「蹋」。

〔濟人治國〕盧校、諷諫俱作「濟民理國」。城按：盧校，諷諫俱非，參見百錬鏡校。

紫毫筆　譏失職也

紫毫筆，尖如錐兮利如刀。江南石上有老兔，喫竹飲泉生紫毫。宣城之人采爲筆，千萬毛中選一毫。毫雖輕，功甚重。管勒工名充歲貢，君兮臣兮勿輕用。勿輕用，將何如？願賜東西府御史，願頒左右史起居。握管趨入黄金闕，抽毫立在白玉除。臣有奸邪正衙奏，君有動言直筆書。起居郎，侍御史，爾知紫毫不易致。每歲宣城進筆時，紫毫之價如金貴。慎勿空將彈失儀，慎勿空將録制詞。

【箋】

此篇次於官牛之後，其小序云：「譏失職也。」蓋有感於時政之缺失，而憤慨諫官稱職者不多而作。白氏又有雞距筆賦（卷三八），亦詠筆之作。

〔江南石上有老兔四句〕元和郡縣志卷二八宣州溧水縣：「中山在縣東南一十五里，出兔毫，爲筆精妙。」太平寰宇記昇州溧水縣：「中山又名獨山，在縣東南十五里，不與羣山連結，古老相傳中山有白兔，世稱爲筆最精。」輿地紀勝卷十五寧國府土産有紫毫筆。方輿勝覽卷十五寧國府：「中山一名獨山，有白兔出，傳爲筆精妙。」景定建康志卷十七引藝苑雌黄：「比觀張文潛明道雜志，首載白樂天紫毫筆詩云：『宣城石上有老兔，食竹飲泉生紫毫。』予嘗問宣州筆工云：毫用何處？答曰：皆陳、亳、宿州客所販，宣自有兔毫不堪用。蓋兔居原則毫全，以出入無傷也。宣兔居山，出入爲荆棘樹石所傷，毫例短秃。則白詩所云，非也。白公宣州發解進士，宜知之，偶不問耳。按北户録説兔毫處云：宣州歲貢青毫六兩，紫毫六兩。後又云：王羲之歎江東下濕，兔毫不及中山，由是而言，則宣城亦有兔毫，不及北方勁健爲可用也。然則毛穎傳、李太白詩所言中山，非溧水之中山，明矣。」城按：韓愈毛穎傳云：「秦始皇時，蒙將軍恬南伐楚，次中山，將大獵以懼楚。」則中山去楚必不遠。高步瀛唐宋文舉要甲編卷二云：「朱子以中山爲定州，文既寓言，似不應過泥。然若從溧水之説，則雖寓言，於地勢亦甚合。楚自考烈王徙都壽春，在今安徽壽縣，則伐楚時，次江蘇溧水縣之中山，於用兵亦宜，並免朱子所譏矣。……俞（蔭甫）氏據嬾真子所引遽定中山爲定州，非也。」據此則嚴有翼所謂「毛穎傳所言中山非溧水中山」亦非是。又元白詩箋證稿謂張耒明道雜志所記不可信，并引唐文證白詩不妄，似亦太泥，大抵各地所貢之物，其原料未必全係産自當地也。

【校】

〔題〕此下小序「譏」，汪本、盧校、諷諫俱作「誡」。全詩注云：「一作『誡』。」

〔尖如〕「尖」，盧校、諷諫俱作「纖」。汪本、全詩俱注云：「一作『纖』。」

〔喫竹〕「喫」，盧校、諷諫俱作「嚙」。

〔之人〕汪本、盧校、諷諫俱作「工人」。全詩「之」下注云：「一作『工』。」

〔選一毫〕「選」，宋本、那波本、樂府、全詩、諷諫俱作「揀」。全詩注云：「一作『選』。」汪本注云：「一作『揀』。」

〔工名〕「工」，諷諫作「功」。

〔願頒左右史起居〕「頒」，盧校、諷諫俱作「賜」。「史」，宋本、馬本、那波本、汪本、全詩俱作「臺」。城按：唐代門下省、中書省均有起居舍人，乃史官。舊書卷四三職官志：「起居郎二員，從六品上。古無其名，隋始置起居舍人二員。貞觀二年省起居舍人，移其職於門下，置起居郎二員。顯慶中又置起居舍人，始與起居郎分在左右。龍朔二年改爲左史。」據此則當以「史」字爲是，從盧校、諷諫改。

〔握管〕「握」，宋本、那波本、樂府、汪本、全詩、諷諫俱作「搦」。汪本、全詩俱注云：「一作『握』。」

〔白玉除〕「除」，諷諫、汪本俱作「墀」。汪本注云：「一作『除』。」

〔易致〕「致」，諷諫作「置」。

隋堤柳　憫亡國也

隋堤柳，歲久年深盡衰朽。風飄飄兮雨蕭蕭，三株兩株汴河口。老枝病葉愁殺人，曾經大業年中春。大業年中煬天子，種柳成行夾流水。西自黄河東至淮，緑影一千三百里。大業末年春暮月，柳色如烟絮如雪。南幸江都恣佚遊，應將此柳繫龍舟。紫髯郎將護錦纜，青娥御史直迷樓。海内財力此時竭，舟中歌笑何日休？上荒下困勢不久，宗社之危如綴旒。煬天子，自言福祚長無窮，豈知皇子封酅公？龍舟未過彭城閣，義旗已入長安宫。蕭牆禍生人事變，晏駕不得歸秦中。土墳數尺何處葬？吴公臺下多悲風。二百年來汴河路，沙草和烟朝復暮。後王何以鑒前王，請看隋堤亡國樹！

【箋】此篇乃白氏追賦汴河舊遊并深致感慨之作，其汴河路有感一首（卷二三）可以參看。

〔隋堤柳十句〕隋書卷二四食貨志：「煬帝即位，……開渠引穀、洛水自苑西入，而東注于洛。

又自板渚引河達于淮、海，謂之御河。河畔築御道，樹以柳。……又造龍舟鳳艒，黄龍赤艦，樓船篾舫。募諸水工，謂之殿脚。衣錦行縢，執青絲纜挽船，以幸江都。」明統志卷二六開封府：「隋堤在汴河故道，隋煬帝所築。」

〔青娥御史〕何義門云：「隋、唐内職有御史名。」

〔酅公〕見卷三二王後詩箋。

〔彭城閣〕在揚州。大唐創業起居注卷下：「宇文化及等謀同逆，遂夜率驍果者圍江都宫，殺後主於彭城閣。」清統志揚州府：「彭城閣在甘泉縣彭城邨。大業雜記：煬帝建，閣中有温室。……唐李益有詩。」

〔吴公臺〕在揚州。隋書煬帝紀：「大業十二年，幸江都。義寧二年，上崩於温室，葬吴公臺下。」清統志揚州府二：「吴公臺在甘泉縣西北四里，一名雞臺。」

【校】

〔題〕此下小序諷諫作「憫國亡也」。

〔飄飄〕盧校、諷諫俱作「颯颯」。

〔夾流水〕「夾」，盧校作「傍」。

〔東至〕「至」，英華、盧校、諷諫俱作「接」。全詩注云：「一作『接』。」

〔緑影〕「影」，馬本作「隱」，非。據宋本、那波本、汪本、諷諫、樂府、盧校改正。全詩作「陰」。

〔末年〕「末」，諷諫訛作「未」。

〔如烟絮如雪〕兩「如」字，英華俱作「似」。

〔此柳繫龍舟〕汪本作「此樹蔭龍舟」。「柳」，諷諫作「樹」。

〔護錦纜〕諷諫作「鬟錦耀」。

〔迷樓〕盧校作「妝樓」。

〔煬天子〕此上英華、盧校、諷諫俱多「煬天子自言歡樂殊無極豈知明年正朔歸武德」十九字。全詩此上「綴旒」下有注云：「一本此下有『煬天子自言歡樂殊未極豈知明年正朔歸武德』三句。」

〔長無窮〕「長」，盧校、諷諫俱作「垂」。汪本注云：「一作『垂』。」

〔皇子〕此上盧校、諷諫俱有「後年」二字。

〔彭城閣〕盧校、諷諫俱誤作「朝城閣」，見前箋。

〔沙草和烟〕盧校作「露草水烟」。諷諫作「莎草水煙」。

〔亡國樹〕此下汪本注云：「一本『綴旒』下多『煬天子自言殊無極豈知明年正朔歸』。」

草茫茫　懲厚葬也

草茫茫，土蒼蒼。蒼蒼茫茫在何處？驪山脚下秦皇墓。墓中下涸三重泉，當時自以爲深固。下流水銀象江海，上綴珠光作烏兔。别爲天地於其間，擬將富貴隨身去。一朝盜掘墳陵破，龍椁神堂三月火。可憐寶玉歸人間，暫借泉中買身禍。奢者狼藉儉者安，一凶一吉在眼前。憑君迴首向南望，漢文葬在灞陵原。

【箋】

白氏策林（卷六五）有禁厚葬一文，旨意相同，可與此篇參證。或疑此篇似專指山陵而言，元白詩箋證稿云：「此篇自不應遠刺代宗或其以前之山陵，而樂天所得聞知者，則德宗、順宗、崇、豐二陵，又未見有過奢之制度。是知此篇只可視爲泛説，方能有當也。」

〔灞陵原〕長安志卷十一萬年：「文帝霸陵在縣東十里白鹿原上。」畢沅云：「按太平寰宇記云：陵北去縣二十五里。」城按：長安志卷十一萬年又云：「白鹿原在縣東南二十里。」疑「十」字係「二十」之訛。

【校】

〔蒼蒼茫茫在何處〕盧校、諷諫俱作「茫茫蒼蒼此何處」。

〔秦皇墓〕諷諫作「秦王墓」。

〔下涸三重泉〕「涸」，盧校作「錮」，諷諫誤作「洞」。「三」，宋本、那波本、汪本、全詩俱作「二」。

〔象江海〕「象」，諷諫作「似」。

〔於其間〕「於」，盧校、諷諫俱作「在」。

〔墳陵〕敦煌本作「墳墓」。

〔龍椁〕「椁」，諷諫作「槨」。城按：槨爲椁之或字。

〔迴首〕敦煌本作「迴目」。

古塚狐　戒豔色也

古塚狐，妖且老，化爲婦人顔色好。頭變雲鬟面變妝，大尾曳作長紅裳。徐徐行傍荒村路，日欲暮時人静處。或歌或舞或悲啼，翠眉不舉花鈿低。忽然一笑千萬態，見者十人八九迷。假色迷人猶若是，真色迷人應過此。彼真此假俱迷人，人心惡假貴重真。狐假女妖害猶淺，一朝一夕迷人眼。女爲狐媚害却深，日增月長溺人心。何況褒妲之色善蠱惑，能喪人家覆人國。君看爲害淺深間，豈將假色同真色！

【箋】

元白詩箋證稿據此篇印證太平廣記所引朝野僉載、任氏傳等記載，謂狐幻美女惑人之迷信，至中唐後始盛傳，其論證頗可供研究唐代社會風俗之參考。白氏和答詩之九和古社詩（卷二）云：「妖狐變美女，社樹成樓臺。」與此篇旨意雖異，亦可參證。

【校】

〔古塚狐〕「狐」上盧校、諷諫俱多「有」字。

〔大尾〕「大」，諷諫誤作「犬」。

〔荒村〕「村」，盧校、諷諫俱作「林」。

〔日欲〕「日」，諷諫誤作「月」。

〔花鈿〕「鈿」，宋本、那波本、樂府、全詩、盧校、諷諫俱作「顔」。汪本注云：「一作『顔』。」全詩注云：「一作『鈿』。」

〔狐媚〕「媚」，盧校、諷諫俱作「魅」。

〔却深〕「却」，宋本、那波本、全詩俱作「即」，汪本、盧校、諷諫俱作「則」。全詩注云：「一作『則』，一作『却』。」汪本注云：「一作『却』。」

〔日增月長〕宋本、那波本、英華、樂府、諷諫俱作「日長月長」。盧校作「日長月久」。全詩作「日長月增」，注云：「一作『日增月長』。」

〔褒妲〕盧校、諷諫作「褒姒妲姬」。

黑潭龍　疾貪吏也

黑潭水深色如墨，傳有神龍人不識。潭上架屋官立祠，龍不能神人神之。豐凶水旱與疾疫，鄉里皆言龍所爲。家家養豚漉清酒，朝祈暮賽依巫口。神之來兮風飄飄，紙錢動兮錦傘摇。神之去兮風亦静，香火滅兮盃盤冷。肉堆潭岸石，酒潑廟前草。不知龍神饗幾多，林鼠山狐長醉飽。狐何幸？豚何辜？年年殺豚將餧狐。狐假龍神食豚盡，九重泉底龍知無？

【箋】

此篇蓋白氏詆誚當時剝削生民、進奉財貨，以求相位恩寵之藩鎮而作。元白詩箋證稿謂「是所謂龍者，似指天子而言。狐鼠者，乃指貪吏而言。豚者，即謂無辜小民也」。並參見白氏論于頔裴均狀（卷五八）、論王鍔欲除官事宜狀（卷五八）、論裴均進奉銀器狀（卷五八）等文。

〔潭上架屋官立祠〕元白詩箋證稿謂指「炭谷湫祠」，疑非是。城按：元和郡縣志卷一京兆府長安縣：「龍首山在縣北一十里，長六十里，頭入渭水，尾達樊川。秦時有黑龍從南山出飲水，其行道因成土山。」畢沅關中勝蹟圖志卷五：「游龍宫在渭南縣西十一里。唐書地理志有游龍宫。唐開元中修。兩京道里記取黑龍飲渭名之。」畢沅云：「謹按：白樂天有黑龍飲渭賦：武平一登驪山詩有『日下黑龍川』句，並指此。」凡此或當爲白詩所本。

【校】

〔題〕此下小序，諷諫作「戒貪嫉也」。

〔黑潭水深〕「潭」下諷諫有「龍」字。

〔色如墨〕「色」，全詩、盧校俱作「黑」。

〔人神之〕「神」，盧校作「異」。全詩、汪本俱注云：「一作『異』。」

〔豐凶〕「豐」，汪本、盧校、諷諫俱作「災」。

〔錦傘〕「傘」，汪本、諷諫俱作「繖」。城按：繖爲傘之本字。

〔潭岸〕「岸」，盧校、諷諫俱作「畔」。

〔酒潑〕「潑」，盧校、諷諫俱作「滴」。

〔龍神〕盧校作「神龍」，諷諫作「神祀」。

〔幾多〕盧校、諷諫作「多少」。

〔山狐〕諷諫作「小狐」。

〔狐假龍神〕「龍神」，馬本倒作「神龍」，據宋本、那波本、汪本、全詩、盧校乙正。諷諫作「假託神龍」。

〔九重泉底〕盧校、諷諫俱作「重泉之下」。

〔知無〕馬本倒作「無知」，據宋本、那波本、汪本、樂府、全詩、盧校、諷諫乙轉。

天可度　惡詐人也

天可度，地可量，唯有人心不可防。但見丹誠赤如血，誰知僞言巧似簧？勸君掩鼻君莫掩，使君夫婦爲參商。勸君掇蜂君莫掇，使君父子成豺狼。海底魚兮天上鳥，高可射兮深可釣。唯有人心相對時，咫尺之間不能料。君不見，李義府之輩笑欣欣，笑中有刀潛殺人。陰陽神變皆可測，不測人間笑是瞋！

【箋】

此篇乃白氏刺李吉甫之作，詳見元白詩箋證稿考辨。

〔李義府之輩笑欣欣二句〕李義府「笑中有刀」事，見舊書卷八二、新書卷二二三李義府傳。

【校】

〔地可量〕「地」上盧校、諷諫俱有「兮」字。

〔唯有人心〕敦煌本作「唯人之心」，下同。

〔丹誠〕諷諫作「真誠」。

〔巧似簧〕敦煌本作「巧如簧」。

〔勸君掇蜂君莫掇〕諷諫作「請君撥蜂君莫撥」。城按：「撥」當作「掇」。

〔成豺狼〕「成」，馬本、那波本、諷諫俱作「爲」，據敦煌本、宋本、樂府、汪本、全詩、盧校改。

〔海底魚兮〕盧校、諷諫俱無「兮」字。

〔相對時〕「時」，諷諫作「間」。

〔不能〕盧校作「不可」。

〔笑欣欣〕「欣欣」，諷諫作「忻忻」。

〔笑中〕諷諫作「笑裏」。

〔不測人間〕「不」上敦煌本增「唯」字。「間」，盧校、諷諫俱作「心」。

〔笑是瞋〕「瞋」，敦煌本、汪本、盧校、諷諫俱作「嗔」。

秦吉了　哀冤民也

秦吉了，出南中，彩毛青黑花頸紅。耳聰心慧舌端巧，鳥語人言無不通。昨日長爪鳶，今朝大觜烏。鳶捎乳燕一窠覆，烏啄母雞雙眼枯。雞號墮地燕驚去，然後拾卵攫其鶵。豈無鵰與鶚？嗉中肉飽不肯搏。亦有鸞鶴羣，閑立高颺如不聞。秦吉了，人云爾是能言鳥，豈不見雞燕之冤苦？吾聞鳳凰百鳥主，爾竟不爲鳳凰之前致一言，安用噪噪閑言語！

【箋】

元白詩箋證稿：「詩中之鵰鶚，乃指憲臺京尹搏擊肅理之官，鸞鶴乃指省閣翰苑清要禁近之臣，秦吉了即指謂大小諫。是此篇所譏刺者至廣，而樂天尤憤慨於冤民之無告，言官之不言也。」

【校】

〔題〕此下小序，盧校作「哀冤民刺諫臣之蹇者」。岑校：「余按餘四十九首之序，均用『也』字煞脚，此題獨用『者』字，殊未能信。」

〔今朝〕馬本作「今日」，據宋本、汪本、全詩、樂府、盧校、諷諫改。

〔大觜烏〕「烏」，英華作「鳥」，非。元稹有大觜烏詩，白氏有和作。

〔鳶捎〕「捎」，諷諫訛作「梢」。

〔一窠〕「窠」，英華作「巢」。全詩注云：「一作『巢』。」

〔烏啄〕「啄」，諷諫訛作「琢」。

〔母雞〕「母」，馬本、樂府俱訛作「毋」，據宋本、汪本、全詩改正。

〔鷲去〕「鷲」，英華作「已」。全詩注云：「一作『已』。」

〔嗉中肉飽〕「肉」，馬本、那波本俱作「食」，據宋本、汪本、全詩、樂府、盧校、諷諫改。

〔高颺〕宋本、那波本、馬本、汪本俱作「颺高」，諷諫作「風高」。城按：全詩作「高颺」。盧校：「舊『颺高』誤。」據改。

〔人云〕「云」，盧校、諷諫俱作「言」。

〔豈不見〕「豈」，盧校、諷諫俱作「爾」。全詩注云：「一作『爾』。」

〔爾竟〕「竟」，諷諫訛作「意」。

〔致一言〕「言」，全詩注云：「一作『詞』。」

〔噪噪〕英華作「嗏嗏」，注云：「一作『喋喋』。」盧校、諷諫俱作「日噪」。汪本、全詩俱注云：「一作『嗏嗏』。」

鵶九劍　思決壅也

歐冶子死千年後，精靈暗授張鵶九。鵶九鑄劍吴山中，天與日時神借功。金鐵騰精火翻焰，踊躍求爲鏌鋣劍。劍成未試十餘年，有客持金買一觀。誰知閉匣長思用，三尺青蛇不肯蟠。客有心，劍無口，客代劍言告鵶九。君勿矜我玉可切，君勿誇我鍾可刜。不如持我決浮雲，無令漫漫蔽白日。爲君使無私之光及萬物，蟄蟲昭蘇萌草出。

【箋】

元白詩箋證稿云：「『歐冶子死千年』者，喻周衰秦興六義始刓，迄於樂天之時約有千年之久也。『張鵶九』者，樂天所以自喻。『鵶九鑄劍』者，樂天以喻其作新樂府欲扶起詩道之崩壞也。是取鵶九劍爲題，即指新樂府之作而言，亦可以推見矣。故此篇小序所云：『思決壅也。』結語所云：『不如持我決浮雲，無令漫漫蔽白日。爲君使無私之光及萬物，蟄蟲昭蘇萌草出。』實不僅爲此篇之主旨，新樂府五十首之作，其全部旨意亦在於斯。由此觀之，樂天此篇之作，乃總括叙述其前此四十八篇之主旨者也。」

〔張鵶九〕唐代江南著名之劍工。元稹説劍詩云：「今復誰人鑄？挺然千載後。既非古風壺，無乃近鵶九？」

【校】

〔題〕此下小序，諷諫作「惡決壅也」。

〔千年後〕「後」上諷諫有「死」字。

〔暗授〕「暗」，全詩作「闇」。「授」，諷諫訛作「受」。

〔張鵶九〕「張」，諷諫作「傳」。「鵶」下馬本注云：「於加切。」

〔鑄劍〕二字馬本誤倒，據宋本、那波本、汪本、英華、樂府、全詩、盧校、諷諫乙轉。

〔天與日時神〕盧校作「地與時辰俱」。諷諫作「物與時辰俱」。

〔劍成未試〕盧校作「斂芒不試」。

〔閉匣〕樂府作「開匣」。全詩「閉」下注云：「一作『開』。」

〔三尺青蛇不肯蟠〕盧校作「劍本無媒客肯言」。又「蟠」，諷諫作「言」。

〔客有心〕「心」下英華有「兮」字。

〔告鵶九〕「告」，英華、盧校、諷諫俱作「報」。全詩注云：「一作『報』。」

〔君勿矜我〕諷諫作「君勿驚」。

〔玉可切〕盧校作「犀可剸」。

〔君勿誇我〕諷諫作「君勿誇」。

〔爲君使〕盧校作「白日白」。

〔及萬物〕「及」，盧校作「照」。

〔萌草〕全詩「萌」下注云：「一作『芽』。」何校：「『芽』字從英華。黄校作『鑒』。」

采詩官　鑒前王亂亡之由也

采詩官，采詩聽歌導人言。言者無罪聞者誡，下流上通上下泰。周滅秦興至隋氏，十代采詩官不置。郊廟登歌讚君美，樂府豔詞悦君意。若求興諭規刺言，萬句千章無一字。不是章句無規刺，漸及朝廷絶諷議。諍臣杜口爲冗員，諫鼓高懸作虚器。一人負扆常端默，百辟入門兩自媚。夕郎所賀皆德音，春官每奏唯祥瑞。君之堂兮千里遠，君之門兮九重閟。君耳唯聞堂上言，君眼不見門前事。貪吏害民無所忌，奸臣蔽君無所畏。君不見，厲王胡亥之末年，羣臣有利君無利！君兮君兮願聽此，欲開壅蔽達人情，先向歌詩求諷刺！

【箋】

元白詩箋證稿云：「樂天新樂府五十篇，每篇皆以卒章顯其志。此篇乃全部五十篇之殿，亦所以標明其作五十篇之旨趣理想者也。」並參見白氏策林第六九採詩（卷六五）、進士策問五道之三（卷四七）、與元九書（卷四五）等文。唐宋詩醇卷二〇云：「末章總結『言者無罪聞者誡』一語，申明作詩之旨，隱然自附於三百篇之義也。」

【校】

〔題〕此下小序盧校作「鑒前政之由也」。諷諫作「鑒前王之由也」。

〔下流上通上下泰〕盧校作「上無失政下皆安」。諷諫作「上流下通上下安」。

〔豔詞〕「詞」，馬本作「調」，據宋本、那波本、汪本、樂府、全詩、諷諫改。全詩注云：「一作『調』。」

〔興諭〕「興」，馬本作「諷」，據宋本、那波本、汪本、樂府、盧校、全詩、諷諫改。全詩注云：「一作『諷』。」

〔不是章句〕「不是」，盧校作「如何」，諷諫作「自始」。

〔漸及〕「及」，盧校、諷諫俱作「恐」。

〔諫鼓高懸作〕盧校作「太常進樂爲」。

〔端默〕諷諫作「端然」。

〔兩自媚〕「兩」，馬本作「皆」，非。據各本改。全詩注云：「一作『皆』。」

〔夕郎所賀皆德音〕盧校作「夏廷磬鐸寂無聲」。諷諫作「夏郎所賀皆德音」。

〔重閟〕「閟」，盧校作「邃」。

〔堂上言〕「言」，諷諫作「音」。

〔無所畏〕盧校、諷諫俱作「無畏意」。

〔胡亥之末年〕「亥」下盧校、諷諫多「煬帝」二字，「末」作「季」。宋本「末」訛作「未」。汪本、全詩「胡亥」下俱注云：「一作『煬帝』。」

〔君無利〕「君」，諷諫作「若」。

〔壅蔽〕此下汪本注云：「一本作『君兮君兮若要除貪害開壅蔽』。」

〔達人情〕「達」，樂府作「遠」。全詩注云：「一作『遠』。」

白居易集箋校卷第五

閑適一　古調詩　凡五十三首

常樂里閑居偶題十六韻兼寄劉十五公輿王十一起吕二炅吕四潁崔十八玄亮元九稹劉三十二敦質張十五仲方時爲校書郎

帝都名利場，雞鳴無安居。獨有懶慢者，日高頭未梳。工拙性不同，進退迹遂殊。幸逢太平代，天子好文儒。小才難大用，典校在秘書。三旬兩入省，因得養頑疏。茅屋四五間，一馬二僕夫。俸錢萬六千，月給亦有餘。既無衣食牽，亦少人事拘。遂使少年心，日日常晏如。勿言無知己，躁靜各有徒。蘭臺七八人，出處與之俱。旬時阻談笑，旦夕望軒車。誰能讎校間，解帶卧吾廬。窗前有竹玩，門外有酒沽。何以待君子，數竿對一壺！

【箋】

作於貞元十九年（八〇三），三十二歲，長安，校書郎。見汪譜。何義門云：「白公本宏肆豔發之才，今欲迴易爲沖淡閑遠之音，則己長既有所不能盡，而常、柳佳處亦渺遠矣。白公之不能爲常、柳，猶常、柳之不能爲秦中吟、新樂府。白公諷諭四卷誠可獨出一時，若閑適、感傷八卷多至枯直無餘味，遠不逮柳子厚之五言也。」

〔常樂里〕在長安朱雀門街東第五街。見兩京城坊考卷三。白氏養竹記（卷四三）云：「貞元十九年春，居易以拔萃選及第，授校書郎，始於長安求假居處，得常樂里故關相國私第之東亭而處之。明日，履及于亭之東南隅，見叢竹於斯。」兩京城坊考卷三云：「樂天始至長安，與周諒等同居永崇里之華陽觀。至選授校書郎，乃居常樂里，蓋此爲卜宅之始也。」城按：白氏永貞元年作春中與盧四周諒華陽觀同居詩（卷十三）云：「杏壇住僻雖宜病，芸閣官微不救貧。」則居華陽觀在常樂里後，徐氏失考。

〔劉十五公輿〕新書卷七一上宰相世系表尉氏劉氏：京兆少尹昂孫、子之子公輿，祠部員外郎。又見郎官考卷二二。

〔王十一起〕字舉之。王播之弟。貞元十四年進士，釋褐集賢校理。見舊書卷一六四、新書卷一六七本傳。據居易元和二年所作之惜玉蕊花有懷集賢王校書起詩（卷十三），知是年起仍爲集賢校理。白氏又有禁中曉卧因懷王起居（卷五）、初除主客郎中知制誥與王十一李七元九三舍人中書同宿話舊感懷（卷十九）諸詩，其中之「王起居」、「王十一」，均指起也。

〔吕二炅〕吕四穎之兄。父名牧。白氏有和元九與吕二同宿話舊感贈詩（卷十四）云：「見君新贈吕君詩，憶得同年行樂時。」元稹吕三校書（城按：吕三爲吕二之訛）詩注云：「與吕校書同年科第後，爲别七年，元和己酉歲八月偶於陶化坊會宿。」城按：吕炅係元稹、白居易貞元十九年科第同年。見登科記考卷十五及岑仲勉唐人行第録。

〔吕四穎〕吕炅之弟。與元稹、白居易俱係貞元十九年科第同年。城按：吕穎，登科記考卷十五據元氏長慶集作「吕頻」，謂文苑英華誤作「吕穎」。岑仲勉登科記考訂補云：「元和姓纂及白氏長慶集五均作『穎』，余以爲此元集之訛耳。」元和姓纂四校記卷六説同。當以岑氏之説爲正。

〔崔十八玄亮〕字晦叔，山東磁州人。貞元十一年進士。解褐秘書省校書郎。見舊書卷一六五、新書卷一六四本傳及白氏唐故虢州刺史贈禮部尚書崔公墓誌銘（卷七〇）。城按：玄亮與白居易、元稹亦貞元十九年科第同年，見元集卷十六酬哥舒大少府寄同年科第詩自注。居易得湖州崔十八使君書喜與杭越鄰郡因成長句代賀兼寄微之詩（卷二三）云：「三郡何因此結緣，貞元科第忝同年。……吴興卑小君應屈，爲是蓬萊最後仙。」詩後原注云：「貞元初，同登科，崔君名最在後。」蓋即指貞元十九年之書判拔萃科。又按：登科記考崔玄亮進士題名凡兩見：一在貞元十一年，係據舊書本傳；一在貞元十六年，與居易同科。二者必有一重出，則貞元十六年有誤。惟白氏此詩注所云「貞元初」三字似亦微誤。白氏又有崔十八新池（卷二二）、聞崔十八宿予新昌敝宅時予亦宿崔家依仁新亭一宵偶同兩興暗合因而成詠聊以寫懷（卷二二）、答崔十八見寄（卷二七）、同崔十八寄元浙東王陝州（卷二七）、答崔十八（卷二七）、臨都驛送崔十八（卷二七）、雨中訪崔十八（外集卷上）等詩，其中之「崔十八」均指崔玄亮。

〔元九稹〕見卷一贈元稹及酬元九對新栽竹有懷見寄詩箋。

〔劉三十二敦質〕見卷一哭劉敦質詩箋。城按：那波本誤作「劉三十三」，今從宋紹興本。又白氏代書詩一百韻寄微之詩（卷十三）原注云：「劉三十二敦質，雅有儒風。」亦作「劉三十二」。

〔張十五仲方〕張仲方，字靖之。貞元中與李程同榜進士，釋褐集賢校理。舊書卷一七一、新書卷一二六有傳。城按：「仲方」原作「仲元」，蓋「方」字草書近「元」，「仲元」乃「仲方」之訛。白氏秋日與張賓客舒著作同遊龍門醉中狂歌凡百三十八字（卷二九）、張常侍相訪（卷二九）、贈皇甫六張十五李二十三賓客（卷三一）等詩中之「張賓客」、「張常侍」、「張十五賓客」均指仲方。

〔俸錢萬六千二句〕容齋五筆卷八：「白樂天仕宦，從壯至老，凡俸禄多寡之數，悉載於詩。雖波及它人，亦然。其立身廉清，家無餘積，可以概見矣。因讀其集，輒叙而列之。其爲校書郎曰：『俸錢萬六千，月給亦有餘。』……」

【校】

〔題〕「吕四潁」，宋本、汪本俱訛作「吕四頴」，馬本、全詩俱訛作「吕四頴」，據那波本改正。「崔十八玄亮」，宋本、那波本俱作「崔玄亮十八」。「劉三十二敦質」，那波本作「劉三十三敦質」，非。「張十五仲方」，各本俱訛作「張十五仲元」，今改正。説俱詳前箋。

〔迹遂殊〕「迹」，那波本作「亦」。

〔知己〕宋本、那波本俱誤作「已知」。

答元八宗簡同遊曲江後明日見贈

長安千萬人，出門各有營。唯我與夫子，信馬悠悠行。行到曲江頭，反照草樹明。南山好顔色，病客有心情。水禽翻白羽，風荷嫋翠莖。何必滄浪去，即此可濯纓。時景不重來，賞心難再并。坐愁紅塵裏，夕鼓鼕鼕聲。歸來經一宿，世慮稍復生。賴聞瑶華唱，再得塵襟清。

【箋】

約作於貞元十九年（八〇三）至永貞元年（八〇五），長安。

〔元八宗簡〕元宗簡，字居敬。新、舊唐書俱無傳。白氏故京兆元少尹文集序（卷六八）云：

「居敬姓元，名宗簡，河南人。自舉進士歷御史府、尚書郎訖京兆亞尹，凡二十年。」又其和元八侍御升平新居四絶句（卷十五）、潯陽歲晚寄元八郎中庾三十二員外（卷十七）、答元八郎中楊十二博士（卷十七）、和元少尹新授官（卷十九）、朝迴和元少尹絶句（卷十九）、重和元少尹（卷十九）、欲與元八卜鄰先有是贈（卷十五）諸詩中之「元八侍御」、「元八郎中」、「元少尹」、「元八」均指宗簡。元稹見人詠韓舍人新律詩因有戲贈詩「七字排居敬」原注云：「侍御八兄能爲七言絶句。」亦指宗簡。又張籍答元八遺紗帽、送元八及姚合和元八郎中秋居等詩，亦均指宗簡。

〔曲江〕見卷一杏園中棗樹詩箋。

【校】

〔稍復生〕「稍」，何校：「『稍』抄作『何』。」

感　時

朝見日上天，暮見日入地。不覺明鏡中，忽年三十四。勿言身未老，冉冉行將至。白髮雖未生，朱顔已先悴。人生詎幾何？在世猶如寄。雖有七十期，十人無一二。今我猶未悟，往往不適意。胡爲方寸間，不貯浩然氣？貧賤非不惡，道在何足避？富貴非不愛，時來當自致。所以達人心，外物不能累。唯當飲美酒，終日陶陶醉。斯言勝金玉，佩服無失墜。

【箋】

作於永貞元年（八〇五），三十四歲，長安，校書郎。見陳譜及汪譜。陳譜永貞元年乙酉：「有感時詩云：『不覺明鏡中，忽年三十二。』」城按：「二」爲「四」字之訛。

【校】

〔自致〕「致」，馬本訛作「至」，據宋本、那波本、汪本、全詩改正。

首夏同諸校正遊開元觀因宿玩月

我與二三子，策名在京師。官小無職事，閑於爲客時。沉沉道觀中，心賞期在兹。到門車馬迴，入院巾杖隨。清和四月初，樹木正華滋。風清新葉影，鳥戀殘花枝。向夕天又晴，東南餘霞披。置酒西廊下，待月盃行遲。須臾金魄生，若與吾徒期。光華一照耀，殿角相參差。終夜清景前，笑歌不知疲。長安名利地，此興幾人知？

【箋】

作於永貞元年（八〇五），三十四歲，長安，校書郎。見汪譜。

〔開元觀〕在長安朱雀門街西第一街道德坊。長安志卷九：「開元觀本秦王浩宅。景雲元年，置道士觀。開元五年，金仙公主居之，改爲女冠觀。十年，改爲開元觀。」兩京城坊考卷四：「名畫記：開元觀有楊廷光、楊仙喬畫。按白氏長慶集詩注云：『開元觀西北院即隋時龍村，佛堂有古柏一株，至今存焉。』」

【校】

〔新葉〕「新」，馬本作「寒」，據宋本、那波本、汪本、全詩改。全詩注云：「一作『寒』。」

〔鳥戀〕「戀」，宋本、何校俱作「思」。全詩注云：「一作『思』。」

〔殿角〕宋本、那波本、盧校俱作「樓殿」。汪本、全詩俱注云：「一作『樓殿』。」

永崇里觀居

季夏中氣候，煩暑自此收。蕭颯風雨天，蟬聲暮啾啾。永崇里巷静，華陽觀院幽。軒車不到處，滿地槐花秋。年光忽冉冉，世事本悠悠。何必待衰老，然後悟浮休！真隱豈長遠，至道在冥搜。身雖世界住，心與虛無遊。朝飢有蔬食，夜寒有布裘。幸免凍與餒，此外復何求！寡欲雖少病，樂天心不憂。何以明吾志？周易在床頭。

【箋】

作於永貞元年（八〇五），三十四歲，長安，校書郎。見汪譜。

〔永崇里觀〕即宗道觀，又名華陽觀。在長安朱雀門街東第三街永崇坊。兩京城坊考卷三：「本興信公主宅，賣與劍南節度使郭英乂（城按：長安志卷八誤作鄭英乂），其後入宫。大曆十二年，爲華陽公主造福，立爲觀。」全詩卷三四九歐陽詹玩月詩序：「貞元十二年，甌閩君子陳可封游在秦，寓於永崇里華陽觀。」白氏春題華陽觀詩（卷十三）自注：「觀即華陽公主故宅，有舊内人存焉。」又有華陽觀桃花時招李六拾遺飲（卷十三）、華陽觀中八月十五日夜招友玩月（卷十三）、春中與盧四周諒華陽觀同居（卷十三）、重到華陽觀舊居（卷十五）等詩。又策林序（卷六二）云：「元和初，予罷校書郎，與元微之將應制舉，退居於上都華陽觀，閉户累月，揣摩當代之事，構成策目七十五門。」

【校】

〔世界〕「界」下全詩注云：「一作『間』。」

〔涷與餒〕「餒」，宋本、盧校俱作「餧」。何校：「『餒』，宋刻誤作『餧』，二王帖中亦有書『餧』作『餒』者。」城按：「餒」同「餧」，漢書魏相傳云：「爲民貧窮發倉廩，賑乏餧。」顔師古注：「餧，餓也。」何校、盧校俱非。

早送舉人入試

夙駕送舉人，東方猶未明。自謂出太早，已有車馬行。騎火高低影，街鼓參差聲。可憐早朝者，相看意氣生。日出塵埃飛，羣動互營營。營營各何求？無非利與名。而我常晏起，虚住長安城。春深官又滿，日有歸山情。

【箋】

作於永貞元年（八〇五），三十四歲，長安，校書郎。

招王質夫　自此後詩爲盩厔尉時作。

濯足雲水客，折腰簪笏身。諠閑跡相背，十里别經旬。忽因乘逸興，莫惜訪囂塵。窗前故栽竹，與君爲主人。

【箋】

作於元和元年（八〇六），三十五歲，盩厔，盩厔尉。見汪譜。

〔王質夫〕山東琅邪人，隱居於盩厔城南仙遊寺薔薇澗。陳鴻長恨歌傳：「元和元年冬十二月，太原白樂天自校書郎尉於盩厔，鴻與琅邪王質夫家于是邑。暇日相攜遊仙遊寺，話及此事，相與感歎。」白氏又有祗役駱口因與王質夫同遊秋山偶題三韻（本卷）、翰林院中感懷王質夫（卷九）、寄王質夫（卷十一）、哭王質夫（卷十一）、期李二十文略王十八質夫不至獨宿仙遊寺（卷十三）諸詩。哭王質夫詩云：「仙遊寺前別，別來十年餘。」城按：此詩白氏元和十五年作於忠州，則知王質夫卒於元和十五年之前。

〔窗前故栽竹二句〕何義門云：「看竹何須主人，翻用得活。」

祗役駱口因與王質夫同遊秋山偶題三韻

石擁百泉合，雲破千峯開。平生烟霞侶，此地重徘徊。今日勤王意，一半爲山來。

【箋】

作於元和二年（八〇七），三十六歲，駱口，盩厔尉。見汪譜。

〔駱口〕駱谷口。在盩厔縣南。關中勝蹟圖志卷二：「駱谷在盩厔縣西南三十里。」並參見清統志西安府。

〔王質夫〕見本卷招王質夫詩箋。

見蕭侍御憶舊山草堂詩因以繼和

琢玉以爲架，綴珠以爲籠。玉架絆野鶴，珠籠鎖冥鴻。鴻思雲外天，鶴憶松上風。珠玉信爲美，鳥不戀其中。臺中蕭侍御，心與鴻鶴同。晚起慵冠豸，閑行厭避驄。昨見憶山詩，詩思浩無窮。歸夢杳何處？舊居茳水東。秋閑杉桂林，春老芝朮叢。自云別山後，離抱常忡忡。衣繡非不榮，持憲非不雄。所樂不在此，悵望草堂空！

【箋】

作於元和二年（八〇七），三十六歲，盩厔，盩厔尉。見汪譜。

〔蕭侍御〕名未詳。與卷九祇役駱口驛喜蕭侍御書至兼覩新詩吟諷通宵因寄八韻、卷十三和王十八薔薇花時有懷蕭侍御兼見贈詩中之「蕭侍御」，當爲一人。

【校】

〔題〕「因以繼和」四字，馬本作「因和以寄」，據宋本、那波本、汪本、全詩改。

〔茳水〕那波本作「洛水」。何校：「『茳水』，未詳。」

病假中南亭閑望

欹枕不視事，兩日門掩關。始知吏役身，不病不得閑。閑意不在遠，小亭方丈間。西簷竹梢上，坐見太白山。遥愧峯上雲，對此塵中顔。

【箋】

作於元和二年（八〇七），三十六歲，盩厔，盩厔尉。見汪譜。

〔南亭〕在盩厔縣官舍内。

〔太白山〕長安志卷十四武功：「太白山：三秦記曰：太白山在縣南，去長安二百里，不知高幾許。……水經注曰：太白山南連武功山，於諸山中最爲秀傑，冬夏積雪，望之皓然。」

仙遊寺獨宿

沙鶴上階立，潭月當户開。此中留我宿，兩夜不能迴。幸與静境遇，喜無歸侶催。從今獨遊後，不擬共人來。

【箋】

作於元和二年（八〇七），三十六歲，盩厔，盩厔尉。見汪譜。

〔仙遊寺〕在盩厔城南仙遊山。見長安志卷十八。又長安勝蹟圖志卷七：「仙遊寺在盩厔縣南三十里仙遊潭。明王九思遊終南山記：仙遊寺榜曰普緣，蓋此地故有仙遊宮，因以名寺。」白氏有禁中寓直夢遊仙遊寺（本卷）、期李二十文略王十八質夫不至獨宿仙遊寺（卷十三）、送王十八歸山寄題仙遊寺（卷十四）等詩。

前庭涼夜

露簟色似玉，風幌影如波。坐愁樹葉落，中庭明月多。

【箋】

作於元和二年（八〇七），三十六歲，盩厔，盩厔尉。

【校】

〔題〕「庭」下全詩注云：「一作『亭』。」

官舍小亭閑望

風竹散清韻，烟槐凝綠姿。日高人吏去，閑坐在茅茨。葛衣禦時暑，蔬飯療朝飢。持此聊自足，心力少營爲。亭上獨吟罷，眼前無事時。數峯太白雪，一卷陶潛詩。人心各自是，我是良在兹。迴謝争名客，甘從君所嗤。

【箋】

作於元和二年（八〇七），三十六歲，盩厔，盩厔尉。唐宋詩醇卷二一：「太白雪，陶潛詩，隨意所會，綴而成文，不相合而相合。」

〔官舍〕盩厔尉官舍。

〔太白〕太白山。見本卷病假中南亭閑望詩箋。

【校】

〔所嗤〕「嗤」，馬本、汪本俱訛作「嗤」，據宋本、那波本、何校改正。

早秋獨夜

井梧涼葉動，隣杵秋聲發。獨向簷下眠，覺來半床月。

【箋】

作於元和二年（八〇七），三十六歲，盩厔，盩厔尉。

【校】

〔井梧〕「梧」，宋本、那波本俱作「桐」。汪本、全詩俱注云：「一作『桐』。」

聽彈古淥水　琴曲名。

聞君古淥水，使我心和平。欲識慢流意，爲聽疏汎聲。西窗竹陰下，竟日有餘清。

【箋】

作於元和二年（八〇七），三十六歲，盩厔，盩厔尉。見汪譜。

【校】

〔題〕此下那波本無小注。

松齋自題　時爲翰林學士。

非老亦非少，年過三紀餘。非賤亦非貴，朝登一命初。才小分易足，心寬體長舒。充腸皆美食，容膝即安居。況此松齋下，一琴數帙書。書不求甚解，琴聊以自娛。夜直入君門，晚歸卧吾廬。形骸委順動，方寸付空虛。持此將過日，自然多晏如。昏昏復默默，非智亦非愚。

【箋】

作於元和三年（八〇八），三十七歲，長安，左拾遺、翰林學士。見汪譜。

冬夜與錢員外同直禁中

夜深草詔罷，霜月淒凛凛。欲卧煖殘盃，燈前相對飲。連鋪青縑被，對置通中枕。髣髴百餘宵，與君同此寢。

【箋】

作於元和三年（八〇八），三十七歲，長安，左拾遺、翰林學士。

〔錢員外〕錢徽。舊書卷一六八、新書卷一七七有傳。丁居晦重修承旨學士壁記：「錢徽，元和三年八月二十六日，自祠部員外郎充。」舊書本傳云：「元和初入朝，三遷祠部員外郎，召充翰林學士。」新書本傳云：「入拜左補闕，以祠部員外郎爲翰林學士。」城按：居易元和二年十一月六日入院，故此時二人同在翰林，此詩當作於元和三年十月以後。白氏又有和錢員外禁中夙興見示

（本卷）、和錢員外答盧員外早春獨遊曲江見寄長句（卷十二）、同錢員外題絕糧僧巨川（卷十四）、絕句代書贈錢員外（卷十四）、杏園花落時召錢員外同醉（卷十四）、同錢員外禁中夜直（卷十四）諸詩，均作於此一時期。

〔禁中〕雍録卷二：「成帝永始四年，未央宮東司馬門災。案：此即是宮門。四面皆有司馬門，自司馬門内則爲禁中。孝元之后父名禁，避諱改禁中爲省中。禁者，有所禁止也。省者，察也。漢制：宮於禁中者，皆有二尺竹籍記人之年名字物色垂之宮門，案省相應乃得入也。」

和錢員外禁中夙興見示

窗白星漢曙，窗暖燈火餘。坐卷朱裏幕，看封紫泥書。窅窅鍾漏盡，曈曈霞景初。樓臺紅照耀，松竹青扶疏。君愛此時好，迴頭時謂余。不知上清界，曉景復何如？

【箋】

作於元和三年（八〇八），三十七歲，長安，左拾遺、翰林學士。

〔錢員外〕見本卷冬夜與錢員外同直禁中詩箋。

【校】

〔鍾漏盡〕「鍾」，全詩作「鐘」，古字通。

〔照耀〕「耀」，宋本、那波本、全詩俱作「曜」。

〔時謂〕「時」，全詩作「特」，注云：「一作『時』。」

夏日獨直寄蕭侍御

憲臺文法地，翰林清切司。鷹猜課野鶴，驥德責山麋。課責雖不同，同歸非所宜。是以方寸内，忽忽暗相思。夏日獨上直，日長何所爲？澹然無他念，虚静是吾師。形委有事牽，心與無事期。中臆一以曠，外累都若遺。地貴身不覺，意閑境來隨。但對松與竹，如在山中時。情性聊自適，吟詠偶成詩。此意非夫子，餘人多不知！

【箋】

作於元和三年（八〇八），三十七歲，長安，左拾遺，翰林學士。

〔蕭侍御〕與本卷見蕭侍御憶舊山草堂詩因以繼和詩中之「蕭侍御」同爲一人。

松聲 修行里張家宅南亭作。

月好好獨坐，雙松在前軒。西南微風來，潛入枝葉間。蕭寥發爲聲，半夜明月前。寒山颯颯雨，秋琴泠泠絃。一聞滌炎暑，再聽破昏煩。竟夕遂不寐，心體俱翛然。南陌車馬動，西隣歌吹繁。誰知茲簷下，滿耳不爲喧？

【箋】

約作於元和三年（八〇八）至元和五年（八一〇），長安。

〔修行里〕此詩原注云：「修行里張家宅南亭作。」城按：修行里在長安朱雀門街東第四街，本名修華，武太后時，避諱改修行坊。景雲元年復舊，後又改之。見兩京城坊考卷三。

【校】

〔題〕此下小注「修行里」，馬本、汪本俱誤作「修竹里」，據宋本、全詩改正。詳前箋。又那波本無小注。

禁中

門嚴九重静，窗幽一室閑。好是修心處，何必在深山？

【箋】約作於元和三年（八〇八）至元和五年（八一〇），長安。

〔禁中〕見本卷冬夜與錢員外同直禁中詩箋。

贈吴丹

巧者力苦勞，智者心苦憂。愛君無巧智，終歲閑悠悠。嘗登御史府，亦佐東諸侯。手操糺謬簡，心運決勝籌。宦途似風水，君心如虚舟。汎然而不有，進退得自由。今來脱豸冠，時往侍龍樓。官曹稱心静，居處隨跡幽。冬負南榮日，支體甚温柔。夏卧北窗風，枕席如涼秋。南山入舍下，酒甕在床頭。人間有閑地，何必隱林丘？顧我愚且昧，勞生殊未休。一入金門直，星霜三四周。主恩信難報，近地徒久留。終當乞閑官，退與夫子遊。

【箋】作於元和五年（八一〇），三十九歲，長安，左拾遺、翰林學士。見汪譜。元集卷六有和樂天贈吴丹詩。

〔吴丹〕字真存。貞元十六年白居易同榜進士。歷官正字，監察御史，殿中侍御史，水部、庫部員外郎，駕部郎中，饒州刺史等。卒於寶曆元年六月。見白氏故饒州刺史吴府君神道碑銘（卷六九）及登科記考卷十四。白氏又有酬吴七見寄（卷六）、留别吴七正字（卷十三）、吴七郎中山人待制班中偶贈絶句（卷十九）、聽水部吴員外新詩因贈絶句（卷十五）等詩，均係酬吴丹之作。

【校】

〔苦勞〕英華作「若勞」，「若」下并注云：「集作『苦』。」全詩「苦」下注云：「一作『若』。」

〔苦憂〕英華作「若愁」，「若」下注云：「集作『苦』。」全詩「苦」下注云：「一作『若』。」「憂」下注云：「一作『愁』。」汪本注云：「英華作『巧者力若勞，智者心若愁』。」

〔糺謬〕「糺」，汪本、全詩俱作「糾」，字通。

〔南榮〕「榮」，馬本、汪本俱作「簷」，據宋本、那波本、英華、全詩改。汪本注云：「一作『榮』。」全詩注云：「一作『檐』。」

〔金門〕英華作「君門」。

初除户曹喜而言志

詔授户曹掾，捧詔感君恩。感恩非爲己，禄養及吾親。弟兄俱簪笏，新婦儼衣巾。羅列高堂下，拜慶正紛紛。俸錢四五萬，月可奉晨昏。廩禄二百石，歲可盈倉囷。喧喧車馬來，賀客滿我門。不以我爲貪，知我家内貧。置酒延賀客，客容亦歡欣。笑云今日後，不復憂空罇。答云如君言，願君少逡巡。我有平生志，醉後爲君陳。人生百歲期，七十有幾人？浮榮及虚位，皆是身之賓。唯有衣與食，此事粗關身。苟免飢寒外，餘物盡浮雲。

【箋】

作於元和五年（八一〇），三十九歲，長安，京兆户曹參軍、翰林學士。見汪譜。元集卷六有和樂天初授户曹喜而言志詩。城按：白氏是年五月五日自左拾遺除京兆户曹參軍。

〔俸錢四五萬四句〕岑仲勉翰林學士壁記注補：「錢氏考異六〇云：唐時翰林學士無品秩，但爲差遣，故常帶它官，支其俸給。公輔本以左拾遺入翰林，歲滿改官，乃兼京兆户曹參軍。元和初，白居易亦以左拾遺爲翰林學士，及當改官，引公輔例除京兆户曹參軍。蓋拾遺雖爲兩省供奉官，秩止從八品，京府參軍秩正七品，俸給較厚，故恬退者喜居之。居易爲左拾遺賦詩云：歲愧俸錢三十萬。及兼户曹賦詩云：俸錢四五萬，月可奉晨昏，廩禄二百石，歲可盈倉囷。此實録也。余按秩滿升遷，俸給自必較厚，此無待言，錢氏所論，猶未得竅。蓋拾遺秩滿，常轉補闕（如韋弘景、李紳），秩從七品上。其優超者可得員外（如趙宗儒），秩從六品上。既不優超，則循例升轉，不過補闕等類，亦是冷官。且唐人輕外重内，外補秩可稍高，外官禄亦較厚，此急於濟貧者所以求外不求内也。」城按：南部新書戊集云：「京兆户曹月俸一百八索，故謂之念珠曹。」所記與白詩有異，或時間先後不同也。

【校】

〔捧詔〕「詔」，馬本、汪本、全詩俱作「詔」，非。據宋本、那波本、盧校改正。

〔少逡巡〕「少」，那波本作「小」。

秋居書懷

門前少賓客，階下多松竹。秋景下西牆，涼風入東屋。有琴慵不弄，有書閑不讀。盡日方寸中，澹然無所欲。何須廣居處，不用多積蓄。丈室可容身，斗儲可充腹。況無治道術，坐受官家禄。不種一株桑，不鋤一壠穀。終朝飽飯食，卒歲豐衣服。持此知愧心，自然易爲足。

【箋】

作於元和五年（八一〇），三十九歲，長安，京兆户曹參軍、翰林學士。城按：白氏早年所作村居苦寒詩（卷一）云：「乃知大寒歲，農者尤苦辛。顧我當此日，草堂深掩門。褐裘覆絁被，坐卧有餘温。幸免飢凍苦，又無壠畝勤。念彼深可愧，自問是何人！」新製布裘詩（卷一）云：「中夕忽有念，撫裘起逡巡。丈夫貴兼濟，豈獨善一身？安得萬里裘，蓋裹周四垠？穩暖皆如我，天下無寒人。」晚年所作之新沐浴詩（卷三六）云：「形適外無恙，心恬内無憂。夜來新沐浴，肌髮舒且柔。……半酣半飽時，四體春悠悠。是月歲陰暮，慘冽天地愁。白日冷無光，黄河凍不流。何處征戍行？何人羈旅遊？窮途絶糧客，寒獄無燈囚。勞生彼何苦！遂性我何優！撫心但自愧，孰知其所由？」此種一貫之「兼濟」思想，集中比比皆是，均可與白氏此詩相參證。

【校】

〔容身〕那波本作「寄身」。

〔飯食〕「食」，那波本、汪本、全詩俱作「飡」。

〔豐衣服〕「服」，那波本作「食」，非。

禁中曉卧因懷王起居

遲遲禁漏盡，悄悄暝鴉喧。夜雨槐花落，微涼卧北軒。曙燈殘未滅，風簾閑自翻。每得一静境，思與故人言。

【箋】作於元和五年（八一〇），三十九歲，長安，左拾遺、翰林學士。

〔王起居〕王起。起元和初官起居郎，在爲殿中侍御史之後。見舊書卷一六二本傳及本卷白氏常樂里閑居偶題十六韻兼寄劉十五公輿王十一起……時爲校書郎詩箋。

【校】〔得一〕宋本、那波本、全詩俱作「一得」，全詩注云：「一作『得一』。」

養拙

鐵柔不爲劍，木曲不爲轅。今我亦如此，愚蒙不及門。甘心謝名利，滅跡歸丘園。坐卧茅茨中，但對琴與罇。身去韁鎖累，耳辭朝市諠。逍遥無所爲，時窺五千言。無憂樂性場，寡欲清心源。始知不才者，可以探道根。

【箋】約作於元和六年（八一一）至元和九年（八一四），長安。

【校】〔與罇〕「罇」，汪本、全詩俱作「尊」。城按：尊爲罇、樽之本字。

〔逍遥〕「逍」，宋本、那波本俱作「迢」，非。

寄李十一建

外事牽我形，外物誘我情。李君别來久，褊吝從中生。憶昨訪君時，立馬扣柴荆。有時君未起，稚子喜先迎。連步笑出門，衣翻冠或傾。掃階苔紋緑，拂榻藤陰清。家醖及春熟，園葵乘露烹。看山東亭坐，待月南原行。門静唯鳥語，坊遠少鼓聲。相對盡日言，不及利與名。分手來幾時？明月三四盈。别時殘花落，及此新蟬鳴。芳歲忽已晚，離抱悵未平。豈不思命駕？吏職坐相縈。前時君有期，訪我來山城。心賞久云阻，言約無自輕。相去幸非遠，走馬一日程。

【箋】

約作於元和元年（八〇六）至元和二年（八〇七），盩厔，盩厔尉。

〔李十一建〕李建，字杓直。舉進士，授秘書省校書郎。德宗聞其名，擢爲左拾遺、翰林學士。長慶元年卒，贈工部尚書。見舊書卷一五五、新書卷一六二本傳及白氏有唐善人墓碑（卷四一）、元稹唐故中大夫尚書刑部侍郎上柱國隴西縣開國男贈工部尚書李公墓誌銘。城按：墓碑及墓誌銘均作長慶元年二月二十三日卒。舊書本傳作「長慶二年二月卒」，誤。白氏又有別李十一後重寄（卷十）、同李十一醉憶元九（卷十四）、聞李十一出牧澧州崔二十二出牧果州因寄絶句（卷十六）、曲江憶李十一（卷十九）諸詩，均係酬李建之作。

〔東亭〕白氏題李十一東亭詩（卷十三）：「惆悵東亭風月好，主人今夜在鄜州。」據此則東亭當在長安李建宅中。

【校】

〔題〕宋本、盧校「建」字俱爲小注。

〔苔紋〕「紋」，宋本、那波本俱作「文」。

旅次華州贈袁右丞

渭水綠溶溶，華山青崇崇。山水一何麗，君子在其中。才與世會合，物隨誠感通。德星降人福，時雨助歲功。化行人無訟，囹圄千日空。政順氣亦和，黍稷三年豐。客自帝城來，驅馬出關東。愛此一郡人，如見太古風。方今天子心，憂人正忡忡。安得天下守，盡得如袁公？

【箋】

約作於貞元十七年（八〇一）至貞元十九年（八〇三），華州。

〔華州〕雍録卷六：「華州在長安東一百八十里，治鄭縣。」新書地理志：「華州華陰郡：上輔，義寧元年析京兆之鄭、華陰置。」

〔袁右丞〕華州刺史袁滋。舊書卷一八五下本傳：「貞元十九年，韋皋始通西南蠻夷。……（滋）以本官兼御史中丞、持節充入南詔使。未行，遷祠部郎中，使如故。來年夏，使還，擢爲諫議大夫。俄拜尚書右丞，知吏部選事，出爲華州刺史、兼御史中丞、潼關防禦使、鎮國軍使。……徵拜金吾衛大將軍。……楊於陵代其任。……上始監國，與杜黄裳俱爲相，拜中書侍郎平章事。」城按：新書卷一五一本傳不著袁滋何年爲華州刺史。舊書卷十三德宗紀：「（貞元十六年三月）壬子，以尚書右丞袁滋爲華州刺史。」紀與傳不合。又舊書卷一六四楊於陵傳云：「貞元末，實輩敗，遷於陵爲華州刺史。」舊書卷十四憲宗紀：「（永貞元年十月）丙午，以華州刺史楊於陵爲越州刺史、浙東觀察使。」考貞元二十一年二月辛酉李實自京兆尹貶爲通州長史，則於陵繼袁滋爲華州刺史亦必在此時。白氏此詩云：「德星降人福，時雨助歲功。……政順氣亦和，黍稷三年豐。」可知必作於袁滋刺華州已滿三年之時。花房英樹繫此詩於永貞元年，非是。又按：金石萃編卷一〇四所載軒轅鑄鼎原銘爲袁滋所書，追樹十八代祖晉司空河東太守猗氏侯太原王公神道碑爲袁滋篆額，此兩碑均建於貞元十七年滋爲華州刺史時，以此證之，當以紀作十六年爲是，而傳作二十年使南詔後誤也。岑仲勉貞石證史詳考之，可參閱。又白氏有得袁相書詩（卷十四），亦係酬袁滋之作。

〔渭水〕清統志同州府一：「渭水在大荔縣南，自西安府渭南縣流入，與華州分界。又東逕華陰縣北入河。……華州志：渭水在州北十二里。華陰縣志：渭水在縣北十五里。」

酬楊九弘貞長安病中見寄

伏枕君寂寂，折腰我營營。所嗟經時别，相去一宿程。攜手昨何時？昆明春水平。離郡來幾日？太白夏雲生。之子未得意，貧病客帝城。貧堅志士節，病長高人情。隱几自恬淡，閉門無送迎。龍卧心有待，鶴瘦貌彌清。清機發爲文，投我如振瓊。何以慰飢渴？捧之吟一聲。

【箋】

作於元和元年（八〇六），三十五歲，盩厔，盩厔尉。

〔楊九弘貞〕生平未詳。白氏見楊弘貞詩賦因題絶句以自諭詩（卷十五）云：「賦句詩章妙入神，未年三十即無身。常嗟薄命形顦顇，若比弘貞是幸人。」知其早逝，約卒於元和初。白氏又有傷楊弘貞詩（卷九）。

【校】〔昆明〕昆明池。見卷三昆明春水滿詩箋。

〔隱几〕〔几〕，宋本、那波本俱作「机」，字通。

禁中寓直夢遊仙遊寺

西軒草詔暇，松竹深寂寂。月出清風來，忽似山中夕。因成西南夢，夢作遊仙客。覺聞宮漏聲，猶謂山泉滴。

【箋】約作於元和三年（八〇八）至元和六年（八一一）。唐宋詩醇卷二一：「酷似摩詰。」

〔仙遊寺〕見本卷仙遊寺獨宿詩箋。

【校】〔題〕「寓」，馬本作「偶」，據宋本、那波本、汪本、全詩改。全詩注云：「一作『偶』。」

贈王山人

聞君減寢食，日聽神仙説。暗待非常人，潛求長生訣。言長本對短，未離生死轍。假使得長生，才能勝夭折。松樹千年朽，槿花一日歇。畢竟共虚空，何須誇歲月！彭生徒自異，生死終無别。不如學無生，無生即無滅。

【箋】

約作於元和六年（八一一）至元和九年（八一四）。

〔王山人〕王質夫。隱居於盩厔城南仙遊寺薔薇澗。白氏有和王十八薔薇澗花時有懷蕭侍御兼見贈詩（卷十三）。參見本卷招王質夫詩箋。

〔暗待〕「暗」，全詩作「闇」，字通。

〔彭生〕汪本、全詩俱作「彭殤」。盧校：「當作『殤』。」城按：盧校是。

秋山

久病曠心賞，今朝一登山。山秋雲物冷，稱我清羸顔。白石卧可枕，青蘿行可攀。意中如有得，盡日不欲還。人生無幾何，如寄天地間。心有千載憂，身無一日閑。何時解塵網，此地來掩關？

【箋】

約作於元和五年（八一〇）至元和六年（八一一）。

贈能七倫

澗松高百尋，四時寒森森。臨風有清韻，向日無曲陰。如何時俗人，但賞桃李林？豈不知堅貞？芳馨誘其心。能生學爲文，氣高功亦深。手中一百篇，句句披沙金。苦節二十年，無人振陸沉。今我尚貧賤，徒爲爾知音！

【箋】約作於元和五年（八一〇）至元和六年（八一一）。

【校】〔題〕「倫」字宋本爲小注。

題楊穎士西亭

静得亭上境，遠諧塵外蹤。憑軒東南望，鳥滅山重重。竹露冷煩襟，杉風清病容。曠然宜真趣，道與心相逢。即此可遺世，何必蓬壺峯。

【箋】

約作於元和五年（八一〇）至元和六年（八一一），長安。

〔楊潁士〕汝士、虞卿之從兄弟。舊書卷一六六白居易傳：「楊潁士、楊虞卿與宗閔善，居易妻，潁士從父妹也。」岑仲勉唐史餘瀋卷三：「居易之妻，於潁士、虞卿均爲從父妹，依新書七一下宰相表推之，則潁士、居易妻與虞卿一支，同爲燕客之孫而各不同出者，但表於燕客衹列子審、寧兩人，應有遺漏，潁士是否審子，亦未之知。……潁士，舊書岑刊校記五五云：『聞本，潁作頴。』按：『頴』即『潁』俗字，白集五題楊潁士西亭詩，同集九别楊潁士詩，字亦作『潁』，但汝士之弟，尚有漢公、殷士（後改魯士），其羣從汝、虞、漢、殷、魯均以地爲名，則潁士之『潁』，似當從水。古誌石華九郭思謨誌，『潁叔』作『潁叔』，唐人常不爲嚴格區别也。」城按：岑氏説是，「潁士」當作「潁士」。又按：唐史餘瀋所引白集兩詩，各本及全詩俱作「潁士」，未知岑氏何據？或誤書也。

【校】

〔題〕「潁」，馬本訛作「隱」，宋本、那波本、汪本、全詩俱作「頴」，蓋「頴」之俗字，據改。全詩注云：「一作『隱』。」亦非。詳前箋。

〔東南望〕宋本、那波本俱作「東望好」。全詩注云：「一作『東望好』。」

〔宜真〕「宜」，那波本作「冥」。

題贈鄭秘書徵君石溝溪隱居

鄭生嘗隱天台，徵起而仕。今復謝病，隱於此溪中。

鄭君得自然，虛白生心胸。吸彼沆瀣精，凝爲冰雪容。大君貞元初，求賢致時雍。蒲輪入翠微，迎下天台峯。赤城別松喬，黄閣交夔龍。俛仰受三命，從容辭九重。出籠鶴翩翩，歸林鳳噰噰。在火辨良玉，經霜識貞松。新居寄楚山，山碧溪溶溶。丹竈燒烟煴，黄精花豐茸。蕙帳夜琴淡，桂樽春酒濃。時人不到處，苔石無塵蹤。我今何爲者？趨世身龍鍾。不向林壑訪，無由朝市逢。終當解纓綱，卜築來相從。

【箋】約作於元和五年（八一〇）至元和六年（八一一），長安。

〔在火辨良玉〕白氏答友問詩（卷一）云：「置鐵在洪鑪，鐵消易如雪。良玉同其中，三日燒不熱。君疑才與德，詠此知優劣。」又放言五首詩（卷十五）之三云：「試玉要燒三日滿，辨材須待七年期。」自注云：「真玉燒三日不熱。」均可與此詩相參證。城按：吕氏春秋士容高誘注云：「鍾山之玉，燔以爐炭，三日三夜，色澤不變。」當爲白詩所本。

【校】

〔題〕此下小注馬本脱「溪中」二字，據宋本、全詩補。那波本無注。

〔沆瀣〕馬本「沆」下注云：「何黨切。」「瀣」下注云：「奚介切。」

〔時雍〕「雍」，那波本作「邕」，字通。城按：文選班固西都賦李善注引蔡邕獨斷亦作「蔡雍」，蓋「雍」乃「雝」之隸變字，與邕通用。

〔桂樽〕「樽」，汪本、全詩俱作「尊」。城按：尊爲樽之本字。

〔纓網〕馬本、汪本、全詩俱作「塵纓」，據宋本、那波本、盧校改。汪本、全詩「纓」下俱注云：「一作『網』。」

及第後歸覲留别諸同年

十年常苦學，一上謬成名。擢第未爲貴，賀親方始榮。時輩六七人，送我出帝城。軒車動行色，絲管舉離聲。得意减别恨，半酣輕遠程。翩翩馬蹄疾，春日歸鄉情。

【箋】

作於貞元十六年（八〇〇），二十九歲，長安。見陳譜及汪譜。陳譜貞元十六年庚辰：「二月十四日，中書舍人高郢下第四人及第。……及第後有留別同年詩云：『及第未爲貴，拜親方始榮。』」城按：據此詩，居易是年春進士及第後即歸洛陽。

清夜琴興

月出鳥栖盡，寂然坐空林。是時心境閑，可以彈素琴。清泠由木性，恬淡隨人心。心積和平氣，木應正始音。響餘羣動息，曲罷秋夜深。正聲感元化，天地清沉沉。

【箋】

約作於元和六年（八一一）至元和八年（八一三），下邽。

【校】

〔題〕英華作「聽琴」。全詩題下注云：「一作『聽琴』。」

〔鳥栖盡〕「鳥」，英華作「烏」。「栖」，全詩作「棲」，乃「栖」之或字。

〔心境〕「境」，英華作「景」。

〔清泠〕「泠」，那波本、英華俱作「冷」，非。

效陶潛體詩十六首 并序

余退居渭上，杜門不出，時屬多雨，無以自娱。會家醖新熟，雨中獨飲，往往酣醉，終日不醒。懶放之心，彌覺自得。故得於此而有以忘於彼者，因詠陶淵明詩，適與意會，遂傚其體，成十六篇。醉中狂言，醒輒自哂，然知我者，亦無隱焉。

不動者厚地，不息者高天。無窮者日月，長在者山川。松柏與龜鶴，其壽皆千年。嗟嗟羣物中，而人獨不然。早出向朝市，暮已歸下泉。形質及壽命，危脆若浮烟。堯舜與周孔，古來稱聖賢。借問今何在，一去亦不還！我無不死藥，萬萬隨化遷。所未定知者，修短遲速間。幸及身健日，當歌一罇前。何必待人勸？念此自爲歡。

翳翳踰月陰，沉沉連日雨。開簾望天色，黄雲暗如土。行潦毁我墉，疾風壞我宇。蓬莠生庭院，泥塗失場圃。村深絶賓客，窗晦無儔侶。盡日不下床，跳蛙時入户。出門無所往，入室還獨處。不以酒自娱，塊然與誰語？

朝飲一盃酒，冥心合元化。兀然無所思，日高尚閑卧。暮讀一卷書，會意如嘉話。欣然有所遇，夜深猶獨坐。又得琴上趣，安絃有餘暇。復多詩中狂，下筆不能罷。唯茲三四事，持用度晝夜。所以陰雨中，經旬不出舍。始悟獨住人，心安時亦過。

東家采桑婦，雨來苦愁悲。簇蠶北堂前，雨冷不成絲。西家荷鋤叟，雨來亦怨咨。種豆南山下，雨多落爲萁。而我獨何幸，醞酒本無期。及此多雨日，正遇新熟時。開瓶瀉罇中，玉液黄金脂。持玩已可悦，歡嘗有餘滋。一酌發好容，再酌開愁眉。連延四五酌，酣暢入四肢。忽然遺我物，誰復分是非？是時連夕雨，酩酊無所知。人心苦顛倒，反爲憂者嗤！

朝亦獨醉歌，暮亦獨醉睡。未盡一壺酒，已成三獨醉。勿嫌飲太少，且喜歡易致。一盃復兩盃，多不過三四。便得心中適，盡忘身外事。更復强一盃，陶然遺萬累。一飲一石者，徒以多爲貴。及其酩酊時，與我亦無異。笑謝多飲者，酒錢徒自費。

天秋無片雲，地静無纖塵。團團新晴月，林外生白輪。憶昨陰霖天，連連三四旬。賴逢家醞熟，不覺過朝昏。私言雨霽後，可以罷餘罇。及對新月色，不醉亦愁人。床頭殘酒榼，欲盡味彌淳。攜置南簷下，舉酌自殷勤。清光入盃杓，白露生衣巾。乃知陰與晴，安可無此君？我有樂府詩，成來人未聞。今宵醉有興，狂詠驚四鄰。獨賞猶復爾，何况有交親！

中秋三五夜，明月在前軒。臨觴忽不飲，憶我平生歡。我有同心人，邈邈崔與錢。我有忘形友，迢迢李與元。或飛青雲上，或落江湖間。與我不相見，于今三四年。我無縮地術，君非馭風仙。安得明月下，四人來晤言？良夜信難得，佳期杳無緣。明月又不駐，漸下西南天。豈無他時會？惜此清景前。

家醖飲已盡，村中無酒沽。坐愁今夜醒，其柰秋懷何！有客忽叩門，言語一何佳！云是南村叟，挈榼來相過。且喜罇不燥，安問少與多？重陽雖已過，籬菊有殘花。歡來苦晝短，不覺夕陽斜。老人勿遽起，且待新月華。客去有餘趣，竟夕獨酣歌。

原生衣百結，顔子食一簞。歡然樂其志，有以忘飢寒。今我何人哉，德不及先賢。衣食幸相屬，胡爲不自安？况兹清渭曲，居處安且閑。榆柳百餘樹，茅茨十數間。寒負簷下日，熱濯澗底泉。日出猶未起，日入已復眠。西風滿村巷，清凉八月天。但有雞犬聲，不聞車馬喧。時傾一罇酒，坐望東南山。稚姪初學步，牽衣戲我前。即此自可樂，庶幾顔與原！

湛湛罇中酒，有功不自伐。不伐人不知，我今代其説。良將臨大敵，前驅千萬卒。一簞投河飲，赴死心如一。壯士磨匕首，勇憤氣咆勃。一酣忘報讎，四體如無骨。東海殺孝婦，天旱踰年月。一酌酹其魂，通宵雨不歇。咸陽秦獄氣，寃痛結爲物。千歲不肯散，一沃亦銷失。況兹兒女恨，及彼幽憂疾。快飲無不消，如霜得春日。方知麴蘗靈，萬物無與匹。

烟雲隔玄圃，風波限瀛洲。我豈不欲往，大海路阻修。神仙但聞説，靈藥不可求。長生無得者，舉世如蜉蝣。逝者不重迴，存者難久留。踟躕未死間，何苦懷百憂！念此忽内熱，坐看成白頭。舉盃還獨飲，顧影自獻酬。心與口相約，未醉勿言休。今朝不盡醉，知有明朝不？不見郭門外，纍纍墳與丘？月明愁殺人，黄蒿風颼颼。死者若有知，悔不秉燭遊。

吾聞潯陽郡，昔有陶徵君。愛酒不愛名，憂醒不憂貧。嘗爲彭澤令，在官纔八旬。愀然忽不樂，挂印著公門。口吟歸去來，頭戴漉酒巾。人吏留不得，直入故山雲。歸來五柳下，還以酒養真。人間榮與利，擺落如泥塵。先生去已久，紙墨有遺文。篇篇勸我飲，此外無所云。我從老大來，竊慕其爲人。其他不可及，且效醉昏昏。

楚王疑忠臣，江南放屈平。晉朝輕高士，林下棄劉伶。一人常獨醉，一人常獨醒。醒者多苦志，醉者多歡情。歡情信獨善，苦志竟何成。兀傲甕間卧，憔悴澤畔行。彼憂而此樂，道理甚分明。願君且飲酒，勿思身後名。

有一燕趙士，言貌甚奇瓌。日日酒家去，脱衣典數盃。問君何落魄？云僕生草萊。地寒命且薄，徒抱王佐才。豈無濟時策，君門乏良媒。三獻寢不報，遲遲空手迴。亦有同門生，先升青雲梯。貴賤交道絶，朱門叩不開。及歸種禾黍，三歲旱爲災。入山燒黄白，一旦化爲灰。蹉跎五十餘，生世苦不諧。處處去不得，却歸酒中來。

南巷有貴人，高蓋駟馬車。我問何所苦，四十垂白鬚？答云君不知，位重多憂虞。北里有寒士，甕牖繩爲樞。出扶桑藜杖，入卧蝸牛廬。散賤無憂患，心安體亦舒。東隣有富翁，藏貨徧五都。東京收粟帛，西市鬻金珠。朝營暮計算，晝夜不安居。西舍有貧者，匹婦配匹夫。布裙行賃舂，裋褐坐傭書。以此求口食，一飽欣有餘。貴賤與貧富，高下雖有殊。憂樂與利害，彼此不相踰。是以達人觀，萬化同一途。但未知生死，勝負兩何如？遲疑未知間，且以酒爲娱。

濟水澄而潔，河水渾而黄。交流列四瀆，清濁不相傷。太公戰牧野，伯夷餓首陽。同時號賢聖，進退不相妨。謂天不愛民，胡爲生稻粱？謂天果愛民，胡爲生豺狼？謂神福善人，孔聖竟栖遑。謂神禍淫人，暴秦終霸王。顔回與黄憲，何辜早夭亡？蝮虵與鴆鳥，何得壽延長？物理不可測，神道亦難量。舉頭仰問天，天色但蒼蒼。唯當多種黍，日醉手中觴。

【箋】

作於元和八年（八一三），四十二歲，下邽。見汪譜。汪立名云：「按捫蝨新話：山谷常謂白樂天、柳子厚皆作詩效淵明，而子厚爲近。然以予觀之，子厚語近而氣不近，樂天學近而語不近，各得其一。」

〔渭上〕白居易之故鄉下邽金氏村，在渭水之旁。

〔邈邈崔與錢〕崔羣及錢徽。白氏有渭村退居寄禮部崔侍郎翰林錢舍人詩一百韻詩（卷十五），作於元和九年退居渭村時。又答崔侍郎錢舍人書問因繼以詩（卷七）云：「吾有二道友，藹藹崔與錢。同飛青雲路，獨墮黃泥泉。」

〔迢迢李與元〕李紳及元稹。時李紳爲國子助教在長安，元稹遠貶江陵士曹參軍。

【校】

〔跳蛙〕「蛙」，宋本、汪本俱作「鼃」。城按：鼃爲蛙之本字。

〔安絃〕「安」，那波本作「按」。

〔持用〕「持」，馬本訛作「特」，據宋本、那波本、汪本、全詩改正。

〔獨住〕「住」，宋本、全詩俱作「往」。汪本注云：「一作『往』。」全詩注云：「一作『住』。」

〔落爲萁〕「萁」，馬本、那波本俱訛作「箕」，據宋本、汪本、全詩、盧校改正。

〔黄金脂〕「脂」，那波本作「巵」。

〔連延〕馬本作「速進」，據宋本、那波本、汪本、全詩改。全詩注云：「一作『速進』。」

〔四肢〕「肢」，宋本、那波本、盧校俱作「胑」。

城按：胑爲肢之本字。

〔我物〕那波本作「物我」。

〔無所〕那波本倒作「所無」。

〔勿嫌〕「嫌」，馬本作「言」，據宋本、那波本、汪本、全詩改。

〔林外〕「外」，馬本作「下」，非。據宋本、那波本、汪本、全詩改正。

〔三四年〕「三四」，宋本、那波本、全詩、盧校俱作「四五」。城按：居易退居渭村在元和六年，至元和八年適爲三年，則以作「三四」爲是。

〔不駐〕「駐」，馬本作「住」，據宋本、那波本、汪本、全詩、盧校改。全詩注云：「一作『住』。」

〔無酒沽〕「沽」，宋本作「貰」，那波本作「賒」。盧校：「按『貰』或可與『賒』通。」

〔勿遽起〕「勿」，馬本、全詩俱訛作「忽」，據宋本、那波本、汪本、盧校改正。

〔德不及〕「及」，馬本作「比」，據宋本、那波本、汪本、全詩、盧校改。全詩注云：「一作『比』。」

〔十數〕馬本倒作「數十」，據宋本、那波本、汪本、全詩、盧校乙轉。

〔一罇〕「罇」，汪本、全詩俱作「尊」。按：尊爲罇之本字。下同。

〔咆⿰口勃〕盧校：「案宋書柳元景傳，薛安都『猛氣咆⿰口勃』。南史作『咆勃』。今字書遺『⿰口勃』字。」

〔酧其魂〕「酧」，那波本作「酬」。

〔春日〕那波本作「春力」。

〔烟雲〕「雲」，馬本、汪本、全詩俱作「霞」，據宋本、那波本改。全詩注云：「一作『雲』。」

〔念此〕「念」，全詩作「持」，注云：「一作『念』。」

〔林下棄〕「棄」下汪本注云：「一作『非』。」

〔落魄〕「魄」，宋本、那波本、全詩、盧校俱作「拓」。汪本注云：「一作『拓』。」全詩注云：「一作『魄』。」

〔濟時策〕「策」，那波本作「榮」。

〔苦不諧〕「諧」，馬本訛作「偕」，據宋本、那波本、汪本、全詩改正。

〔我問〕「問」，那波本訛作「門」。

〔桑藜杖〕「藜」，馬本訛作「梨」，據宋本、那波本、汪本、盧校改正。全詩作「棗」。

〔裋褐〕「裋」，宋本、那波本、汪本、盧校俱作「短」。城按：「裋褐」亦作「短褐」，異名而實同。史記秦始皇本紀：「夫寒者利裋褐。」集解：「徐廣曰：一作短，小襦也。」

白居易集箋校卷第六

閑適二　古調詩五言　凡四十八首

自題寫真　時爲翰林學士。

我貌不自識，李放寫我真。靜觀神與骨，合是山中人。蒲柳質易朽，麋鹿心難馴。何事赤墀上，五年爲侍臣？況多剛狷性，難與世同塵。不惟非貴相，但恐生禍因。宜當早罷去，收取雲泉身。

【箋】

作於元和五年（八一〇），三十九歲，長安，左拾遺、翰林學士。見汪譜。

〔我貌不自識二句〕白氏香山居士寫真詩序（卷三六）云：「元和五年，予爲左拾遺、翰林學士，奉詔寫真於集賢殿御書院，時年三十七。」即此李放所寫之圖。城按：詩序云「三十七」，必係三十九之訛。白氏又有題舊寫真圖詩（本卷）云：「我昔三十六，寫貌在丹青。我今四十六，衰顇卧江城。」則係另一圖爲元和二年三十六歲時所寫。故汪立名疑別有圖非李放所寫。又按：施注蘇詩卷二六蘇軾贈李道士詩自注云：「樂天爲翰林學士，奉詔寫真集賢院。」李放乃貞元、元和間寫真名手。朱景玄唐朝名畫録能品中二十八人云：「又李仲昌、李倣、孟仲暉皆以寫真最得其妙。」此作「倣」，與「李放」當係一人。又清金農冬心先生雜畫題記：「古來寫真：在晉則有顧愷之爲裴楷圖貌。南齊謝赫爲濮肅傳神。唐王維爲孟浩然畫像於刺史亭，宋之壆寫張九齡像，朱抱一寫張果先生真，李成寫香山居士真。」金氏所謂「李成」當爲「李放」之誤。又白氏大和三年作感舊寫真詩（卷二二）云：「李放寫我真，寫來二十載。」

【校】

〔閑適二〕此下小注「五言」下宋本、那波本俱有「自兩韻至一百三十韻」九字。

〔題〕此下小注那波本爲大字。

遣懷　自此後詩在渭村作。

寓心身體中，寓性方寸内。此身是外物，何足苦憂愛？況有假飾者，華簪及高蓋。此又疏於身，復在外物外。操之多惴慄，失之又悲悔。乃知名與利，得喪俱爲害。頽然環堵客，蘿蕙爲巾帶。自得此道來，身窮心甚泰。

【箋】

約作於元和六年（八一一）至元和九年（八一四），下邽。

〔寓心身體中八句〕查慎行白香山詩評：「『寓心身體中』八句透快，醒人心目。」

【校】

〔名與利〕「利」，宋本、那波本、全詩、盧校俱作「器」。全詩注云：「一作『利』。」

渭上偶釣

渭水如鏡色，中有鯉與魴。偶持一竿竹，懸釣在其傍。微風吹釣絲，嫋嫋十尺長。身雖對魚坐，心在無何鄉？昔有白頭人，亦釣此渭陽。釣人不釣魚，七十得文王。況我垂釣意，人魚亦兼忘。無機兩不得，但弄秋水光。興盡釣亦罷，歸來飲我觴。

【箋】

作於元和六年（八一一），四十歲，下邽。見汪譜。

〔渭水〕見卷五旅次華州贈袁右丞詩箋。

【校】

〔在其傍〕「在」，宋本、那波本、盧校俱作「至」。汪本、全詩俱注云：「一作『至』。」

〔身雖〕宋本、那波本、全詩、盧校俱作「誰知」。汪本注云：「一作『誰知』。」全詩注云：「一作『身雖』。」

〔亦兼忘〕宋本、那波本、汪本俱作「又兼亡」。全詩作「又兼忘」，「又」下注云：「一作『亦』。」

隱几

身適忘四支，心適忘是非。既適又忘適，不知吾是誰？百體如槁木，兀然無所知。方寸如死灰，寂然無所思。今日復明日，身心忽兩遺。行年三十九，歲暮日斜時。四十心不動，吾今其庶幾！

【箋】

作於元和五年（八一〇），三十九歲，下邽。見陳譜及汪譜。洪亮吉北江詩話：「有心作衰颯之詩，白香山是也。如：『行年三十九，歲暮日斜時。』夫年始三十九，何便至歲暮日斜？此有心作衰颯之詩也。」

〔既適又忘適二句〕查慎行白香山詩評：「『既適又忘適』二句，蒙莊之理。」

春眠

新浴支體暢，獨寢神魄安。況因夜深坐，遂成日高眠。春被薄亦暖，朝窗深更閑。卻忘人間事，似得枕上仙。至適無夢想，大和難名言。全勝彭澤醉，欲敵曹溪禪。何物呼我覺？伯勞聲關關。起來妻子笑，生計春茫然。

【箋】

作於元和六年（八一一），四十歲，下邽。

〔曹溪〕指唐僧禪宗六祖慧能。慧能亦爲禪宗南宗之祖。姓盧氏，傳衣鉢於五祖弘忍。後至南海，居曹溪，開元元年卒。元和十一年謚爲大鑒禪師。柳宗元有曹溪第六祖賜謚大鑒禪師碑，劉禹錫有大唐曹溪第六祖大鑒禪師第二碑。

【校】

〔支體〕「支」，汪本、全詩俱作「肢」，字通。

閑居

空腹一盞粥，飢食有餘味。南簷半床日，暖卧因成睡。綿袍擁兩膝，竹几支雙臂。從旦直至昏，身心一無事。心足即爲富，身閑乃當貴。富貴在此中，何必居高位？君看裴相國，金紫光照地。心苦頭盡白，纔年四十四。乃知高蓋車，乘者多憂畏。

【箋】

作於元和六年（八一一），四十歲，下邽。

〔裴相國〕裴垍。字弘中，河東聞喜人。貞元中，制舉賢良極諫，對策第一，授監察御史。元和三年冬，拜中書侍郎、同平章事。卒於元和六年。見舊書卷一四八本傳、憲宗紀、新書宰相世系表。白氏有夢裴相公詩（卷十）。

夏日

東窗晚無熱，北户涼有風。盡日坐復卧，不離一室中。中心本無繫，亦與出門同。

【箋】約作於元和五年（八一〇）至元和六年（八一一）。

【校】〔晚無熱〕「晚」，馬本作「曉」，非。據宋本、那波本、汪本、盧校、全詩改。

適意二首

十年爲旅客，常有飢寒愁。三年作諫官，復多尸素羞。有酒不暇飲，有山不得遊。豈無平生志？拘牽不自由。一朝歸渭上，泛如不繫舟。置心世事外，無喜亦無憂。終日一蔬食，終年一布裘。寒來彌懶放，數日一梳頭。朝睡足始起，夜酌醉即休。人心不過適，適外復何求！

早歲從旅遊，頗諳時俗意。中年忝班列，備見朝廷事。作客誠已難，爲臣尤不易。況予方且介，舉動多忤累。直道速我尤，詭遇非吾志。胸中十年内，消盡浩然氣。自從返田畝，頓覺無憂愧。蟠木用難施，浮雲心易遂。悠悠身與世，從此兩相棄！

【箋】

作於元和七年（八一二），四十一歲，下邽。

〔渭上〕見卷五效陶潛體詩十六首詩箋。

【校】

〔尸素〕那波本作「尺素」，非。

〔況予〕「予」，汪本、全詩俱作「余」。城按：余、予義同而字不同。

首夏病間

我生來幾時？萬有四千日。自省於其間，非憂即有疾。老去慮漸息，年來病初愈。忽喜身與心，泰然兩無苦。況茲孟夏月，清和好時節。微風吹袷衣，不寒復不熱。移榻樹陰下，竟日何所爲？或飲一甌茗，或吟兩句詩。内無憂患迫，外無職役羈。此日不自適，何時是適時？

【箋】

作於元和六年（八一一），四十歲，下邽。見汪譜。

晚春沽酒

百花落如雪，兩鬢垂作絲。春去有來日，我老無少時。人生待富貴，爲樂常苦遲。不如貧賤日，隨分開愁眉。賣我所乘馬，典我舊朝衣。盡將沽酒飲，酩酊步行歸。名姓日隱晦，形骸日變衰。醉卧黄公肆，人知我是誰？

【箋】

作於元和七年（八一二），四十一歲，下邽。

【校】

〔兩鬢〕「鬢」，馬本作「髩」，據宋本、那波本、汪本、全詩改。城按：髩乃鬢之俗字。

蘭若寓居

名宦老慵求，退身安草野。家園病懶歸，寄居在蘭若。薜衣换簪組，藜杖代車馬。行止輒自由，甚覺身瀟灑。晨遊南塢上，夜息東庵下。人間千萬事，無有關心者。

【箋】
作於元和七年（八一二），四十一歲，下邽。

【校】
〔藜杖〕「藜」，馬本訛作「黎」，據宋本、那波本、汪本、全詩、盧校改正。

麴生訪宿

西齋寂已暮，叩門聲樀樀。知是君宿來，自拂塵埃席。村家何所有？茶果迎來客。貧靜似僧居，竹林依四壁。廚燈斜影出，簷雨餘聲滴。不是愛閑人，肯來同此夕？

【箋】
作於元和七年（八一二），四十一歲，下邽。

聞庾七左降因詠所懷

我病卧渭北，君老謫巴東。相悲一長歎，薄命與君同。既歎還自哂，哂歎兩未終。後心誚前意，所見何迷蒙！人生大塊間，如鴻毛在風。或飄青雲上，或落泥塗中。衰服相天下，儻來非我通。布衣委草莽，偶去非吾窮。外物不可必，中懷須自空。無令快快氣，留滯在心胸。

【箋】

作於元和七年（八一二），四十一歲，下邽。

〔庚七〕庚玄師。白氏代書詩一百韻寄微之詩（卷十三）「佛理尚玄師」原注云：「庚七玄師，談佛理有可賞者。」

【校】

〔卧渭北〕「卧」，馬本作「居」，據宋本、那波本、汪本、全詩、盧校改。

答卜者

病眼昏似夜，衰鬢颯如秋。除却須衣食，平生百事休。知君善易者，問我決疑不？不卜非他故，人間無所求。

【箋】

作於元和七年（八一二），四十一歲，下邽。

歸田三首

人生何所欲？所欲唯兩端。中人愛富貴，高士慕神仙。神仙須有籍，富貴亦在天。莫戀長安道，莫尋方丈山。西京塵浩浩，東海浪漫漫。金門不可入，琪樹何由攀？不如歸山下，如法種春田。

種田意已決，決意復何如？賣馬買犢使，徒步歸田廬。迎春治耒耜，候雨闢菑畬。策杖田頭立，躬親課僕夫。吾聞老農言，爲稼慎在初。所施不鹵莽，其報必有餘。上求奉王税，下望備家儲。安得放慵惰，拱手而曳裾？學農未爲鄙，親友勿笑余。更待明年後，自擬執犁鋤。

三十爲近臣，腰間鳴珮玉。四十爲野夫，田中學鋤穀。何言十年内，變化如此速？此理固是常，窮通相倚伏。爲魚有深水，爲鳥有高木。何必守一方，窘然自牽束？化吾足爲馬，吾因以行陸。化吾手爲彈，吾因以求肉。形骸爲異物，委順心猶足。幸得且歸農，安知不爲福？況吾行欲老，瞥若風前燭。孰能俄頃間，將心繫榮辱？

【箋】作於元和七年（八一二），四十一歲，下邽。見陳譜及汪譜。城按：此詩陳譜誤繫於元和五年。汪譜云：「顧白公以元和五年庚寅除京兆户曹，六年辛卯丁母陳太君喪始歸渭村，時年四十，故歸田詩云『四十爲野夫』也。直齋乃以此詩繫之五年，且云移疾求退，然陳太君以六年卒於長安宣平里第，猶自京兆府申堂狀，安得先一年歸渭村？」據此，當以汪譜爲正。

【校】

〔有籍〕「籍」，馬本作「藉」，據宋本、那波本、汪本、全詩、盧校改。

〔意已决〕「意」，宋本、那波本、盧校俱作「計」。

〔其報〕「其」，馬本作「所」，據宋本、那波本、汪本、全詩、盧校改。全詩注云：「一作『所』。」

〔王税〕「王」，馬本作「皇」，據宋本、那波本、汪本、全詩、盧校改。

〔慵惰〕「惰」，宋本、那波本俱作「墮」。

〔瞥〕此下馬本注云：「匹滅切。」

〔風前〕「前」下全詩注云：「一作『中』。」

秋遊原上

七月行已半，早涼天氣清。清晨起巾櫛，徐步出柴荆。露杖筇竹冷，風襟越蕉輕。閑攜弟姪輩，同上秋原行。新棗未全赤，晚瓜有餘馨。依依田家叟，設此相逢迎。自我到此村，往來白髮生。村中相識久，老幼皆有情。留連向暮歸，樹樹風蟬聲。是時新雨足，禾黍夾道青。見此令人飽，何必待西成？

【箋】

作於元和七年（八一二），四十一歲，下邽。唐宋詩醇卷二一：「樸實説去，一片真趣流行，非徒擬王、儲田家詩也。」

【校】

〔往來〕汪本作「往往」。

〔風蟬聲〕「聲」，馬本、汪本俱作「鳴」，據宋本、那波本、全詩、盧校改。汪本注云：「一作『聲』。」全詩注云：「一作『鳴』。」

九日登西原宴望　同諸兄弟作。

病愛枕席涼，日高眠未輟。弟兄呼我起，今日重陽節。起登西原望，懷抱同一豁。移座就菊叢，餻酒前羅列。雖無絲與管，歌笑隨情發。白日未及傾，顔酡耳已熱。酒酣四向望，六合何空闊。天地自久長，斯人幾時活？請看原下村，村人死不歇。一村四十家，哭葬無虚月。指此各相勉，良辰且歡悦。

【箋】

作於元和七年（八一二），四十一歲，下邽。

【校】

〔餻酒〕「餻」下馬本注云：「音高。」

寄同病者

三十生二毛，早衰爲沉痾。四十官七品，拙宦非由他。面顔日枯槁，時命日蹉跎。豈獨我如此，聖賢無奈何！迴觀親舊中，舉目尤可嗟。或有終老者，沉賤如泥沙。或有始壯者，飄忽如風花。窮餓與夭促，不如我者多。以此反自慰，常得心平和。寄言同病者，迴歎且爲歌。

【箋】

作於元和七年（八一二），四十一歲，下邽。

【校】

〔面顔〕「面」，宋本、那波本、全詩俱作「年」。全詩注云：「一作『面』。」汪本注云：「一作『年』。」

〔迴歎〕汪本作「迴歡」。

遊藍田山卜居

脱置腰下組，擺落心中塵。行歌望山去，意似歸鄉人。朝蹋玉峯下，暮尋藍水濱。擬求幽僻地，安置疏慵身。本性便山寺，應須旁悟真。

【箋】

作於元和七年（八一二），四十一歲，下邽。

〔藍田山〕在藍田縣東南三十里。見長安志卷十六。

〔玉峯〕藍田山。長安志卷十六藍田：「范子計然曰：玉英出藍田，一名覆車山。郭緣生述征記曰：山形如覆車之象，其山出玉，亦曰玉山。」

〔藍水〕長安志卷十六藍田：「藍谷水南自秦嶺，西流經藍關、藍橋，過王順山下，水出藍谷，西流入霸水。」

〔悟真〕悟真寺。長安志卷十六藍田縣：「崇法寺即唐悟真寺也。在縣東南二十里王順山。」本卷白氏遊悟真寺詩云：「元和九年秋，八月月上弦。我遊悟真寺，寺在王順山。」文苑英華有王維遊悟真寺詩（又玄集作王縉作）。

村雪夜坐

南窗背燈坐，風霰暗紛紛。寂寞深村夜，殘雁雪中聞。

【箋】作於元和七年（八一二），四十一歲，下邽。

東園玩菊

少年昨已去，芳歲今又闌。如何寂寞意，復此荒涼園？園中獨立久，日淡風露寒。秋蔬盡蕪沒，好樹亦凋殘。唯有數叢菊，新開籬落間。攜觴聊就酌，爲爾一留連。憶我少小日，易爲興所牽。見酒無時節，未飲已欣然。近從年長來，漸覺取樂難。常恐更衰老，强飲亦無歡。顧謂爾菊花，後時何獨鮮？誠知不爲我，借爾暫開顏。

【箋】

作於元和八年（八一三），四十二歲，下邽。

【校】

〔聊就酌〕「就」，英華作「自」。汪本、全詩俱注云：「一作『自』。」

〔已欣然〕「已」，馬本作「心」，據宋本、那波本、汪本、英華、唐歌詩、盧校、全詩改。

〔强飲〕「飲」，英華作「醉」。

觀稼

世役不我牽，身心常自若。晚出看田畝，閑行旁村落。纍纍繞場稼，嘖嘖羣飛雀。年豐豈獨人？禽鳥聲亦樂。田翁逢我喜，默起具杯杓。斂手笑相延，社酒有殘酌。愧兹勤且敬，藜杖爲淹泊。言動任天真，未覺農人惡。停盃問生事，夫種妻兒穫。筋力苦疲勞，衣食長單薄。自慚禄仕者，曾不營農作。飽食無所勞，何殊衛人鶴？

【箋】

作於元和七年（八一二），四十一歲，下邽。

【校】

〔杯杓〕「杯」，宋本、那波本、全詩俱作「樽」。全詩注云：「一作『杯』。」

〔自慚〕「慚」，馬本誤作「暫」，蓋「慙」字之訛文，據宋本、那波本、汪本、全詩改正。

〔禄仕〕「仕」，汪本作「位」。

〔曾不〕馬本二字誤倒，據宋本、那波本、汪本、全詩改正。

聞哭者

昨日南鄰哭，哭聲一何苦！云是妻哭夫，夫年二十五。今朝北里哭，哭聲又何切！云是母哭兒，兒年十七八。四鄰尚如此，天下多夭折。乃知浮世人，少得垂白髮。余今過四十，念彼聊自悦。從此明鏡中，不嫌頭似雪。

【箋】

作於元和七年（八一二），四十一歲，下邽。見汪譜。

新構亭臺示諸弟姪

平臺高數尺，臺上築茅茨。東西疏二牖，南北開兩扉。蘆簾前後卷，竹簟當中施。清冷白石枕，疏涼黄葛衣。開襟向風坐，夏日如秋時。嘯傲頗有趣，窺臨不知疲。東窗對華山，三峯碧參差。南簷當渭水，卧見雲帆飛。仰摘枝上果，俯折畦中葵。足以充飢渴，何必慕甘肥？况有好羣從，且夕相追隨。

【箋】

約作於元和七年（八一二）至元和九年（八一四），下邽。

【校】

〔題〕「新」下宋本避「構」字，注云：「犯御名。」

〔築茅茨〕「築」，宋本、那波本、汪本、全詩、盧校俱作「結」。

〔開襟〕「襟」，宋本、那波本、汪本、盧校俱作「衿」。城按：「襟」亦作「衿」。

〔嘯傲〕「嘯」，馬本作「笑」，據宋本、那波本、汪本、全詩、盧校改。

自吟拙什因有所懷

懶病每多暇，暇來何所爲？未能抛筆硯，時作一篇詩。詩成淡無味，多被衆人嗤。上怪落聲韻，下嫌拙言詞。時時自吟詠，吟罷有所思。蘇州及彭澤，與我不同時。此外復誰愛？唯有元微之。謫向江陵府，三年作判司。相去二千里，詩成遠不知。

【箋】

作於元和七年（八一二），四十一歲，下邽。見汪譜。

〔蘇州〕指韋應物。貞元初爲蘇州刺史。白氏吴郡詩石記（卷六八）：「貞元初，韋應物爲蘇州牧。」又郎官考卷一引沈作喆韋刺史傳：「應物，京兆長安縣人。自江州刺史居二歲召至京師。貞元二年，由左司郎中補外得蘇州刺史。」城按：據舊唐書德宗紀，貞元四年七月，以蘇州刺史孫晟爲桂州刺史、桂管觀察使。應物乃孫晟之後任，其爲蘇州刺史當在貞元四年七月以後，沈作喆定於貞元二年，誤。詳見傅璇琮韋應物系年考證（文史第五輯）。

〔彭澤〕指陶潛。字淵明，潯陽人。少有高趣，爲鎮軍建威參軍。後爲彭澤令，辭印綬去職。卒於家。見沈約宋書陶潛傳。

〔唯有元微之四句〕元和五年三月，元稹自監察御史貶江陵府士曹參軍。至元和七年，適爲三年。

【校】

〔謫向〕「謫」，宋本、那波本、盧校俱作「趁」。全詩注云：「一作『趁』。」

東坡秋意寄元八

寥落野陂畔，獨行思有餘。秋荷病葉上，白露大如珠。忽憶同賞地，曲江東北隅。秋池少遊客，唯我與君俱。啼蛩隱紅蓼，瘦馬蹋青蕪。當時與今日，俱是暮秋初。節物苦相似，時景亦無餘。唯有人分散，經年不得書。

【箋】

約作於元和七年（八一二）至元和九年（八一四），下邽。

〔元八〕元宗簡。見卷五答元八宗簡同遊曲江後明日見贈詩箋。

〔曲江〕見卷一杏園中棗樹詩箋。

【校】

〔題〕「坡」，宋本、那波本俱作「陂」。汪本、全詩俱注云：「一作『陂』。」

〔忽憶〕「憶」，馬本訛作「意」，據宋本、那波本、汪本、全詩改正。

〔東北隅〕「東」，馬本作「南」，據宋本、那波本、汪本、全詩改。全詩注云：「一作『南』。」亦非。

〔秋池〕「池」，汪本作「步」，全詩注云：「一作『步』。」

〔無餘〕查校：「『餘』應作『殊』。」

閑居

深閉竹間扉，靜掃松下地。獨嘯晚風前，何人知此意？看山盡日坐，枕帙移時睡。誰能從我遊，使君心無事？

【箋】約作於元和七年（八一二）至元和九年（八一四），下邽。

詠拙

所禀有巧拙，不可改者性。所賦有厚薄，不可移者命。我性拙且惷，我命薄且屯。問我何以知？所知良有因。亦曾舉兩足，學人踏紅塵。從兹知性拙，不解轉如輪。亦曾奮六翮，高飛到青雲。從兹知命薄，摧落不逡巡。慕貴而厭賤，樂富而惡貧。同此天地間，我豈異於人？性命苟如此，反則成苦辛。以此自安分，雖窮每欣欣。葺茅爲我廬，編蓬爲我門。縫布作袍被，種穀充盤飧。静讀古人書，閑釣清渭濱。優哉復遊哉，聊以終吾身。

【箋】

約作於元和七年（八一二）至元和九年（八一四），下邽。

【校】

〔惷〕馬本此下注云：「書容切。」

〔踏紅塵〕「踏」，汪本、全詩俱作「蹋」。

〔同此〕「此」，宋本、那波本、盧校俱作「出」。汪本、全詩俱注云：「一作『出』。」

詠慵

有官慵不選，有田慵不農。屋穿慵不葺，衣裂慵不縫。有酒慵不酌，無異樽長空。有琴慵不彈，亦與無絃同。家人告飯盡，欲炊慵不舂。親朋寄書至，欲讀慵開封。嘗聞嵇叔夜，一生在慵中。彈琴復鍛鐵，比我未爲慵。

【箋】作於元和九年（八一四），四十三歲，下邽。見汪譜。

【校】〔樽長空〕「樽」，汪本、全詩俱作「尊」。城按：尊乃樽之本字。

〔嘗聞〕「嘗」，宋本、那波本俱作「常」，字通。

〔鍛鐵〕「鐵」，馬本作「鍊」，誤。據宋本、那波本、汪本、全詩、盧校改正。查校：「『鍊』字訛，應作『㓭』。」亦非是。

冬夜

家貧親愛散，身病交遊罷。眼前無一人，獨掩村齋臥。冷落燈火暗，離披簾幕破。策策窗戶前，又聞新雪下。長年漸省睡，夜半起端坐。不學坐忘心，寂寞安可過？兀然身寄世，浩然心委化。如此來四年，一千三百夜。

【箋】作於元和九年（八一四），四十三歲，下邽。見汪譜。城按：汪譜繫此詩於元和八年，詩云「如此來四年」，據元和六年退居渭村推算，應繫於元和九年。

【校】

〔燈火暗〕「暗」，全詩作「闇」，字通。

村中留李三固言宿

平生早遊宦，不道無親故。如我與君心，相知應有數。春明門前別，金氏陂中遇。村酒兩三盃，相留寒日暮。勿嫌村酒薄，聊酌論心素。請君少踟躕，繫馬門前樹。明年身若健，便擬江湖去。他日縱相思，知君無覓處。後會既茫茫，今宵君且住。

【箋】

作於元和九年（八一四），四十三歲，下邽。

〔李三〕李顧言。字仲遠，曾官監察御史。居常樂里，與元稹、白居易過從甚密。元和十年春卒。城按：此詩題下小注宋紹興本誤作「固言」。馬本、汪本題俱誤作「村中留李三固言宿」。此李顧言與舊書卷一七三所載曾相文宗之李固言，僅音聲偶同，顯係兩人。全唐詩題亦誤作「村中留李三固言宿」。岑仲勉讀全唐詩札記云：「七函二册白居易村中留李三固言宿，按元氏集七遺病『李三三十九』原注：『監察御史顧言。』前六函八册同。十二函八册亦云：監察御史李顧言，元和元年及第。此作固異。白氏集中祗題村中留李三宿。」此蓋岑氏未校紹興本白集。花房英樹白氏文集の批判的研究謂金澤文庫本亦作「顧言」。當以「顧言」爲正。白氏又有哭李三（卷十）、發商州（卷十五）、憶微之傷仲遠（卷十六）諸詩，均爲追憶顧言之作。

〔春明門〕唐長安外郭城東面三門之正中一門。兩京城坊考卷二：「東面三門：北通化門，中春明門，南延興門。」城按：春明門即漢霸城門（又名青門、青城門、青綺門）。李白送裴十八圖南歸嵩山詩：「何處可爲別？長安青綺門。」劉禹錫和令狐相公別牡丹詩：「莫道兩京非遠別，春明門外即天涯。」又別友人後得書因以詩贈云：「前時送君去，揮手青門路。」可知春明門爲唐人離長安東行送別之所。

〔金氏陂〕即金氏村。俗名紫蘭村，在白氏故鄉下邽縣渭河北岸邊。

【校】

〔題〕宋本誤作「村中留李三宿固言」，「固言」係旁注。那波本作「村中留李三宿」。詳前箋。

友人夜訪

簷間清風簟，松下明月盃。幽意正如此，况乃故人來。

【箋】

作於元和九年（八一四），四十三歲，下邽。

【校】

〔簷間〕「間」，全詩注云：「一作『前』。」

遊悟真寺詩　一百三十韻

元和九年秋，八月月上弦。我遊悟真寺，寺在王順山。去山四五里，先聞水潺湲。自兹捨車馬，始涉藍溪灣。手拄青竹杖，足蹋白石灘。漸怪耳目曠，不聞人世諠。山下望山上，初疑不可攀。誰知中有路，盤折通巖巔。一息幡竿下，再休石龕邊。龕間長丈餘，門户無扃關。俯窺不見人，石髮垂若鬟。驚出白蝙蝠，雙飛如雪翻。迴首寺門望，青崖夾朱軒。如擘山腹開，置寺於其間。入門無平地，地窄虛空寬。房廊與臺殿，高下隨峯巒。巖崿無撮土，樹木多瘦堅。根株抱石長，屈曲蟲蛇蟠。松桂亂無行，四時鬱芊芊。枝梢嫋清吹，韻若風中絃。日月光不透，緑陰相交延。幽鳥時一聲，聞之似寒蟬。首憩賓位亭，就坐未及安。須臾開北户，萬里明豁然。拂簷虹霏微，遶棟雲迴旋。赤日間白雨，陰晴同一川。野綠簇草樹，眼界吞秦原。渭水細不見，漢陵小於拳。却顧來時路，縈紆映朱欄。歷歷上山人，一一遥可觀。前對多寶塔，風鐸鳴四端。欒櫨與户牖，恰恰金碧繁。云昔迦葉佛，此地坐涅槃。至今鐵鉢在，當底手跡穿。西開玉像殿，白佛森比肩。抖擻塵埃衣，禮拜冰雪顔。疊霜爲袈裟，貫雹爲華鬘。逼觀疑鬼功，其跡非雕鐫。次登觀音堂，未到聞栴檀。上階脱雙履，斂足升瑶筵。六楹排玉鏡，四座敷金鈿。黑夜自光明，不待燈燭燃。衆寶互低昂，碧珮珊瑚幡。風來似天樂，相觸聲珊珊。白珠垂露凝，赤珠滴血殷。點綴佛髻上，合爲七寶冠。雙瓶白琉璃，色若秋水寒。隔瓶見舍利，圓轉如金丹。玉笛何代物？天人施祇園。吹如秋鶴聲，可以降靈仙。是時秋方中，三五月正圓。寶堂豁三門，金魄當其前。月與寶相射，晶光争鮮妍。照人心骨冷，竟夕不欲眠。曉尋南塔路，亂竹低嬋娟。林幽不逢人，寒蝶飛翾翾。山果不識名，離離夾道蕃。足以療飢乏，摘嘗味甘酸。道南藍谷神，紫傘白紙錢。若歲有水旱，詔使修蘋蘩。以地清净故，獻奠無葷羶。危石疊四五，嵑嵬欹且刓。造物者何意，堆在巖東偏？冷滑無人迹，苔點如花牋。我來登上頭，下臨不測淵。目眩手足掉，不敢低頭看。風從石下生，薄人而上搏。衣服似羽翮，開張欲飛鶱。嶁嶁三面峯，峯尖刀劍攢。悠悠白雲過，決開露青天。西北日落時，夕暉紅團團。千里翠屏外，走下丹砂丸。東南月上時，夜氣青漫漫。百丈碧潭底，寫出黄金盤。藍水色似藍，日夜長潺潺。周迴繞山轉，下視如青環。或鋪爲慢流，或激爲奔湍。泓澄最深處，浮出蛟龍涎。側身入其中，懸磴尤險難。捫蘿踏樛木，下逐飲澗猨。雪迸起白鷺，錦跳驚紅鱣。歇定方盥漱，濯去支體煩。淺深皆洞澈，可照腦與肝。但愛清見底，欲尋不知源。東崖饒怪石，積甃蒼琅玕。温潤發於外，其間韞璵璠。卞和死已久，良玉多棄捐。或時洩光彩，夜與星月連。中頂最高峯，拄天青玉竿。鼩鼢上不得，豈我能攀援？上有白蓮池，素葩覆清瀾。聞名不可到，處所非人寰。又有一片石，大如方尺甎。插在半壁上，其下萬仞懸。云有過去師，坐得無生禪。號爲定心石，長老世相傳。却上謁仙祠，蔓草生綿綿。昔聞王氏子，羽化升上玄。其西曬藥臺，猶對芝朮田。時復明月夜，上聞黄鶴言。迴尋畫龍堂，二叟鬚髮班。想見聽法時，歡喜禮印壇。復歸泉窟下，化作龍蜿蜒。階前石孔在，欲雨生白烟。往有寫經僧，身静心精專。感彼雲外鴿，羣飛千翩翩。來添硯中水，去吸巖下泉。一日三往復，時節長不愆。經成號聖僧，弟子名揚難。誦此蓮花偈，數滿百億千。身壞口不壞，舌根如紅蓮。顱骨今不見，石函尚存焉。粉壁有吴畫，筆彩依舊鮮。素屏有褚書，墨色如新乾。靈境與異跡，周覽無不殫。一遊五晝夜，欲返仍盤桓。我本山中人，誤爲時網牽。牽率使讀書，推挽令効官。既登文字科，又忝諫諍員。拙直不合時，無益同素餐。以此自慚惕，戚戚常寡歡。無成心力盡，未老形骸殘。今來脱簪組，始覺離憂患。及爲山水遊，彌得縱疏頑。野麋斷羈絆，行走無拘攣。池魚放入海，一往何時還？身着居士衣，手把南華篇。終來此山住，永謝區中緣。我今四十餘，從此終身閑。若以七十期，猶得三十年。

【箋】作於元和九年（八一四），四十三歲，藍田。見陳譜及汪譜。唐宋詩醇卷二一：「洋洋灑灑，一氣讀去，幾於千巖競秀，萬壑争流，目不給賞矣。就其中細尋之，則步驟井然，一絲不紊。首四句點清因遊寺而登山，並年月日俱細叙出。『去山四五里』至『置寺於其間』，寫寺外之景，曲折靈異，迴隔塵世，如入仙境。妙在以『回頭寺門望』四句作一頓，遂覺心神蕩漾，宛是初到神情。『入門無平地』一句作提筆，至『聞之似寒蟬』叙寺中路逕之逶迤，樹木之蒼鬱。『首憩賓位亭』至『可以降靈仙』細叙寺中所歷之境，與相傳之法物。開北户而前行，又回顧而見來路，是以對多寶塔也。玉像殿、觀音堂皆寺西界。『是時秋方中』至『竟夕不欲眠』摹寫夜中之景，與『八月月上弦』一句相映，又作一束。『曉尋南塔路』至『欲返仍盤桓』，歷叙連日所遊之境，變化出之。由南而東、而中而上，不言北者，自入寺門大抵皆向北行也。其間有神像、有峯巖、有水、有怪石、有白蓮、有祠、有臺、有畫、有書，細細寫出，日落月上，復帶叙次日由晝入夜之景，更不拖沓。寫經僧誦經弟子只虛寫，在傳聞上叙出。『靈境與異跡』四句作一總束，『一遊五晝夜』又與『八月月上弦』照應。『我本山中人』至末收足遊字意，四十餘、三十年，又與元和九年照應。細玩全詩，分明以作記序手筆用之於詩，韓愈南山詩以奇肆勝，此以秀折勝，可謂匹敵。謝靈運遊山詩，柳宗元山水記，素稱奇搆，以彼方此，不無廣狹之別矣。」甌北詩話卷四：「唐人五言，大篇莫如少陵之北征，昌黎之南山。二詩優劣，黄山谷已嘗言之。然香山亦有遊王順山悟真寺一首，多至一千三百字，世顧未有言及者。今以其詩與南山相校，南山詩但儱侗摹寫山景，用數十或字，極力刻畫，而以之移寫他山，亦可通用。悟真寺詩，則先寫入山，次寫入寺，先憩賓位，次至玉像殿，次觀音巖，點明是夕宿寺中，明日又由南塔路過藍谷，登其巔，又到藍水環流處，上中頂最高峯，尋謁一片石、仙人祠。迴尋畫龍堂，有吴道子畫，褚河南書。總結登歷，凡五日。層次既極清楚，且一處寫一處景物，不可移易他處。較南山詩，似更過之。又北征、南山皆用仄韻，故氣力健舉。此但用平韻，而逐層鋪叙，沛然有餘，無一語冗弱，覺更難也。而詩人不知，則以香山有長恨、琵琶諸大篇膾炙人口，遂置此詩於不問耳。」譚嗣同石菊影廬筆識卷二：「宋人以杜之北征匹韓之南山，紛紛軒輊，聞者惑焉。以實求之，二詩比興篇幅各有不同，未當並論，夷岸於谷，雉鳴求牡，豈有當乎？杜之北征可匹韓之赴江陵及『此日足可惜』等詩，韓之南山惟白之悟真寺乃勍敵耳。情事既類，修短亦稱矣。」城按：王維亦有遊悟真寺詩（又玄集作王縉），見英華卷八三四。

〔悟真寺〕在藍田縣東南王順山。參見本卷遊藍田山卜居詩箋。

〔王順山〕在藍田縣東南二十里。長安志卷十六藍田縣：「崇法寺即唐悟真寺也，在縣東南二十里王順山。」

〔藍溪〕即藍水，見本卷遊藍田山卜居詩箋。

〔恰恰金碧繁〕石洲詩話卷一：「杜詩『自在嬌鶯恰恰啼』，今解恰恰爲鳴聲矣。然王績詩『年光恰恰來』，白公悟真寺詩『恰恰金碧繁』，疑唐人類如此用之。」

〔藍谷〕長安志卷二〇藍田：「藍谷在縣東南二十里。」

〔風從石下生十六句〕查慎行白香山詩評：「『風從石下生』十六句似柳州小記。」

〔吴畫〕吴道子畫。

〔褚書〕褚遂良書。

【校】

〔題〕「真」，馬本訛作「貞」，據宋本、那波本、汪本、全詩改正。下同。

〔始涉〕「涉」，馬本訛作「步」，據宋本、那波本、汪本、全詩改正。全詩注云：「一作『步』。」亦非。

〔俯窺〕「俯」，全詩作「仰」，注云：「一作『俯』。」

〔芊芊〕「芊」下馬本注云：「音千。」

〔清吹〕馬本作「青翠」，據宋本、那波本、汪本、盧校改。汪本注云：「一作『青翠』。」全詩注云：「一作『清吹』。」

〔恰恰〕宋本作「祫恰」，疑誤。盧校云：「宋作『祫』，『祫』未詳。」參見前箋。

〔貫雹〕「雹」，馬本作「電」，非。據宋本、那波本、汪本、全詩、盧校改。

〔華鬘〕「鬘」下馬本注云：「音瞞。」

〔瑶筵〕「瑶」，宋本、那波本、全詩、盧校俱作「浄」。全詩注云：「一作『瑶』。」

〔排玉鏡〕「排」，那波本作「挑」。

〔飛鶱〕「鶱」，全詩作「騫」。盧校云：「『騫』訛。」城按：「騫」通「鶱」，見廣雅釋詁。盧校非是。

〔嶁嶁〕宋本、那波本俱作「嶫嶫」，非。城按：嶁嶁，山峯貌。

〔悠悠〕宋本、那波本、汪本、全詩、盧校俱作「往往」。全詩注云：「一作『悠遠』。」

〔青漫漫〕「青」，馬本訛作「清」，據宋本、那波本、汪本、全詩、盧校改正。

〔泓澄〕「泓」，馬本訛作「弘」，據宋本、那波本、汪本、全詩、盧校改正。

〔尤險難〕「尤」，馬本訛作「猶」，據宋本、那波本、汪本、全詩改正。「難」，全詩、盧校俱作「艱」。全詩注云：「一作『難』。」

〔澗猨〕「猨」，全詩作「猿」。城按：猿爲猨之俗字。

〔紅鱣〕「鱣」下馬本注云：「音鱣。」

〔⿰鼠冋⿰鼠令〕馬本此下注云：「音冏令。」

〔素葩〕「素」，馬本誤作「紫」，據宋本、那波本、全詩、盧校改。汪本作「青」。全詩注云：「一作『紫』。」亦非。

〔鬚髮〕「鬚」，宋本、那波本、全詩、盧校俱作「鬢」。

〔蜿蜒〕馬本「蜿」下注云：「謍員切。」「蜒」下注云：「夷然切。」

〔巖下泉〕「下」，宋本、那波本、全詩俱作「底」。全詩注云：「一作『下』。」

〔不⿰亻愆〕「⿰亻愆」下馬本注云：「苦堅切。」全詩作「愆」。按：「⿰亻愆」同「愆」。

〔揚難〕「揚」，宋本作「楊」。

〔緒書〕「書」，馬本訛作「晝」，據宋本、那波本、汪本、全詩、盧校改正。

〔靈境〕「靈」，馬本、汪本俱作「名」，非。據宋本、那波本、全詩改正。全詩注云：「一作『名』。」

〔拙直〕「拙」，馬本誤作「倔」，據宋本、那波本、汪本、全詩、盧校改正。

酬張十八訪宿見贈 自此後詩爲贊善大夫時所作。

昔我爲近臣，君常稀到門。今我官職冷，唯君來往頻。我受狷介性，立爲頑拙身。平生雖寡合，合即無緇磷。況君秉高義，富貴視如雲。五侯三相家，眼冷不見君。問其所與游，獨言韓舍人。其次即及我，我愧非其倫。胡爲謬相愛，歲晚逾勤勤？落然頹簷下，一話夜達晨。床單食味薄，亦不嫌我貧。日高上馬去，相顧猶逡巡。長安久無雨，日赤風昏昏。憐君將病眼，爲我犯埃塵。遠從延康里，來訪曲江濱。所重君子道，不獨愧相親。

【箋】

作於元和九年（八一四），四十三歲，長安。太子左贊善大夫。見汪譜。城按：居易元和九年冬始自渭村入朝拜左贊善大夫，詩云：「胡爲謬相愛，歲晚逾勤勤。」詩中又稱韓愈爲舍人。考韓愈以考功郎中知制誥在元和九年十二月戊午（十五日），可知此詩必作於九年十二月十五日以後。汪立名云：「按歲寒堂詩話：元、白、張籍詩皆自淘浣中出，專以道得人心中事爲工。又云：張思深而語精，元體輕而詞躁，白則才多而意切，蘇子瞻喜之獨甚，良有由然。」甌北詩話卷四：「香山與韓昌黎同時，年位亦相等；然昌黎集僅有同張籍遊曲江寄白舍人詩一首，香山集有和韓侍郎苦雨一詩，同韓侍郎遊鄭家池小飲一詩，久不見韓侍郎一詩，和韓侍郎題楊舍人林亭一詩，和韓侍郎張博士遊曲江見寄一詩。又老戒一首，內云：『我有白頭戒，聞於韓侍郎。』此外更無贈答之作，而與張籍往還最熟，贈籍詩云：『昔我爲近臣，君常稀到門。今我官職冷，惟君往來頻。問其所與遊，獨言韓舍人。其次即及我，我愧非其倫。』蓋白與韓本不相識，籍爲之作合也。香山集中與張籍詩最多，自其爲太祝、爲博士、爲水部員外，皆見集中，其交之久可知。」

〔張十八〕張籍。見卷一讀張籍古樂府詩箋。白氏有寄張十八（本卷）、重到城七絶句之三張十八（卷十五）、曲江獨行招張十八（卷十九）、和張十八秘書謝裴相公寄馬（卷十九）、喜張十八博士除水部員外郎（卷十九）、逢張十八員外籍（卷二〇）等詩，韓愈有病中贈張十八，王建有酬張十八病中寄詩，均酬籍之作。

〔韓舍人〕韓愈。洪興祖韓子年譜：「（元和九年）十二月戊午，以考功知制誥。……（十一年）正月丙戌，以考功郎中、知制誥遷中書舍人。」按：唐人知制誥亦得稱爲舍人。

〔延康里〕延康坊。在長安朱雀門街西第三街。兩京城坊考卷二：「張籍移居靖安坊答元八郎中詩云『長安寺裏多時住』，按：籍先居延康里，見白居易詩。後寓居寺中，又移居靖安也。」白氏是年有寄張十八詩云：「同病者張生，貧僻住延康。慵中每相憶，此意未能忘。迢迢青槐街，相去八九坊。」韓愈有題張十八所居詩，亦指延康里也。

〔曲江〕見卷一杏園中棗樹詩箋。

【校】

〔題〕此下馬本脱小注「自此後詩爲贊善大夫時所作」十二字，據宋本、汪本、全詩、盧校補。那波本此十二字爲大字。

朝歸書寄元八

進入閤前拜，退就廊下餐。歸來昭國里，人卧馬歇鞍。却睡至日午，起坐心浩然。況當好時節，雨後清和天。柿樹緑陰合，王家庭院寛。瓶中鄠縣酒，牆上終南山。獨眠仍獨坐，開襟當風前。禪僧與詩客，次第來相看。要語連夜語，須眠終日眠。除非奉朝謁，此外無別牽。年長身且健，官貧心甚安。幸無急病痛，不至苦飢寒。自此聊以適，外緣不能干。唯爲静者信，難爲動者言。臺中元侍御，早晚作郎官。未作郎官際，無人相伴閑。

【箋】

作於元和十年（八一五），四十四歲，長安，太子左贊善大夫。

〔元八〕元宗簡。見卷五答元八宗簡同遊曲江後明日見贈詩箋。

〔昭國里〕昭國坊。在長安朱雀門街東第三街。兩京城坊考卷三：「白氏長慶集有昭國坊閑居詩，時爲左贊善大夫。居易與楊虞卿書：『僕左降詔下，明日而東，足下從城西來抵昭國坊，已不及矣。』按：居易始居常樂，次居新昌，又次居宣平，又次居昭國，又次居新昌。」其居昭國始於元和九年冬。又白氏與元九書（卷四五）云：「如今年春遊城南時，與足下馬上相戲，因各誦新豔小律，不雜他篇，自皇子陂歸昭國里，迭吟遞唱，不絶聲者二十里餘。」

〔鄠縣酒〕疑爲楊虞卿自鄠縣所贈之酒。白氏與楊虞卿書（卷四四）云：「自僕再來京師，足下守官鄠縣。……」可知虞卿元和九、十年間官於鄠縣。

〔臺中元侍御〕謂元宗簡。是時尚官御史府。

【校】

〔自此聊以〕汪本作「以此聊自」。全詩注云：「一作『以此聊自』。」

〔唯爲静〕「爲」，宋本、那波本、全詩俱作「應」。全詩注云：「一作『爲』。」

酬吴七見寄

曲江有病客，尋常多掩關。又聞馬死來，不出身更閑。聞有送書者，自起出門看。素緘署丹字，中有瓊瑶篇。口吟耳自聽，當暑忽翛然。似漱寒玉水，如聞商風絃。首章歎時節，末句思笑言。懶慢不相訪，隔街如隔山。嘗聞陶潛語，心遠地自偏。君住安邑里，左右車徒喧。竹藥閉深院，琴罇開小軒。誰知市南地，轉作壺中天？君本上清人，名在石堂間。不知有何過，謫作人間仙。常恐歲月滿，飄然歸紫烟。莫忘蜉蝣内，進士有同年。

【箋】

作於元和十年（八一五），四十四歲，長安。太子左贊善大夫。

〔吴七〕吴丹。見卷五贈吴丹詩箋。白氏又有留别吴七正字（卷十三）、吴七郎中山人待制班中偶贈絶句（卷十九）、七言十二句贈駕部吴郎中七兄（卷十九）等詩，均係酬丹之作。

〔曲江〕見卷一杏園中棗樹詩箋。

〔隔街如隔山〕兩京城坊考卷三：「按：安邑坊正在東市之南，其時樂天住昭國里，故曰『隔街如隔山。』吴七即吴丹。」

〔安邑里〕即安邑坊。在長安朱雀門街東第四街。見長安志卷八。

【校】

〔病客〕「客」，馬本作「者」，據宋本、那波本、汪本、全詩、盧校改。

〔寒玉水〕「水」，馬本、全詩俱訛作「冰」，據宋本、那波本、汪本改正。全詩注云：「一作『水』。」亦非。

〔嘗聞〕「嘗」，宋本、那波本、汪本俱作「常」。城按：「常」、「嘗」，古字通。

昭國閑居

貧閑日高起，門巷晝寂寂。時暑放朝參，天陰少人客。槐花滿田地，僅絶人行跡。獨在一床眠，清涼風雨夕。勿嫌坊曲遠，近即多牽役。勿嫌禄俸薄，厚即多憂責。平生尚恬曠，老大宜安適。何以養吾真？官閑居處僻。

【箋】作於元和十年（八一五），四十四歲，長安，太子左贊善大夫。城按：汪譜繫此詩於元和九年，非是。蓋居易於元和九年冬始自渭村入朝拜左贊善大夫，詩云「槐花滿田地」，必爲元和十年初夏時。

〔昭國〕昭國坊。見本卷朝歸書寄元八詩箋。

喜陳兄至

黄鳥啼欲歇，青梅結半成。坐憐春物盡，起入東園行。攜觴懶獨酌，忽聞叩門聲。閑人猶喜至，何況是陳兄。從容盡日語，稠疊長年情。勿輕一杯酒，可以話平生。

【箋】作於元和十年（八一五），四十四歲，長安，太子左贊善大夫。

〔陳兄〕疑即陳鴻。

【校】

〔一杯〕「杯」，宋本、那波本、全詩俱作「盞」。全詩注云：「一作『杯』。」

贈杓直

世路重禄位，栖栖者孔宣。人情愛年壽，夭死者顔淵。二人如何人？不奈命與天。我今信多幸，撫己愧前賢。已年四十四，又爲五品官。况兹知足外，别有所安焉。早年以身代，直赴逍遥篇。近歲將心地，迴向南宗禪。外順世間法，内脱區中緣。進不厭朝市，退不戀人寰。自吾得此心，投足無不安。體非道引適，意無江湖閑。有興或飲酒，無事多掩關。寂静夜深坐，安穩日高眠。秋不苦長夜，春不惜流年。委形老小外，忘懷生死間。昨日共君語，與余心脅然。此道不可道，因君聊强言。

【箋】

作於元和十年（八一五），四十四歲，長安，太子左贊善大夫。見陳譜及汪譜。

〔杓直〕李建。見卷二和答詩序箋。白氏又有秋日懷杓直詩(卷七)。

〔已年四十四二句〕容齋五筆卷八:「白樂天爲人誠實洞達,故作詩述懷,好紀年歲。……『已年四十四,又爲五品官。』……」

〔早年以身代〕俞樾九九消夏録:「白香山長慶集有贈李杓直詩云:『早年以身代,直赴逍遥篇。近歲將心地,迴向南宗禪。外順世間法,内脱區中緣。』六句詩只在一行之内。上云身代,即身世也。以避諱故不云『身世』,而云『身代』。乃下云『世間法』,又不避,何邪?可知唐人避諱,於私家撰述,亦不甚拘。此等處直是隨其筆之所便耳。」

【校】

〔禄位〕馬本倒作「位禄」,據宋本、那波本、汪本乙轉。又「位」下全詩注云:「一作『位禄』。」亦非。

〔栖栖〕宋本、那波本俱作「恓恓」,古字通。又全詩作「棲棲」,字同。

寄張十八

飢止一簞食,渴止一壺漿。出入止一馬,寢興止一牀。此外無長物,於我有若亡。胡然不知足,名利心遑遑?念兹彌懶放,積習遂爲常。經旬不出門,竟日不下堂。同病者張生，貧僻住延康。慵中每相憶，此意未能忘。迢迢青槐街，相去八九坊。秋來未相見，應有新詩章。早晚來同宿，天氣轉清涼。

【箋】

作於元和十年（八一五），四十四歲，長安，太子左贊善大夫。

〔張十八〕張籍。見卷一讀張籍古樂府詩及本卷酬張十八訪宿見贈詩箋。

〔延康〕延康坊。見本卷酬張十八訪宿見贈詩箋。

〔相去八九坊〕時居易居昭國坊，與延康坊相去五街，八九坊言其遠也。

【校】

〔一簞食〕「食」，馬本作「飯」，非。據宋本、那波本、汪本、全詩、盧校改正。

題玉泉寺

湛湛玉泉色，悠悠浮雲身。閑心對定水，清淨兩無塵。手把青筇杖，頭戴白綸巾。興盡下山去，知我是誰人？

【箋】

或作於元和十年（八一五），四十四歲，長安，太子左贊善大夫。城按：咸淳臨安志卷三八玉泉載此詩，以白集編次先後考之，時間不合。長安之玉泉寺亦不詳，疑爲洛陽之玉泉寺。河南縣東南玉泉山有玉泉寺，見太平寰宇記。白氏又有獨遊玉泉寺（卷二八）、玉泉寺南三里澗下多深紅躑躅繁豔殊常感惜題詩以示遊者（卷三一）、夜題玉泉（卷七二補遺上）等詩中之玉泉寺均在洛陽。

朝迴遊城南

朝退馬未困，秋初日猶長。迴轡城南去，郊野正清涼。水竹夾小徑，縈迴繞川崗。仰看晚山色，俯弄秋泉光。青松繫我馬，白石爲我牀。常時簪組累，此日和身忘。旦隨鵷鷺末，暮遊鷗鶴傍。機心一以盡，兩處不亂行。誰辨心與跡？非行亦非藏。

【箋】作於元和十年（八一五），四十四歲，長安，太子左贊善大夫。

〔城南〕指長安南郊。

舟行 江州路上作。

帆影日漸高，閑眠猶未起。起問鼓枻人，已行三十里。船頭有行竈，炊稻烹紅鯉。飽食起婆娑，盥漱秋江水。平生滄浪意，一旦來遊此。何況不失家，舟中載妻子。

【箋】

作於元和十年（八一五），四十四歲，自長安赴江州途中。城按：元和十年七月，盜殺宰相武元衡，居易首上疏論其冤，急請捕賊以雪國恥。宰相以宮官非諫職，不當先諫官言事，惡之。會有摭其賞花及新井詩事者，乃奏貶江州刺史。王涯復論不當治郡，追改江州司馬。見舊書本傳。今集中無新井詩，陳譜引高彦休闕史謂新井詩係居易尉盩厔時所作，意後爲其删去。

【校】

〔題〕「江州路上作」五字，宋本、全詩俱爲小注，據改。那波本無此五字。汪本編此詩於卷七，題作「舟行江州路上作」，注云：「自此後詩爲江州司馬時作。」

湓浦早冬

潯陽孟冬月，草木未全衰。祇抵長安陌，涼風八月時。日西湓水曲，獨行吟舊詩。蓼花始零落，蒲葉稍離披。但作城中想，何異曲江池？

【箋】作於元和十年（八一五）冬，四十四歲，江州，江州司馬。

〔湓浦〕即湓水。清統志九江府一：「湓水在德化縣西一里，源出瑞昌縣清湓山，亦名湓澗。東流會瀼溪經縣治南，俗名南河。繞城而東會諸小水入德化縣界。東經府城下，又名湓浦港。又北入大江。其入江處，即古之湓口也。……通鑑胡三省注：湓口在潯陽，今德化縣西一里有湓浦。」

〔潯陽〕見卷一潯陽三題詩箋。

【校】〔祇抵〕馬本訛作「秪秪」，據宋本、那波本、汪本改正。城按：宋本「祇」作「秖」，字同。段玉裁說文解字注云：「祇譌秖，俗又作秪，唐人詩文用之，讀如支。今則改用只，讀如質。」又全詩作「祇抵」，「抵」下注云：「一作『秪』。」非是。

江州雪

新雲滿前山，初晴好天氣。日西騎馬出，忽有京都意。城柳方綴花，簷冰才結穗。須臾風日暖，處處皆飄墜。行吟賞未足，坐歎銷何易！猶勝嶺南看，紛紛不到地。

【箋】

作於元和十年（八一五）冬，四十四歲，江州，江州司馬。

〔江州〕禹貢揚、荆二州之境。秦屬盧江郡。漢屬淮南國。晉太康十年置江州。大業三年罷江州爲九江郡。武德四年復置江州。天寶元年改爲潯陽郡。乾元元年復爲江州。州治城，古之湓口城也。見元和郡縣志卷二八。

【校】

〔紛紛〕宋本、那波本、汪本、英華、全詩、盧校俱作「雰雰」。